焼け跡のハイヒール

盛田隆二

祥伝社文庫

1

一九九六年の冬の夜、母はファミレスにぼくを呼び出して、「私が間違っていたのかもしれない」と言った。「死にたい」とも漏らした。

二十年も経ってしまうと、すでにモノクロ映画のワンシーンのようだが、母の落ち窪んだ目は今でも決して忘れられない。ぼくは四十一歳で、母は六十六歳だった。

二〇〇〇年四月の介護保険制度のスタートにあわせて、訪問看護ステーションを開設することが決まり、母は初代の管理者を任されて準備を始めた。その矢先のことだった。

「ねえ、母さん、どうしたの」

ぼくはファミレスのテーブル越しに手を伸ばし、母の手をそっと握った。

「これから言うことは、お父さんには内緒ね」と母は小声で言った。「最近手足が震えることがあって、専門の先生に調べてもらったら、パーキンソン病と診断されたの。ううん、大丈夫。この病気は進行がきわめて緩慢だから、今のところ仕事に支障はない。でもね、お父さんが知ったら、絶対に仕事を辞めろと言う。だからくれぐれも内緒に」

母はそのとき、自分に残された人生の時間を推し測り、悲壮な決意を口にしたのだったが、当時のぼくは十八年勤めた会社を辞めて物書き専業になったばかりで、自分のことで精一杯だったこともあり、そんな母の覚悟を受け止めることができなかった。

「母さんも、父さんの小言を聞かされるより、外で働いた方が気も晴れるよね。ぼくは応援するよ、母さんの仕事」

情けないことに、そんな子どもじみた言葉しか返せなかったのだ。

母は長いこと川越市内の病院で看護師長を務め、数ヶ月前に退職したばかりだった。大正生まれの父は、妻は家事に専念すべしという考えの持ち主で、還暦をすぎても仕事を続ける母にたびたび苦言を呈していた。

しかしながら、「死にたい」と母が漏らしたのは、パーキンソン病の罹患が理由ではなく、父の反対を押し切って訪問看護ステーションの開設準備を始めたからでもなかった。

それからまた、自宅を二世帯住宅に改築するから一緒に暮らさないか、と母は前後の脈絡なく突然言い出し、それはちょっと難しいと思う、とぼくが答えると、泣き出しそうになった。

あの夜、母は疲れ切り、混乱していたのだ。だが、冒頭からそのことに触れるのはいささかつらいし、長年にわたる家族の事情を綴らなければならなくなる。当時の母が抱えていた苦悩については、後段に書くことになると思う。

「高等小学校しか出てない私に、こんな役職は無理よ」

県庁への提出書類が複雑すぎる、準備期間が足りない、と母はこぼしながらも、訪問看護ステーションを立ち上げるために、それから三年にわたって奔走した。介護保険の施行時には、利用者への介護度の通知やケアプランの作成、それに国による介護報酬決定の遅れが加わって、多忙と混乱を極めたが、母の体調にほとんど変化は見られなかった。

それでぼくもすっかり安心してしまったのだが、同ステーションの開設から一年余りで病状が急速に悪化した。手足の震えが激しくなり、小刻みにしか歩けなくなっても、母は在宅介護支援に精力的に取り組んだが、やがて自分が介護する側ではなく、される側になったことを自覚したのだろう。ついに退職を決意する。

その後も病状の進行は早く、退職後四ヶ月にして入院を余儀なくされた。それでも母は気丈だった。完治する可能性のない難病にもかかわらず、退院できる日を信じて、つらいリハビリに励んだ。その粘りと頑張りには、理学療法士も驚いたほどだ。

あれは入院して一ヶ月後のことだった。ぼくは担当医に呼ばれ、喉に穴を開けて気管カニューレを装着しなければならない状態になったが、そのことを本人に伝えて了解をとってもらえないか、と言われた。父も同席していたが、ぼんやりしていて医師の言葉を聞いていない。仕方なくぼくがそのことを母に伝えた。看護師の母はその生命維持装置の意味を正確に知っていたのだろう。

「先生がそうおっしゃったんだね」

母はぼくの手を握りしめて、大粒の涙を流した。

それまでも母は話すのがつらそうだったが、気管カニューレを装着すると完全に話せなくなり、五十音を書いた厚紙を一文字ずつ指で差して会話をするしか手段がなくなった。

〈し、ょ、う、せ、つ、の、ち、ゅ、う、も、ん、は、あ、る、の〉

「大丈夫だよ。今の連載が終わったら、次は書き下ろしを依頼されているから。そんなことより母さん、何かしてほしいことはない？」

〈う、め、ぼ、し、た、べ、た、い〉

「うん、分かった。でも、面会時間はあと三十分もないから、外で買ってくる時間はないな。明日、梅干し持ってくるから。たぶん夕方になってしまうと思うけど」

〈ご、め、ん、ね、わ、た、し、が、し、ん、だ、ら、お、ま、え、が、ぜ、ん、ぶ、せ、お、っ、て、い、く、こ、と、に、な、る〉

「そんなこと言わないでよ、母さん。でも、安心して。あとのことは全部ぼくに任せて」

私が死んだらおまえが全部背負っていくことになる。その言葉の重さに押しつぶされそうになりながらも、当時のぼくは可能なかぎり明るく振る舞っていたが、五十音の文字を差す指が次第に激しく震えるようになり、母との意思疎通が困難になった。

「ごめん、もう一度やってみて」

ぼくがそう言うと、〈つ、か、れ、た〉と母は文字を指差し、看護師を呼んで横になった。すでに食事も自力では摂れない状態だったが、それでもせめて握力だけは落とさないようにと、母は横になっても小さなハンドグリップを握りしめている。

スピーチカニューレという発声訓練のできる器具に換えてもらえば、いつかきっとまた話せるようになる、と母は五十音表を一文字ずつ指で示しながら語り、やがて寝たきりになって、食事とトイレのときだけ車椅子に移されても、最後まで希望を失わなかった。

そしてまた、ベッドでは医学書院の『看護学雑誌』を熱心に読んでいた。母はぼくを出産してからしばらく専業主婦になったが、ぼくが小学四年のとき、近所の産婦人科医院で看護師の職に復帰した。その頃からすでに三十年以上も定期購読している雑誌だ。ぼくは新しい号が届くと、病院に持っていった。母はパーキンソン病の最先端治療の動向を絶えず注視していた。

だが、運命は残酷だ。気管カニューレを装着して三週間後、母は病室で看護師に水を口に含ませてもらい、その数分後に心肺停止に陥ったのだった。享年七十一だった。

○

昭和二十年四月一日、母は栃木県芳賀(はが)郡茂木(もてぎ)町の実家から、十四歳にして単身上京し、新宿(しんじゆく)の東京鉄道病院の看護婦養成所に入った。B29の爆撃により十万人以上が殺戮(さつりく)され、百万人以上が家を失った三月十日の東京大空襲から、わずか三週間後のことだ。

焦土(しようど)と化した東京を見て、十四歳の母が何を思ったのか。それを想像すると胸がしめつけられるが、貧しさのために進学が叶(かな)わなかった母は、頼る者のいない東京で生きていくことの不安におののきながらも、看護の道を選んだことに強い自負を抱いていたにちがいない。というのもそれ以来、母は半世紀にわたって看護師として働き続け、その仕事に生涯を捧(ささ)げたからだ。

およそ文学とは無縁な母だったが、息子の小説だけは例外だった。

遅筆の息子は一年に一冊も書けないので、新作が出るまでの間、旧作を何度も読み返してくれた。デビュー作の『ストリート・チルドレン』がいちばん好きだという。それは新宿を舞台に、ある一族の三百年にわたる軌跡(きせき)を描いた長編だが、敗戦直後「光は新宿より」というスローガンと共に焼け跡の新宿に出現した闇市(やみいち)も登場する。

「こういう話を書くなら母さんに取材してくれればよかったのに。今の伊勢丹のあたりだったかな、中古の靴をたくさん売っていたの、道端で。初めてお手当をもらったとき、そこでハイヒールを買ったのよ。赤いハイヒール」

母は息子の小説を読んで、そんな当時の思い出を懐かしそうに語ったことがある。

小説を書く前にその話を聞いていれば、当時流行った『リンゴの唄』を口ずさみながら、赤いハイヒールを履いて新宿の街路を闊歩する母がデビュー作に登場していたのに……。

それが今でも残念でならないが、いや、それ以上に、母の若かりし日々はもちろんのこと、七十一年間の母の人生について、ぼくは驚くほど何も知らない。母に死なれて改めてそのことに気づいて、愕然としたのだった。

でも、実際、ぼくは大学入学と共に親元を離れたので、両親と暮らしたのはたった十八年間でしかないし、うちの一人息子もぼくが死んだら、父親の人生について実は何も知らないことに気づいて愕然とするだろう。親と子の関係など、所詮そんなものかもしれない。

母が亡くなったのは、二〇〇二年一月二十二日だった。

「おばあちゃんに呼ばれたんだね」と通夜の席で、母の妹が言った。「もうそんなに苦しむ必要はないから早くこっちにおいでって、おばあちゃんに呼ばれたんだね」

　祖母も同じパーキンソン病で亡くなった。そのことは知っていたが、祖母の命日もまた一月二十二日であり、しかも享年も同じく七十一だったことを、ぼくはそのとき初めて知った。この病気は必ずしも遺伝するとは限らないが、偶然がそれだけ重なると、やはりそれは〈避けがたい運命〉としか思えなくなる。

　これが小説だったら、祈りを込めた〈偶然〉の連鎖の力で、母を奇跡的に生還させることができる。いや、少なくとも息を引き取るまでの三週間に、命の最後の輝きを灯すことができた……。通夜の席で僧侶の読経を聞きながら、ぼくはそんなことばかり考えていたが、まさに光陰矢のごとし、その母の死からすでに十四年もの歳月が流れた。そして母の死後まもなく、父は認知症の症状を呈しはじめ、ぼくは約十年にわたって介護を続けたのだが、その父も三年前についにこの世を去った。

　たとえ死んでも、その人のことを覚えている人がいる限り、死者は記憶の中で生き続ける。それは真実だが、両親に関するぼく自身の記憶はひどく頼りない。そう考えていくうちに、ぼくにとっては小説を書くことが、父と母がたどった人生を記憶に刻みつけるための唯一の方法なのかもしれないと思えてきた。

　そうだ、父と母をモデルにした小説を書こう。そう心に決めたものの、小説の素材になりそうなものは、実家に残された両親の古いアルバムや、数通の古い手紙、それから精進落とし（しょうじんおとし）の席で親戚（しんせき）から聞いたささやかな思い出話ぐらいしかない。

それだけではあまりにも心許なかったが、ある日、遺品整理をしていて、父の古い革鞄の中から「軍隊手帳」を見つけた。そこに記されたのは、ほとんど日付と中国大陸の地名の羅列だったが、少なくとも小説を書き始める手掛かりにはなった。

布製の表紙カバーを開けると、所属連隊の証明印影があり、続いて軍人勅諭、教育勅語、軍人読法などが小さな活字で印刷されている。さらに頁をめくっていくと、部隊号、兵科、階級、得業、戦時着装被服のサイズ（帽、衣袴、外套、靴）などが記されていた。いちばん目を惹かれたのは、入隊から除隊までの経歴や賞罰などが詳細に書かれた「履歴」だった。

〈昭和十八年一月十日、東部十六部隊に現役入隊〉

〈同年一月二十七日、下関（しものせき）港出帆、二十八日、釜山（プサン）港上陸、三十一日、北支（ほくし）・天津（テンシン）着〉

これだけの記述では、当時の父の姿を想像することは難しい。ただ天津に到着したとき、父はまだ二十歳だった。その事実に改めて深く感じ入った。

〈同年七月二十日、中隊長による第二期検閲。一等兵に昇任〉

〈同年七月三十日、天津出発、三十一日、満州（まんしゅう）・錦県（きんけん）着。初年兵教育第三期開始〉

年が明け、一年間の初年兵教育を終えると、父はいよいよ作戦に参加し、行軍を開始する。

〈昭和十九年五月二十五日、洛陽占領〉
〈同年八月八日、衡陽陥落〉
〈昭和二十年一月二十六日、南部粤漢線打通〉

占領、陥落、打通と、父の所属する部隊は中国大陸で快進撃を続けたようだ。これだけで頭がくらくらした。あとでゆっくり読もう。ぼくは軍隊手帳を閉じる。

革鞄の中には「兵役関係書類」と表書きされた茶封筒もあった。表彰状のような証書類が何枚も入っている。中目黒から川越への転居や自宅新築の際、それらを持ち運び、七十年にわたって大切に保存してきた。そんな父の内心に思いを馳せ、一枚の証書を手に取った。

〈陸軍下士官適任證書「東京都　陸軍兵長　盛田隆作　兵科下士官適任ノ者ト認定ス」〉
〈昭和二十一年三月三十日　第二十七師団通信隊長陸軍大尉　香西行良〉

日付を見て、ぼくは首をかしげる。戦争が終わって七ヶ月も経ってから、なぜ父は兵長に認定され、軍隊の階級が上がったのか分からない。

その疑問は「引揚證明書」によって解けた。それは十五センチ四方ほどの薄い紙で、黄ばんでよれよれになっている。

〈氏名 盛田隆作 引揚前住所 上海（シャンハイ） 職業 軍人〉

〈「右ハ昭和二十一年三月三十日、博多（はかた）港ニ上陸セルコトヲ證明ス」厚生省博多引揚援護局長〉

〈給與金品 外食券五枚、乾パン四食、弁当一食、煙草（たばこ）五本〉

昭和二十一年三月三十日とは、父が復員した日だったのだ。旧日本軍が軍人恩給の額を考慮して、除隊すると自動的に一階級上げた、と聞いたことがある。父はそれまで二等兵、一等兵、上等兵と進み、博多港に帰還した日に兵長と認定されたのだろう。

それにしても、外食券五枚か？ 煙草五本か？ ぼくは父の古い革鞄を撫でながら、深々と嘆息した。

一方、母に関しては、訪問看護ステーションの管理者を任されたとき、医師会に届けた履歴書の写しが見つかっただけだった。そこには学歴、職歴しか記されていない。

たったそれだけを素材にして父と母の人生を描く。それはいささか無謀（むぼう）な試（こころ）みではあるまいか。まるで古代の人びとが天空の星の配置から人や動物などを連想して作った星座に似て、父と母がたどった現実の人生とは似ても似つかない騙（だま）し絵のような物語になりはしないか、一抹（いちまつ）の不安はある。

だが、昭和二十年四月一日に、新宿駅に降り立った十四歳の母がいったい何を思ったのか、不安と希望が交錯する、その胸の内を想像することはできる。

ぼくはパソコンの電源を切って目を閉じ、十四歳の母・美代子の姿を思い浮かべる。

東京へ向けてひた走る列車の四人掛けのボックス席に、美代子と仙一が並んで腰かけている。美代子は新調した絣のモンペの上下を着て、下唇を嚙みしめ、あふれる涙を人さし指の甲でしきりに拭っている。仙一はそんな娘にときおり心配そうに目をやるが、声をかけることもなく、黙ってキセル煙草を吸っている。

2

稲村仙一と美代子が、茂木駅から真岡線の列車に乗り込んだのは、昭和二十年四月一日の午前九時十五分だった。その日は日曜で、翌日に看護婦養成所の入学式が控えていた。

家族は埃だらけの田舎道をとぼとぼ歩いて、駅まで二人を見送りにきた。母のハル、弟の和幸、下の弟の武夫、そして妹の幸子。

そのときハルに背負われていた二歳の幸子が、それから五十七年後に、美代子の通夜の席で「おばあちゃんに呼ばれたんだね。もうそんなに苦しむ必要はないから早くこっちにおいでって」とハルを偲びつつ涙ながらに言うことになるのだが、この日、駅で見送ることが叶わなかった家族がもう一人いる。美代子の姉の貞子が家を出て、中島飛行機の宇都宮製作所で働いていたのだ。

　正月に帰郷した貞子から聞いた話によれば、午前六時の起床ラッパで、工員の一日が始まる。点呼の後、「神風」の鉢巻きをして、女子寮から工場まで行進していく。今頃の時間は、眼光鋭い憲兵に見張られながら、最新鋭の「疾風」の機体に使うジュラルミンを延ばす作業を黙々と続けているはずだった。

　ガタンとひと揺れして、列車がゆっくりとホームを離れる。

「美代ちゃん、身体に気ぃつけてくんろ」

「ねえちゃん、けっぱれや」

　ハルと和幸が手を振りながら、声を張り上げている。美代子は列車の窓から顔を出し、遠ざかっていく家族に向かって懸命に手を振り返した。

　現代の常識に照らせば、家が貧しくて進学できないならせめて看護婦養成所で勉強したい、と美代子が強く望んだにしても、わずか三週間前に焼夷弾の無差別爆撃により、十万人以上の命が奪われた東京に、両親はいったいどんな気持ちで十四歳の娘を行かせたのかと、大方が疑問を抱くにちがいないが、昭和二十年三月十一日付の朝日新聞の一面には、こんな見出しが躍っている。

【B29約百三十機、昨暁帝都市街を盲爆　約五十機に損害　十五機を撃墜す】

大本営発表（昭和二十年三月十日十二時）

本三月十日零時過より二時四十分の間、B29約百三十機主力を以て帝都に来襲市街地を盲爆せり。右盲爆により都内各所に火災を生じたるも、宮内省主馬寮は二時三十五分其の他は八時頃迄に鎮火せり。現在迄に判明せる戦果次の如し。

撃墜　十五機　損害を与へたるもの　約五十機

B29を十五機撃墜した戦果を強調する大本営発表に続いて、朝日新聞は「帝都各所に火災が発生したが、軍官民は不適な敵の盲爆に一体となって対処したため、帝都上空を焦がした火災も朝の八時ごろまでにはほとんど鎮火させた」と書いている。

記事をよく読めば、八時間にわたって家屋が燃え続けたのだから、東京は焼け野原になったのではないかと想像することもできるが、たった二時間余りの空襲で罹災者が百万人を超えた事実など、人びとは知るよしもなかったのだ。

「おい、いつまで泣いてんだべ」

仙一が手を伸ばして、美代子の髪をそっと撫でた。

「だって嬉しくてさ」と美代子は答え、頬の涙を手で拭った。東京で思う存分勉強ができる。しかも勉強しながら看護の仕事を手伝うことで、少額ながら手当ももらえる。そのことが嬉しくて仕方ないのだった。

「そら、えがった」と仙一はうなずき、きざみ煙草を指でつまんで軽く丸めると、キセルの雁首に押し入れて、マッチで火をつけた。

仙一は目を細めて、おいしそうにキセルを吸う。

「父さん、うんまい味噌汁吸ってるみたい」と美代子は思わず言った。

「そうけ?」と仙一は笑いながら三服吸うと、キセルの筒を軽く叩いて、吸い殻を空き缶にコロンと落として続けた。

「こいつでたんまり稼いだら、ハルにも子どもらにも、うんまい味噌汁ばかりか、白い米も腹いっぺえ食わせてやれるべ」

仙一はニヤッと笑い、足元の風呂敷包みをポンと叩いた。

包みの中身はシマヘビの蒸し焼きやマムシの粉末だった。隅田川が近くを流れる佃島のヘビ屋にそれを売りに行くのだが、シマヘビの蒸し焼きは滋養強壮に効く万能薬と言われ、マムシの粉末は結核や喘息や肋膜炎の特効薬とされる。

汽車賃をかけても大儲けできると聞いて、仙一は三年ほど前から裏山に入り、見よう見まねでヘビを捕獲し、苦労してそれらを作るようになった。年に二度、三度と懇意にしている佃島のヘビ屋に売りに行く。今回は汽車賃と滞在費を知り合いから借金して、美代子を送りがてらの東京行きだったが、去年の十一月以来、半年ぶりの上京に仙一の気持ちはいつにも増して高ぶっていた。

そんな父親の精神状態が、美代子にとっては不安の種だったが、娘を看護婦養成所に送り届けるまでは絶対に酒は飲まないと宣言したし、実際、列車に酒を持ち込まなかったので、仙一は興奮状態に陥ることもなく、穏やかでやさしかった。

茂木駅は真岡線の始発駅なので、仙一と美代子は座席に腰を下ろすことができたが、益子駅以降は次々と大勢の人びとが乗り込んできて、たちまち立錐の余地もないほど混み合った。二人のように上京する乗客より、米や野菜や芋などを買い出しに来て、東京へ戻る乗客の方が圧倒的に多い。買い出しリュックが床にあふれ、網棚にも置き切れない。乗客は額の汗を拭うこともできず、何時間も立ったまま、リュックを頭にのせたり、胸に抱えたりしている。

美代子は膝の上にのせた巾着袋をそっと撫でた。ハルが風呂敷を二枚使って縫い合わせて作ってくれたのだ。袋の中には着替えや洗面道具、大切なノートや鉛筆や消しゴムが入っている。その消しゴムは同級生の光子からプレゼントされたものだ。

日本は天然ゴムをすべて輸入に頼っていたので、南方からの輸送が絶たれると、消しゴムはとても高価になり、手に入らなくなった。だから子どもたちは魚屋から紋甲イカの甲羅を分けてもらい、それをカサカサに白くなるまで干して、消しゴムの代わりに使っていた。仙一が魚屋の仕事を手伝っていたこともあり、美代子はたびたび友だちに紋甲イカの甲羅を分け与え、ひどく喜ばれたものだ。

美代子が物心ついたとき、日本はすでに戦時体制に入っていた。昭和十二年、尋常小学校に入学した年、日中戦争が始まったのだ。南京陥落を讃えて、日の丸と旭日旗を振り、提灯をかざして、「万歳！　万歳！」と歓声を上げながら行進する人びとの姿を、美代子ははっきりと覚えている。父の仙一は行列に加わらず、家の前のあぜ道で酒を飲みながら「万歳！　万歳！」と叫んでいた。

昭和十六年十二月八日、太平洋戦争が始まり、日本は米英に宣戦布告するが、それに先立って、同年四月一日に尋常小学校は国民学校と名を変える。美代子は尋常小学校四年生から、国民学校初等科五年生に進級した。それまでの高等小学校は、国民学校高等科に変わった。

国民学校は将来の戦争を担う子どもたちの心身を鍛え、国のため天皇のために身を捧げることが求められた。国語、算術、理科、国史、地理、図画、裁縫、体操、唱歌……美代子はどの教科も好きで得意だったが、国民学校令とともに、修身と国史の授業が大幅に増えた。

もっとも美代子が戦時教育を最初に実感したのは、唱歌の授業でドレミの階名がイロハになったことだ。『ちょうちょう』を「ソミミ、ファレレ」ではなく「トホホ、ヘニニ」と歌いながら、教師もいささか戸惑っていた。

初等科を卒業すると、家が裕福な光子は女学校に進学し、美代子は高等科に上がった。卒業式のとき、わたしのことを忘れないで、という言葉と共に、その消しゴムを光子から手渡されたのだが、もったいなくて一度も使えず、まだ新品同様だった。

美代子は巾着袋を両手で抱え込み、そのときの光子の顔を、そして光子の四つ年上の姉・八重子の顔を思い浮かべた。美代子が看護婦になりたいと思うようになったのは、八重子の影響が大きかったのだ。

昭和十八年、美代子が高等科へ上がった年、学徒勤労動員が始まった。十五歳、十六歳の少女たちが国防色の戦闘帽をかぶり、胸当てのついたツナギズボンを穿いて、授業の一環として、軍需工場や食料生産に動員された。

そんな深刻な労働力不足の時代に、十七歳の八重子は日本赤十字の従軍看護婦を志願した。三ヶ月間、ガスマスクをつけて担架で患者を運ぶ訓練など、戦時救護の教育を受けたという。そしてピンク色の召集令状により、満州の陸軍病院に配属された。

白いエプロンをかけた愛国婦人会の人たちに見送られ、家を出たときの八重子の凜とした姿を見て、わたしもお国のために看護婦になる、と美代子は心に決めた。天皇に忠義をつくすことが最高の親孝行であると教えられていた。なぜ女の子まで戦地に行かなければならないのかと、八重子の母がひそかに泣いていたことは知らなかった。光子からその話を聞いたのは、ずいぶん後になってからのことだ。

まだ十二歳の美代子は勤労動員の対象ではなかったが、行商の仕事で忙しいハルの手伝いや子守りは大切な仕事で、生後二ヶ月の幸子をおぶって登校し、授業を受けた。

教室にはそんな生徒が何人もいて、一人の赤ん坊が泣きだすと、つられて次々に泣き始める。うるさいから外で遊ばせろ、と教師に言われると、赤ん坊をおぶった生徒は一斉に校庭に出ていくが、美代子だけは廊下の隅で幸子を必死にあやし、泣き止むとすぐに教室に戻った。一分でも授業を無駄にしたくなかったのだ。美代子は尋常小学校のときから成績がクラスでずっとトップだった。

そんな美代子が十四歳にして看護婦養成所に入学した背景には、戦争の激化によって看護婦の養成が急務になった事情がある。

昭和十六年、日米開戦にともなって、看護婦免許の取得年齢が十八歳から十七歳に引き下げられた。そして戦況の悪化とともに、昭和十九年にはさらに十六歳にまで引き下げられる。それに付随（ふずい）して十四歳から看護婦養成所に入学できるようになったのだ。高等女学校を卒業してから入学する者もいるので、生徒の年齢は十四歳以上二十歳未満と定められていた。

「お嬢（じょう）さん、どこまで行くの」

美代子が巾着袋を抱えてぼんやりしていると、国民服に黄色の古帽子をかぶった年配の男が声をかけてきた。

お嬢さんと呼ばれて、美代子は頬を赤らめながらも、背筋を伸ばして答えた。

「東京鉄道病院の看護婦養成所にお世話になります」

「ああ、あの新宿の」

男が網棚に置いたリュックを手で押さえながら、目を丸くしてみせた。

「新宿あたりは無事のようだね」と男が続けて言ったが、美代子はその言葉の意味をうまく理解できず、「早く看護婦になって、お国の役に立ちたいです」と答えた。

年配の男は左右の乗客に押されて足を踏ん張りながら、うんうんと二度うなずいた。

美代子は巾着袋から一枚の紙を取り出して眺（なが）めた。それは入学手続きの書類とともに送られてきた手描きの地図で、駅から病院への道が示されている。東京鉄道病院の住所は渋谷区代々木だが、新宿駅から徒歩七分ほどの距離にあった。

「東京、新宿、浅草、山手線……」と美代子はつぶやき、東京で生まれたのに、東京の記憶がほとんどないことを口惜しがった。

美代子は昭和五年の七夕の日に、日本橋浜町で生まれた。父の仙一に手を引かれて山手線に乗ったことは何度もあるし、地下鉄に乗って浅草に出かけたこともあるという。だが、四歳のときに栃木の茂木町に越してしまったので、かろうじて記憶に残っているものといえば、当時暮らしていた浜町の借家の間取りや、小さな庭の隅にヤツデの木があって、小さな花が咲くとミツバチやアブが飛んできたことや、路面電車が家の近くを走っていたことぐらいだった。

市電に乗れば、銀座でも新橋でも神田でもどこにでもすぐに行ける。日本橋浜町は賑やかで粋な土地だと、仙一はしばしば懐かしそうに話したが、それは美代子が七歳ほどのときの記憶だろう。茂木に越してきてしばらく経ってからのことだ。

父さんと母さんはどこで、どんなふうに出会ったのか、美代子は物心ついてから、ハルに聞いたことがある。でも、その頃のことについてハルはあまり話したがらなかったので、美代子が知っているのは二人の簡単な来歴だけだった。

○

美代子の父仙一は明治三十三年、西暦でいえば一九〇〇年、十九世紀最後の年に茂木で生まれた。一方、母のハルは八歳年下で、明治四十一年に名古屋市東区で生まれている。

この二人は大正十三年に、日本橋浜町の寿司店で出会うのだが、その寿司店はハルの叔父が営む店だった。叔父は幼い頃からハルを可愛がっており、ハルが十六歳になると名古屋から呼び寄せて、花嫁修業も兼ねて店の手伝いをさせた。仙一はハルが店の手伝いを始める三ヶ月ほど前に雇ったばかりの寿司職人だった。

もっとも昔は「飯炊き三年握り八年」といわれ、一人前の寿司職人になるためには十年以上の修業期間が必要とされた。店先の掃き掃除から皿洗いはもちろんのこと、親方や兄弟子の使い走りばかりで、寿司はなかなか握らせてもらえない。

仙一は毎朝三時に起きて、兄弟子と共に市場へ出かける。四時から競りが始まるのだ。その日に水揚げされた新鮮な魚介類を競り落とし、店へ持って帰る。そして二時間だけ仮眠をとって仕込みに入り、それから延々夜の九時すぎまで働き続ける。

仙一がどんな伝手を頼って栃木の農村から日本橋の寿司店に働きに来たのか、美代子は知らなかったが、実は前年の大正十二年九月に関東大震災が起きている。この大震災により、江戸時代から続いていた日本橋魚河岸が壊滅したため、同年十二月に築地の海軍省所有地に、臨時の東京市設魚市場が開設された。これが築地市場の始まりだが、仙一が大震災の直後に栃木から上京したのは、震災後の復興にともなって東京では労働力不足が生じたため、仕事が見つけやすかったという事情がある。

仙一は十六歳の可憐なハルに一目惚れしてしまい、一方、ハルも朴訥な二十四歳の職人に気を許すようになり、出会って二年後に長女の貞子を出産する。だが、ハルの父親は仙一との正式な婚姻を許さず、貞子はハルの叔父の養女として届けられることになる。しかしながら、そんな父親も二人が浜町の借家で同居することは認めざるを得なかった。

それから四年後、美代子が生まれる。このとき仙一は三十歳で、金をためて自分の店を出し、独立したいとの思いを募らせるが、この頃より躁うつ気質が目立って表れるようになった。春先になるとうつ症状が出て、仕事がほとんど手につかなくなる。五月が終わる頃には快復し、いつもの生真面目で働き者の職人に戻るのだが、ハルの父親が婚姻を許さなかったのは、仙一のその気質を見抜いていたからだ。

昭和九年の年の暮れ、美代子が四歳、貞子が八歳のとき、仙一は意を決して、妻と二人の娘を連れて茂木町の実家に帰ることにした。魚を扱う仕事でなんとか生計を立てる自信がついたのだ。

そのときも依然として、美代子と貞子はハルの叔父の養女のままだったが、その二年後、長男の和幸の出産を機に、ようやくハルの父も婚姻を認めて、二人の娘は稲村仙一の籍に入ることになる。もっとも美代子も貞子も自分の籍については、親から何も聞かされていなかったし、貞子も転校した茂木の尋常小学校で、教師の配慮により稲村貞子と呼ばれていたので、自分の戸籍について疑問を抱いたことは一度もなかった。

仙一は家から徒歩十分ほどの魚屋「港屋」で職を得た。日本橋の寿司店で十年にわたる修業を積んだだけあって、魚の下ろしは手際が良いし、仙一の握る寿司や刺身の盛り合わせは評判がよく、さらに仙一のアイデアで仕出し弁当を作り始めると、法事や寄り合いがある日は大量に注文を受けて、港屋の繁盛に大いに貢献した。

仕出し弁当の注文のない日、仙一は自転車の荷台に魚をのせて行商した。ふだんは保存性の高い塩ジャケや干物が中心だったが、うまく手に入れば、サンマやサバ、イワシ、アジなども扱った。それらの魚は鮮度を保つために氷を使って、産地から貨車で運ばれてくる。仙一はその氷に目をつけた。夏になると、塩入りアイスキャンディを作って、魚と共に売り歩いたのだ。これが大いに売れて人びとの話題に上るなど、非凡な才覚もあった。

そのようにして仙一は一年のうち九ヶ月は熱心に働いたのだが、残りの三ヶ月は完全にうつ状態に陥ってしまい、酒なしではいられなくなる。近所の家が大切に育てた花を勝手にもいでしまったり、泥酔したあげく美代子の通う小学校に押しかけたり、死にたいと呻き声を上げながら、縄を持って首を吊る場所を探して徘徊する。近隣の人びとはそんな仙一の姿をたびたび見かけ、顔をしかめた。

ある冬の夕暮れのことだった。仙一がすっかり泥酔して、家族が家に入れないように玄関や雨戸をすべて内側から釘で打ちつけてしまった。何のためにそんなことをするのか、美代子には分からなかったが、まもなく雪がちらつき始め、寒さが厳しくなった。

ハルと子どもたちが家の前で震えていると、近所の人が見かねて、声をかけてくれた。そのお宅の土間でいただいた塩むすびがどんなにおいしかったか、美代子は何年経っても忘れなかった。やがて夜になると、父が寝入った頃合いを見計らって、裏の便所の木戸をこじ開けて、一人ずつそっと家に入った。父は真っ暗な部屋で布団も敷かず、畳の上で大の字になって鼾をかいていた。

翌朝、父はまるで何事もなかったように振る舞ったが、それから数年後、父はもしかしたら家族を締め出して首を吊ろうとしたのかもしれない、と美代子はふと思い、そんな自分の想像にゾッとしたものだった。

そんな仙一の行状のせいで、美代子は小学校でしばしば陰口を言われたが、面と向かって父親の悪口を言う少年の頬を引っぱたいて謝らせるほど気が強かったし、また上級生から陰険な意地悪をされたときは、その上級生を注意するよう教師に堂々と訴えたので、仙一の悪口を言う生徒はじきにいなくなった。

仙一の不安定な収入では、食べていくのも厳しい。犠牲になったのは姉の貞子だった。小学校五年生に上がるのと同時に、隣町の寺へ奉公に出されたのだ。赤ん坊の子守りと寺の家事を手伝うことでわずかな給金をもらい、寺から小学校に通わせてもらった。

一方、美代子はとにかく勉強が好きで、夜になってもロウソクを立てて、みかん箱の机で勉強した。ロウソクがもったいないから早く寝ろ、と仙一に怒られると、外に出て月明かりで教科書を読んだ。

貞子はそんな妹を見て、美代ちゃんは上の学校に行けばいい、わたしが行かせてあげるからと言い、小学校を卒業すると、紡績工場で働き始めた。そのとき美代子は九歳だった。十三歳の貞子は頼りがいのある姉だったが、盆と正月だけ帰郷する貞子には申し訳ない気持ちでいっぱいだった。

ハルも身を粉にして働いた。紺絣のモンペを穿いて、地下足袋を履き、大きな背負い籠をかついで、二里も三里も田舎道を歩いて行商した。籠の中身は、乾物屋から仕入れた塩、煮干し、かつお節、干魚、雑穀から、缶詰や油類など種々雑多で、それらを一軒一軒訪ねて売り歩く。

田植えや稲刈りなどの繁忙期には、農家の女たちに大変重宝された。乾物屋で仕入れる品物以外でも、客に頼まれれば、さつま揚げや煮物やコロッケなどを店で買って届けた。現金ではなく、米や芋と物々交換することも多かった。背負い籠の重さは五十キロを超えただろう。ハルの体重は四十五キロ、背丈は百五十センチほどだったので、前屈みになって歩くと、ハルの身体は大きな籠に隠れて、ほとんど見えなくなった。

戦争が始まると、漁獲量が日に日に減っていった。民間の漁船が次々と海軍に徴用されたからだ。やがて魚屋が休業に追い込まれてしまうと、仙一は仕事を探して町を歩きまわり、町はずれの火葬場に仕事を得た。だが、心身が不調になると、せっかく定収入を得られた火葬場を辞めてしまい、ヘビの捕獲に精を出すようになった。三月から五月頃まではシマヘビを獲り、七月から十一月頃はマムシを獲る。

仙一は家の裏手にレンガを積み上げて、ヘビ焼き窯を作った。その窯でたっぷり二日かけて、シマヘビの蒸し焼きや蒲焼きを作る。それを売り歩いて、そこそこの金を稼いだ。

金払いの良い地主の息子が、しばしばマムシの生き血を飲みに来た。仙一は乞われるままにマムシを裂く。毒には細心の注意を払わなければならないが、魚の下ろしと同じ要領なので手慣れたものだった。口から吐かせた血をグラスにたらたらと垂らし、最後に体内から青白いキモを取り出して、血で満たされたグラスの中に入れる。マムシの生き血は、無味無臭で案外飲みやすく、滋養強壮に絶大な効果を発揮する。

仙一はマムシ焼酎も作って売り歩いた。それは生きたままのマムシを焼酎につけたもので、万病に効くと言われるが、売るよりも自分で飲んでしまう方が多かった。

「こいつでたんまり稼いだら、ハルにも子どもらにも、白い米も腹いっぺえ食わせてやれるべ」

仙一は何度も同じことを言って、足元の風呂敷包みをポンポン叩いた。

「たんまり稼げるといいね」と美代子は言ったが、子どもの頃はヘビがとにかく嫌いだった。学校から帰り、家に入ると、湿ったような嫌な臭いが鼻腔を突く。壺の中では何匹ものヘビがのたうち、とぐろをまき、ときおり頭を上げてチロチロっと舌を出す。その横には蒸し焼きにしたヘビが黒こげになったままうねっていた。

「美代子、今のうちに食っておくべ」

仙一が風呂敷包みから、蒸かし芋を取り出した。午前十一時をすぎたばかりだったので腹は減っていなかったが、下館から先は座れないだろうと言う。

美代子は蒸かし芋を半分だけ食べ、残りは紙でくるんで巾着袋にしまった。

まもなく下館駅に着いた。そこから水戸線に乗り換えて小山駅へ、さらに東北本線に乗り換えて上野駅へ向かう。仙一の言ったとおり、下館から先はまったく座れず、三時間以上、混み合う列車の中で立ちっぱなしだった。

美代子の額から汗が噴き出し、発熱したように頰が熱くなった。

「ほれ」と仙一がアルミの水筒を差し出した。

美代子は水筒に口を付け、喉を鳴らして水を飲んだ。疲れ切って足元がふらついたが、しゃがむ場所もない。ようやく列車が上野駅に着き、ドアが開くと同時に、後ろから突き飛ばされるようにホームに吐き出されて、あやうく倒れ込みそうになったが、仙一が後ろから抱えてくれたので転倒せずにすんだ。

山手線に乗り換えて、新宿へ向かった。ああ、ついに東京に来た……。美代子は車窓の風景に釘づけになったが、仙一は隣の男たちの会話がひどく気になっていた。

「昨日、下町を歩いてきたんだって？」

「ああ、特にひどかったのは、向島、本所、深川だな」

男たちは空襲による被災について小声で話していた。

「佃島はどうだべ。燃えちまったけ」

仙一が思わず訊くと、「そのあたりは分からん」と男はそっけなく答えた。

新宿駅に着いたのは午後三時すぎだった。東口の改札を出ると、巻き脚絆に鉄帽の男たちや、モンペに防空頭巾を背負った女たちが広い道路を行きかっている。

「父さん、着いたね」と美代子は言い、空を仰いで胸いっぱいに空気を吸い込んだ。

南に向かって歩き、甲州街道を渡ると、立派な建物が見えてきた。

東京鉄道病院だった。地下一階、地上三階建ての鉄筋コンクリートの大きなビルで、一部が四階建てになっている。二人は樹木がきれいに等間隔に植えられたフェンスに沿って歩いていき、正面玄関に足を踏み入れた。美代子は緊張のあまり立ちすくんでしまったが、仙一は悠然と受付に進んで用件を伝えた。

しばらく待たされて、一人の長身の女性がやってきた。制服の胸の名札に、境田愛子と書いてある。

「栃木県茂木国民学校高等科卒業、稲村美代子です。本日からお世話になります」

美代子は深々と一礼し、それから背筋を伸ばした。

「お疲れさまでした。では、さっそく看護婦寄宿舎に案内しましょう」

境田愛子はそう言ってから、仙一に視線を移した。

「規則により、たとえ身内の方でも、これより先は男性の入場を禁止しております」

「田舎者の娘だけんど、勉強が好きで、よーく頑張っから、よろすくお願えしますだ」

仙一は何度も頭を下げ、それから急にひそひそ声で訊いた。

「空襲で佃島はどうなったべ」

「地域によって被災状況は異なりますので、一概には申せません。ご自身の目で確かめられるのが一番かと」

境田愛子は早口でそう言い、行きましょう、と美代子を目で促した。

「父さん、くれぐれも気をつけて」と美代子は父の手を握って言った。

父は涙ぐみ、容易に手を放さない。

「じゃ、父さん、行きます」と美代子は言って父の手を放すと、境田愛子のあとに続いて足早に看護婦寄宿舎へ向かった。

3

〈ご、め、ん、ね、わ、た、し、が、し、ん、だ、ら、お、ま、え、が、ぜ、ん、ぶ、せ、お、っ、て、い、く、こ、と、に、な、る〉

母は五十音を書いた厚紙を、震える指先で一字ずつ差しながら涙ぐんだが、実際、母が亡くなった後、ぼくが背負うことになったものは、想像していた以上に重かった。

大正生まれの父は家事を一切せず、自分でお茶を淹れることさえしない人だった。気象庁を定年退職してからは、ほとんど家に引きこもり、母が旅行に誘っても、面倒だから行かないと断わるほどの出不精で、趣味といえば長年続けていた書道と、相撲のテレビ観戦ぐらいのものだった。

　母が亡くなったとき、父は七十九歳だったが、その生活力のなさには、とにかく驚かされたものだ。日々の暮らしのすべてを母に任せていたので、父は銀行で預金を下ろしたこともなく、もちろんＡＴＭの使い方も知らない。だからぼくは父のキャッシュカードを使って定期的に生活費を引き出し、実家の父に届けなければならなかったし、蛍光灯が切れても何もせずに暗い居間でじっとしているので、蛍光灯を交換するために実家までしばしば車を走らせたものだ。

　あるいはまた、母の墓参りに出かけるときなど、父は駅で切符を買うこともせず、手持ち無沙汰な様子でぼんやり立っている。券売機の操作方法も知らないのか……。ぼくはＩＣカードを自動改札機にタッチする寸前、あわてて引き返して父の切符を購入し、「はい、どうぞ」と差し出しながら、ああ、そうか、と深く得心した。

　母が切符を買い、父は手渡された切符で改札を通る。母がデパートで買い揃えた服を、父は黙ってそのまま身に着ける。母が建設業者と打ち合わせて自宅の新築プランを立て、父は手渡された設計図面を一瞥して、「これでいい」と答える。一事が万事、そんな調子だったのだ。

　まがりなりにも国家公務員として三十年以上勤め上げた父だ。部下もたくさんいたし、仕事はきちんとこなしたにちがいない。だが、生活する能力を決定的に欠いていた。母の死後、ぼくは改めてそのことを知ったのだった。

　一方、妹は統合失調症を患(わずら)っており、離婚後、実家で両親と同居するようになってからは、看護師の母が向精神薬(こうせいしんやく)を管理し、服用させていた。

「あとのことは全部ぼくに任せて」と病室の母には言ったものの、二人を背負っていく重さに、気弱なぼくは何度も押し潰(つぶ)されそうになった。

　妹は薬を服用してさえいれば、穏やかな日常生活を送れる。だが、病識がないので、ときおりわざと薬を飲み忘れる。母の死後、妹の投薬の管理を引き継いだ父が生きる意欲をすっかり失って、やがて認知症の初期症状を呈し始めると、妹は薬の服用をきっぱり拒否した。たとえ一日でも服用を怠(おこた)ると、精神状態は極度に悪化する。

「あの、差し出がましいことを言うようですが……」

　ある日、実家の左隣の老婦人から電話が入った。妹が突然訪ねてきて、預金通帳と印鑑を見せながら、「母が私のためにこれだけのお金を残してくれたので、私は一人でも生きていけるんです。ですから心配しないでください」と必死の形相(ぎょうそう)で言いにきたという。

ぼくは原稿書きを中断し、車を飛ばして実家に行った。そして妹を懸命に宥めすかして薬を飲ませ、精神状態が安定したことを見届けてから自宅に戻った。

また別の日には、民生委員から電話が入り、妹がケラケラ笑いながら自転車で走っていったと報告を受けた。それぐらいのことでわざわざ連絡をしてくるな、と言いたい気持ちをこらえ、「ありがとうございます。早めに病院で診てもらいます」と答える。

次の日には、実家の右隣のご主人から電話が入り、「娘がご飯を作ってくれないと、盛田さんが言いに来たので、娘さんに訊いてみたんですよ。そうしたら、さっき食べたばかりだと。いや、気になったので、息子さんの耳に入れておこうかと」と言う。

ねえ、母さん、どうしたらいいんだ？　このままでは家族が完全に崩壊する。ぼくは受話器を戻すと、亡き母の顔を思い浮かべた。

ファミレスにぼくを呼び出して、パーキンソン病と診断されたことを告白した夜、「自宅を二世帯住宅に改築するから、一緒に暮らさない？」と母が言い出したのは、自分が死んだら早晩こんな事態に陥ることを予測していたからだった。夫と娘の世話を息子に託すなら、自分が生きているうちに同居の準備をしておくべきだと考えたのだろう。

「母さん、ごめん。それはちょっと難しいと思う」と答えたぼくもまた、こんな日が来ることを予感していた。でも、高校受験を控えた息子を二世帯同居の混乱に引き入れたくなかったし、何よりも同居によって妻に多大な負担がかかる。それにも増して、父と妹の世話は母に任せて、今は小説を書くことに専念したかった。そのために十八年間勤務した会社を辞めて、物書き専業になったのだから……。そんな息子の気持ちを母は理解したのだろう。二世帯住宅のことは、それから二度と口にしなかった。

母が亡くなって二年、父と妹の世話に明け暮れて、ぼくはたびたび眠れない夜をすごしたが、妹の幻聴が激しくなり、言動が攻撃的になり、手に負えなくなったある日、意を決した。小説の執筆を一ヶ月だけ中断して、家族の問題解決に集中しようと思ったのだ。

まずは妹からだ。だが、どうしたらいいのか、まったく分からない。保健所に相談することから始め、母が看護師長をしていた病院に応援を頼み、受け入れ先の精神科病院を探し、ベッドが空いていた病院の院長に事情を説明し、そうして三週間後には妹を市内の精神科病院に無事に入院させることができた。

しんどいけど、なんとかやってるよ、とぼくは母の遺影に語りかけ、翌日には父の介護について、母の同僚だったケアマネージャーに相談した。

介護保険の申請、要介護度の判定、介護施設の空き部屋探し、入所前の健康診断、面接と各種契約……、煩雑な手続きに時間を取られるが、焦らずに一つずつクリアしていけばいい。予定を大幅にオーバーして、父の施設入所までに三ヶ月近くかかってしまい、そのあいだ担当編集者にはずいぶん気を揉ませたし、ぼく自身、大切な自分の時間を家族のためだけに使うことにひりつくような焦燥感も覚えたが、母がずっと一人で背負ってきたものを、自分が肩代わりしたのだから致し方なかった。

だが、一段落したのも束の間、入院後半年ほど経ち、妹の状態が安定すると、担当医は退院許可を出した。厚労省の方針により、長期入院は励行されないのだ。

妹も父も一人では生きていけないが、二人ならなんとか支え合って暮らしていける。妹の退院日に合わせて父の退所手続きをして、ぼくは二人を車で実家に運びながら、どうか穏やかな日々が続きますように、と心から祈った。だが、ほんの数ヶ月で妹の精神状態は不安定になって再入院となり、父もふたたび施設に預けなければならなくなる。

そんなときいつもきまって、夜のファミレスで母が言った言葉を思い出すのだった。

「私が間違っていたのかもしれない」と母は言い、「死にたい」とも漏らしたのだ。

「どうしたっていうの？」とぼくは訊いた。

「統合失調症はね、母親による抑圧によって引き起こされるケースが多いというの。母親の無意識の抑圧によって、子どもは自分の人格を全面的に否定するようになると」

精神病患者の家族の会の催しに招かれた精神科医がそう力説したという。

「ほんとにそんなことを言ったの？　今どき。悪い母親が原因なんて、そんな大昔のフロイト学説、もうとっくに否定されてるよ。統合失調症はあくまでも脳の病気であって、家族がつくるもんじゃない」

　ぼくが呆れて言うと、母は驚いた顔をした。

「隆ちゃんも調べたの？」

「まあ、入門書的な本を何冊か流し読みした程度だけど」

　そうか、そうなんだ、と母はつぶやき、症状が出始めた十年ほど前に強制的に入院させていれば、今頃は完治していたかもしれない、と悔しそうに言った。初めて受診したときは、精神病と断定できない境界例だろう、と医師に言われたという。

「でもね」と母は声をひそめて、話を戻した。「お父さんはもっとひどいことを言うのよ。おまえの家系にそういう血が流れているんだと。かわいそうに紀子には、おまえの父親の病気が遺伝してしまったんだと」

「そんなことを言ったの？」とぼくは思わず声を上ずらせた。「いくらなんでも、それは許せないな」

　母方の祖父の仙一は確かに躁うつ病で、アルコール依存症だったと聞くが、それは父の言いがかりだろう。栃木の茂木町で執り行われた仙一の葬儀の写真が一枚、アルバムに収められている。写真には小学一年生のぼくも写っているが、生前の仙一について覚えていることは一切ない。ただ仙一の遺品から、七歳のぼくはとても珍しいものをもらった。

いくつもの脱皮したヘビの抜け殻だ。頭から尻尾まで鱗がくっきりと浮き上がり、口はカッと開いた形のまま、半透明の目玉がこちらを睨みつけていた。シマヘビ、マムシ、青大将、ヤマカガシ。セロハン紙で覗き窓を作った菓子箱に、それらを一匹ずつ入れて説明文をつけ、夏休みの自由研究として提出した。

「あのときはね、上級生まで珍しがって、展示を見るために教室に押し寄せてきたよ」

母は目尻だけで笑った。

「そんなこともあったわねえ」

「仙一おじいさんの葬儀のとき、みんなで葬列を組んで歩きながら、ザルからお餅や一円玉を取り出して撒いたよね？　近所の子どもたちがそれを一生懸命拾っているのを見て、ぼくは声を上げて泣いてしまった。覚えてる？」

「うん、なんとなく覚えてる。どうして泣いたの？」

「だって土葬だっただろう？　おじいさんの手足を折り曲げて、棺桶の中に無理やり座らせたり、棺桶を穴の中に埋めて、上から土をかぶせたり、そんなところを七歳の子どもが見たら、それはショックを受けるよ。おじいさんの顔をネズミが齧るところを想像して、怖くなって泣いたんだ、あのとき」

「そうだったの？　土葬するところは、隆ちゃんには見せないようにしたはずだけど」

「この目で見たから、今でもはっきり覚えてるんだ。もう三十四年も前のことなのにね」

「そうか、もうそんなに前の話になるのか。私はまだ三十一だった……」

「うわっ、今のぼくより十歳も若かったのか、あのときの母さんは」

　ファミレスでコーヒーを飲みながらそんな懐かしい話を続けるうちに、母も少しは気が晴れたようで、最後は泣き笑いの顔になったが、差別をむき出しにした言葉を母に投げつけた冷酷な父にぼくは激しい怒りを覚え、それからしばらく父とは断絶状態になった。

　妹は、最初の入院から数えて五回も入退院をくりかえし、そのたびに父も同時に入退所し、そうして父が老衰により九十一歳で亡くなるまでの約十年にわたって、ぼくは父の介護を続けることになった。ふと気づくと、母よりも父とすごした時間の方がはるかに長くなっていた。

　ぼくは週に一度、介護老人保健施設に通い、父を車に乗せて近くのコインランドリーに行った。洗濯機に父の下着やタオルやジャージを入れ、並んでベンチに腰かける。

「母さんがまだ元気だった頃」とぼくは父に煙草を手渡しながら言う。「仕事から戻ると、夕飯を作る前に一服してたね。換気扇の下で吸ってる姿、はっきり覚えてるよ」

　ああ、と父はうなずき、震える手で煙草に火をつけ、うまそうに吸う。

「パーキンソンが重くなってから吸えなくなったけど、最後は吸わせてあげたかったね」

「パー……なんだ？」

「しっかりしてよ。パーキンソン病だよ。月に二度、御茶ノ水の順天堂医院まで、父さんもいっしょに行ったじゃない」

「私もいっしょに？」

あれからまだ三年も経ってないのに……。ぼくは父を責めたい気持ちを抑えた。

「ねえ、父さん、母さんが新宿の鉄道病院の看護婦養成所に入って、初めての給料で赤いハイヒールを新宿の闇市で買った話、聞いたことがあるんだけど、その頃、父さんはもう戦争から帰ってきていた？」

「その頃？」と父は燻製のようにすすけた顔で訊く。

「昭和二十年の九月頃かな」

「昭和二十年九月」と父は言い、ブルッと武者震いをした。脳のスイッチが入ったのだ。

「東部十六部隊の通信兵として、北支、中支を転戦して、南下中に瑞州で終戦となった。それから江西省の九江まで延々歩いた。九江は揚子江沿岸の港町だ。九月なら、ちょうど揚子江を船で下っていたな」

「揚子江を船で？」とぼくは驚いて訊き返した。父は十分前に昼食を摂ったことさえ忘れてしまうのに、六十年前のことは驚くほど覚えている。

「ああ、武装解除はまだしていなかった。武装解除はまだしていなかった。情けないことにぼくはその意味を理解できなかった。

返す言葉を探していると、父は背中をこごめて上目づかいになり、もう一本もらえないか？　というように、ひどく卑屈な顔をして、おずおずと人さし指を立てた。

ぼくはそんな父から思わず顔をそむけ、煙草を一本取り出して手渡すと、揚子江を船で下る二十三歳の父・隆作の姿に思いを馳せた。

「あの弁当、おいしかったなあ」と父が言った。

「弁当？」

「戦地に行く前、母さんと弟が弁当を持って訪ねてきてくれたんだ。それをな、松の木の下で食べた」

「訪ねてきてくれたって、父さんはそのときどこにいたの？」

「なあ隆二、ビール買ってきてくれないか？　病院じゃ飲めないからな」

介護施設だと何度言っても、父は病院だと思っている。聞こえなかったふりをして黙っていると、やがて父もビールのことは忘れたようで、二本目の煙草をぼんやり吸いながら、「ほんとにおいしかった」とつぶやいた。

4

盛田隆作は大正十一年二月十六日に、東京府北豊島郡高田町大字雑司ヶ谷で生まれた。父の忠次郎はそのとき三十九歳、母のキヨエは二十三歳だった。

だが、隆作に雑司ヶ谷の記憶はまったくない。大正十五年、四歳の夏に、千葉県山武郡松尾町に転居したからだ。物心がついた頃には、すでに百羽のニワトリと共に暮らしていた。木造平屋建ての母屋のまわりには木製の柵がぐるりと張りめぐらされ、二百坪ほどの敷地にニワトリが放し飼いにされていたのだ。

四、五歳の頃の隆作は、卵拾いを手伝うのが楽しみだった。地面に屈み込んで、もみ殻や藁に隠れた卵がどこかにないか、あたりに目を走らせる。宝探しのように胸がときめいたし、特にニワトリが温めている卵を素手でそっと触ったときは、心が強く揺さぶられた。その感動がどこから来るのか、幼い隆作には分からなかったが、それはまさに命に直接触れる喜びだった。

だが、臆病な隆作は、数羽のニワトリに囲まれただけで、怖気づいて足がすくんでしまう。だからポケットにはいつも野菜くずや貝殻を入れておき、それを自分から離れたところに放り投げて、集まってきたニワトリを散らすのだった。

ニワトリは夜明けと共に起きて、すぐにエサを食べ、水を飲む。それから二時間後には卵を産み始め、遅いニワトリでも午前中にはすべて産み終える。

いつもは「クォッコッコッコ」と静かに鳴いているニワトリが、突然「コケーッコッコッコ！　コケーッコッコッコ！」と叫び始めると、あっ、卵を産んでるんだな、と五歳の隆作は分かるようになった。午前中はニワトリの鳴き声でとにかく騒々しい。

百羽のニワトリは毎日一つの卵を産むので、百個の卵が敷地のあちこちに産み落とされる。卵を産み落とし、ひと仕事終えたニワトリは、地面を掘り返してミミズや虫を探して食べたり、掘り返してできた穴の中に入って砂浴びをして、身体についた虫を落としたりする。卵を産んだご褒美に野菜くずを与えると、懸命につついて食べ、それから飛び上がって走り回ったり、昼寝をしてくつろいだりして、午後の長い時間をすごし、そうして日が暮れると、屋根のついた小屋に入って眠りにつく。

隆作もまたニワトリと共に起き、共に眠りについたが、昭和三年、松尾町立尋常小学校に入学すると同時に、幼児期のそんな牧歌的な暮らしは過去のものになった。父の忠次郎より、六歳の隆作の仕事として、糞の掃除を与えられたのだ。

父は夜明け前から起き出して、エサやりや水飲み場の準備をしているし、母も前年の昭和二年に生まれた五歳下の弟・英介の世話をしながら家事をこなし、手のすいたときは父の仕事を手伝っている。養鶏という家業を支えるための役割分担として、隆作は二百坪の敷地に散らばった糞を集めなければならなかった。

掃除が終わらないと、父は学校に行かせてくれなかったので、隆作は毎朝六時に起きて糞の掃除にかかった。ニワトリの糞はとにかく臭い。豚ほどではないが、牛よりも確実に臭い。地面が軟らかい土なので、ニワトリが掘り返した土と糞が混ざってしまう。その糞を集めるのが大変だった。

晴れた日は、地面を十センチほど鋤ですくい、土をふるいにかけて糞を取り除かなければならなかったし、雨降りの日は発酵した糞がことのほか臭く、ハエが寄ってくる。隆作は泣きべそをかきながら糞を集め、それを敷地のはずれの決められた場所まで運んでいく。鶏糞を肥料として近くの農家に売るためだった。

作業をすべて終えたら、すぐに裸になって、井戸で頭から水を浴びる。そうしないと、臭いが身体に染みついてしまい、学校に行けなかった。だが、寒い冬に井戸水を浴びるのはあまりにもつらい。五右衛門風呂に昨夜の残り湯があり、それがまだかすかに温かかったので、隆作はその湯を使って頭と身体を洗い、囲炉裏端で暖を取った。

百羽の鶏糞の掃除は二時間近くかかったが、ニワトリはどんどん増え続け、隆作が四年生に上がる頃には三百羽を数え、掃除にはたっぷり三時間かかるようになった。

十一月のある寒い朝、隆作は初めて父親に声を荒らげて抗議した。

「全部やるのは無理だよ。今日はもうやめた。あとは英介にやらせればいい」

「何を言う。英介はまだ四つだろう」

隆作は唇を嚙みしめていたが、我慢できずに口を開いた。

「できないものは、できない！」

「打擲するぞ！　歯を食いしばれ！」

忠次郎は眉根を寄せ、拳を振り上げた。

次の瞬間、母のキヨエが父の腕に取りすがり、「お願いします。どうか勘弁してあげてください」と言い、それから振り返って隆作の顔を見た。

「お父様に早く謝りなさい」

隆作は母の視線から逃れるように顔を伏せた。冬が近づくと日の出がどんどん遅くなる。その朝もうっすらと明るくなり始めた六時前に作業を始めたが、八時近くになってもまったく終わらなかった。このままでは始業時間に間に合いそうもない。

「学校に遅れるのは嫌なんだ。授業は一時間目から受けたいんだよ」

隆作が目に涙をためて訴えると、忠次郎は振り上げた拳を下ろした。

「だったら初めからそう言えばいい。早く学校へ行け」

忠次郎はそう言ってニワトリの頭を手で押さえると、二本の指を口の中に差し入れて、くちばしの先をパチンと切った。くちばしが伸びて尖ると、ニワトリ同士でつつき合い、傷つけ合ってしまうことが多い。だから定期的にくちばしの先だけ切るのだった。

隆作は井戸に向かった。そして裸になって頭から水をかぶり、手拭いで身体を拭くと、寒さに震えながら服を着けた。風呂の残り湯で身体を洗うような時間はなかったのだ。

「行ってきます!」と両親に声をかけ、学校に向かって走った。母屋の裏手から延びる長い上り坂を一気に駆け上がる。息を切らして校門をくぐったとき、ちょうど始業時刻を知らせる時鐘の音が校庭に鳴り渡った。

松尾町立尋常小学校は農家の子どもが多いので、農繁期になると学校を休む生徒がたくさんいる。生徒の半数が欠席してしまうことも珍しくなかった。田植えや刈り取りは一家総出の大仕事なのだから仕方ないと、教師はあきらめていたが、隆作は鶏糞の掃除のために授業に遅れたり、ましてやニワトリ小屋の修理を手伝うために学校を休んだりしたくなかった。

小学校を卒業すると、生徒の六割方が家業を手伝うか、あるいは、職に就いて働き始める。隆作は五年生になり、六年生に上がる頃には、できたら中学校に進みたいと思うようになった。唱歌と体操は苦手だが、国語と算術と理科と図画が得意で、四年生から六年生まで三年続けて級長に選ばれた。

教師には中学進学を勧められたが、中学校の五年間の修業年限は長い、と父に反対されるだろう。だったらせめて高等小学校に進んで、あと二年間は勉強したかった。というのも、どうしても養鶏の仕事を継ぎたくなかったからだ。

確かに毎日三百個の鶏卵を出荷して現金収入を得ているので、一家はひもじい思いをせずにすんでいる。米や魚や肉は現金で購入し、野菜や果物は母が近所の農家に行き、卵と物々交換する。裕福とは言えないが、貧しいと思ったことは一度もない。それは父の養鶏業が順調なおかげだった。でも、十二歳の隆作はまだ見ぬ外の世界で働きたかった。そのためにはもっと勉強して、何か手に職をつける必要があった。

そんな隆作がその頃、何度もくりかえし見た悪夢がある。自分が小さなニワトリになって、強いニワトリにつつきまわされる夢だ。明け方にたびたび同じ夢を見て、声にならない悲鳴を上げ、頬に冷たい汗をかいて目を覚ました。

小さくて弱いニワトリはエサを食べようとしても、強いニワトリにつつかれて、なかなか食べることができない。つつかれるうちに傷ができ、血が噴き出したら悲惨なことになる。それまで攻撃に加わらなかったニワトリまでが、寄って集って傷口を執拗につつくのだ。居場所がなくなったニワトリは、群れから離れて行動するようになり、次第にエサを食べなくなる。

忠次郎はそんな弱いニワトリには個別にエサやりをしたり、水飲み場も別に用意したりして、細かく対応したが、ほとんどの場合、羽毛が抜け落ち始めて、じきに死んでしまう。自分がそんなニワトリになってしまう悪夢に、隆作はしばらく苦しめられた。なんとしてでも、この柵の外に出なければならない。

思い起こせば、小学校に入ったばかりの頃、鶏卵はとても高価な栄養食で、貧しい農家の食卓にはほとんど上らなかったが、母は卵を使った料理をよく作ってくれた。

野菜と豚肉を煮て卵を流しこんだ卵とじや、炒めたトマトをふんわりと卵でとじた料理も好きだったが、ゆで卵と玉ねぎで作ったコロッケがいちばんの好物だった。たまに父が作ってくれるオムレツは、甘くてふんわりしてお菓子のようにおいしかった。

だが、六年生になる頃には、どの家でも週に一度ぐらいは、卵が食卓に出るようになった。中国から安い卵が大量に入ってきたからだ。それは上海卵と呼ばれ、国産卵より小さくて、しかも輸送のために産卵から日にちが経っているので、夏場は特に生食に適さないとされたが、それでも価格が三分の一ほどの安さなので、庶民も手軽に食べられるようになった。

忠次郎はそのあおりを受けた。上海卵におされて鶏卵の出荷価格が下がり、利益が半分近くに落ち込んでしまったのだ。家賃と地代の支払いを少し待ってもらえないか、と地主に頭を下げている父の姿を見て、これでは高等小学校への進学もあきらめざるを得ないのか、と隆作はがっかりした。だから父の言葉は意外だった。

「勉強したいなら、進学すればいい」と父ははっきり言ったのだ。

「中学校に行きたいんだけど……、先生も勧めてくれているし……」

隆作は遠慮がちに言ったが、父はたちまち目を吊り上げた。

「そんな余裕はない。分かってるだろう。高等小学校で勉強すればいい」

「分かりました。我慢します」

「我慢します？　なんだ、その言い草は！　打擲するぞ。歯を食いしばれ！」

父が烈火のごとく怒って拳を振り上げ、母があわててそれをとりなす。そんなことが何度か繰り返されたが、この日から九年後、二十歳で徴兵され、初年兵教育を受けた隆作は、「貴様ら、弛んどるぞ。歯を食いしばれ！」と上等兵に怒鳴られてビンタを受けながら、父の顔を懐かしく思い出したものだった。

「お父様を敬いなさい。宮内省にお勤めだったんですからね」

母のキヨエは何かにつけて宮内省の名を出して、隆作をたしなめた。キヨエにとって宮内省の名は、この上なく甘美な響きを伴っていたのだろう。陛下より下賜された菊花紋章入りの恩賜煙草は一本も吸われず、箱に入ったまま、神棚に供えてあった。

忠次郎は明治十六年に、キヨエは明治三十二年に生まれた。富山県中新川郡出身の同郷の二人は、大正七年に結婚した。忠次郎は三十五歳、キヨエは十九歳だった。

忠次郎は結婚を機に、宮内省に勤務していた兄を頼って、富山の農村から東京の雑司ヶ谷に上京した。そして宮内省の食事や饗宴を担当する大膳寮で、給仕配膳係として働き始めたのだった。だが、不幸なことに、勤め始めて八年目に肺炎から肋膜炎を発症してしまい、給仕という仕事柄、宮内省を辞めざるを得なくなった。

キヨエは三歳の隆作を抱えて途方に暮れたが、忠次郎は病が完治すると、知り合いの伝手を頼って、房総半島の九十九里平野のほぼ中央に位置する松尾町に古い家屋と土地を安い賃料で借り受け、借金をしてまで思い切って転居し、養鶏業を始めたのだった。

忠次郎はその頃のことをほとんど語らなかったが、お父様は宮内省にお勤めだったんですからね、とキヨエは晴れやかな時代を懐かしむように、当時のことをよく口にした。

そうして隆作は高等小学校に進んだが、あくまでも初等教育だったので、中学校の生徒は英語や漢文を学んでいるというのに、尋常小学校の科目に手工と実業が加わっただけだった。その歴然とした差が悔しくて、隆作は高等小学校を出たら、さらに実業学校に進みたいと切望した。

そんな隆作にとって、昭和十一年三月に松尾町立高等小学校を卒業したあとの一年間ほど、屈辱的な日々はなかっただろう。高等小学校の教師に勧められて、隆作は東京の逓信講習所の入学試験を受けた。当時、困窮家庭の子弟向けに逓信講習所と鉄道講習所があり、共に卒業後一定期間就職する条件で、学費を支給して養成してくれる制度があった。

単身で上京することになるが、忠次郎はそれを許してくれたし、キヨエも応援してくれた。競争率は高かったが、隆作は受験勉強に励み、入学試験に合格することができた。そして卒業と同時に上京する予定だったのだ。

だが、合格通知を受け取ってまもなく、忠次郎が食肉業者のトラックに撥ねられて、大怪我を負ってしまった。背骨を圧迫骨折し、二ヶ月の入院を余儀なくされたのだ。そんな家族をおいて一人で上京するわけにはいかない。隆作は入学を断念し、忠次郎の代わりに養鶏の仕事をした。忠次郎は退院後一ヶ月ほど自宅で静養し、それから仕事に復帰したが、隆作は逓信講習所の入学をどうしてもあきらめきれなかった。それを誰にも言えず、一人で悶々とする日々が続いた。

運命はとかく皮肉なものだ。その年の暮れになって、今度は地主に立ち退きを要求されたのだ。隆作は理由を聞いて愕然とした。母校の松尾町立尋常小学校は、高台の狭い土地に建っており、校舎を増築するための土地を探していた。地主は忠次郎に貸している養鶏場の土地を小学校に売却することになったというのだ。

理不尽な要求だったが、借り手が立ち退きを拒むことはできない。せめて春まで待ってほしい、と忠次郎は地主と交渉し、学校側からも了解を取りつけた。隆作は夜の目も寝ずにふたたび試験勉強に励み、逓信講習所を再受験して無事に合格した。

一方、忠次郎は東京に住む遠縁に相談し、東京の中目黒の町会の事務兼留守番の仕事を運よく紹介された。一階が集会室で、二階が住居になっている。そこに一家で住み込むことになった。忠次郎はすでに五十四歳になっていた。そろそろ年貢の納めどきだろう、と忠次郎は自分に言い聞かせるように、キヨエに語りかけた。

そのような経過をたどり、昭和十二年四月、弟の英介は小学四年生から目黒の油面尋常小学校に転校し、隆作は東京麻布の広尾町にある逓信講習所に一年遅れで入学する。十五歳の春のことだった。

5

昭和二十年四月一日の午後三時半すぎ、稲村仙一は娘の美代子を東京鉄道病院に送り届けると、新宿駅に引き返し、大きな風呂敷包みを抱えて、山手線に乗り込んだ。新橋駅に行くには、渋谷方面に向かう内回りの方が早いが、あえて外回りの電車に乗った。

向島区、本所区、深川区あたりの家屋はほとんど焼けてしまったという。仙一はその話を聞いて愕然としたが、自分の目で見るまでは、どうにも信じられない。山手線の外回りに乗れば、上野の東側の下町を見渡せるかもしれない、と思ったのだ。

池袋駅をすぎて日暮里駅までは空襲のつめ跡もほとんど目に入らなかったが、上野駅を発車してまもなく、仙一は車窓からの眺めに言葉を失った。

見渡すかぎりの焼け野原だった。崩落を免れたコンクリートの建物と、焼け焦げた枯れ木がぽつりぽつりと立っているだけで、木造家屋はほとんど焼け落ち、延々と瓦礫の山が続いている。

ところどころに煙が立ち、焼け跡が燻っているように見えた。三週間経ってもまだ完全に鎮火していないのか？　仙一は首をひねったが、目を凝らすと、家を失った人びとが野外で煮炊きをしているのだった。そんな惨状を目の当たりにすると、上野駅の駅舎が被弾を免れたのは、まさに奇跡的なことに思えた。まさかB29が駅舎を避けるように、爆弾や焼夷弾を落としたわけではないだろう。

荷車に家財道具の一切を載せて、線路沿いの道を進んでいく一群の人びとの姿も見える。家を焼かれてしまい、どこかに避難するのだろう。若い男はほぼ例外なく戦地に赴いているので、荷車を押しているのは母親と子どもと老人ばかりだった。

やがて御徒町駅に近づいて、電車が速度を落とすと、焼失した民家に囲まれた空き地の一角で、煮炊きをしている人びとの姿がはっきりと見えた。レンガでかまどを作り、鉄かぶとを鍋の代わりに使っている。ボロを着た三人の子どもが線路際の土手を歩き回っているのは、食べられそうな雑草を採っているのだろう。

鉄かぶとの鍋の中身は、野菜の切れ端や芋がらだろうか……。仙一はそう思い、その光景に強い既視感を覚えた。それは体験したことがないのに、かつて体験したことがあるように思える不思議な感覚だったが、一瞬後には、遠い昔に実際に自分が見た光景だと気づいた。

それは二十一年前のことだ。茂木の貧しい農家の三男坊として生まれた仙一は農作業のかたわら、知り合いの炭焼き小屋で繁忙期だけ仕事を手伝ったり、手先の器用さを見込まれてソバ屋でソバ打ちの補佐をしたりして、わずかな収入を得ていたが、二十四歳のときに一念発起して仕事を求めて上京し、日本橋浜町の寿司店で修業を始めた。それは大正十三年三月のことで、関東大震災から半年しか経っていなかった。

当時、日本橋魚市場は崩れ落ちたまま放置されていたが、家を失った人びとが瓦礫の中から焼け残った材木やトタン板を拾い集めて、雨風をしのぐだけのバラックを建てて暮らしていた。目を閉じると、二十一年前の光景が仙一のまぶたの裏によみがえる。

記憶の中の人びとはそんなに暗い顔をしていなかった。つましい暮らしの中でも、日本橋川で釣ったハゼを刺身で食べたり、唐揚げにしたり、三枚におろした中骨を揚げて骨せんべいにしたり、様々に工夫を凝らしていたし、官憲が掘っ立て小屋の撤去を命じに来ると、焼酎をふるまって懐柔するたくましさもあった。

浜町の寿司店は幸いにして被害は少なく、屋根の補修だけで店を再開することができたが、震災前と大きく変わったことが一つある、と仙一は店で働き始めてすぐに兄弟子から教えられた。

店の暖簾をくぐる前に、南西の方角に目をやると、瓦礫が広がる地平線の彼方に、勇壮な富士山の姿が見える。でも、震災前には、日本橋から富士山が見えるなんて思いもしなかった、と兄弟子は言ったのだ。まるで一夜にして富士山が突然目の前に出現したようで本当に魂消た、とも言った。

「大将、富士見寿司に変えたらいいんじゃないかい？　店の名前」

冗談まじりにそんなことを言う客も多く、この町の復興のために金を落とすのが我々の役目とばかりに、日本橋区や京橋区界隈の金満家が次々と訪れたし、加えて十六歳のハルの甲斐甲斐しい働きぶりも評判になり、おかげで店は繁盛した。

自分が若かったせいもあるが、当時の日本橋浜町の人びとは不思議なくらい悲壮感がなかった、と仙一はつくづく思う。近所の人びとは手を取り合って、この未曾有の困難に立ち向かっていた。もちろん肉親や連れ合いを失った人の悲しみは、生涯にわたって癒されることはないが、それでも今日よりまだしも救われる明日を思い描いて、まるで大家族のように助け合った。

その一方で、仙一には後ろめたい気持ちも確かにあった。そもそも上京したきっかけは、大震災により東京では数万人の死者が出て、深刻な労働力不足が生じている、という話を聞きつけたからだ。おまえは震災の犠牲に乗じて稼ごうとするダボハゼのようなやつだと言われても、返す言葉はなかったが、でも、ハルを一目で見初めて、まもなく子をなす関係になったのも、震災後の東京で支え合って生きていける家族をつくりたい、と心の底から思ったからで、その気持ちに偽りはなかった。

実際、東京の復興は目覚ましく、仙一が寿司店で働き始めて五年半後の昭和四年の秋には、日比谷公園で「帝都復興展覧会」が華々しく開かれたほどだった。道路や橋の整備に続いて、その頃にはバラックに代わって新しい家屋が次々に棟上げされていき、寿司店の前から望めた富士山の雄姿も、いつのまにか高い建物に隠れて見えなくなった。

だが、今、仙一の目の前に広がる光景は、あのときとは似て非なるもので、無残としか言いようがなかった。上野に続いて秋葉原も神田も、B29の空襲により、ほとんど焦土と化し、駅前を行きかう人びとの顔にも生気が感じられない。

日本橋浜町の寿司店は、すでに三年前に店をたたんで、ハルの叔父も故郷の名古屋に戻ったと聞いているが、あの一帯も焼けてしまったのだろうか……。関東大震災で被災し、この空襲でふたたび被災した下町の人びとの悲運に思いを馳せながら、仙一は新橋駅で降りると、風呂敷包みを抱えて、焼け野原の中を歩き始めた。

ここから佃島の「大沢蛇屋」までは何度か歩いているので道には慣れていたが、どこまで行っても似たような瓦礫の中を進んでいくと、方向感覚が失われてしまう。すでに表通りも裏通りもなく、洒落た洋館の窓ガラスはことごとく割れ、あちこちで水道管が破裂したのだろう、水の噴出を防ぐ応急処置がなされただけで放置されている。

焼け落ちた家屋の残骸に道を塞がれて引き返したり、亀裂の入った壁が今にも崩れ落ちそうな建物の前に差しかかって遠回りしたりしながら、仙一は築地本願寺を目指して歩いた。遠目に見える本堂は被災を免れているようだった。

家を失った人びとは、親戚筋でも頼ってすでに避難したのだろうか。ほとんどの家屋に人影はなく、男の姿はめったに見かけない。目に入るのは防空頭巾をかぶって瓦礫の片づけをしている女性たちや、瓦礫の中から鉄クズやクギを拾い集めている子どもたちの姿ばかりだった。

防腐剤として黒いタールを塗られた電信柱は、焼夷弾の熱で発火したのだろうか。道路のあちこちに燃え残った電信柱が倒れていた。瓦礫の向こうでは、数人の男たちが電信柱にナタを振るって薪を作っている。そうしてごくたまに国民服とゲートル姿の男たちの姿を見かけると、揃って六十歳前後の高齢者だった。

「檄！」と書かれた看板の前で、仙一はふと足を止めた。

「罹災区民を各家庭は引き取り、温かく世話せよ！　各方面と連絡し、団員の奮起と活動を求む」とあり、翼賛壮年団の地域名が最後に記してある。だが、見渡す限りの焼け野原で、罹災者を引き取れるような家屋は、このあたりには一軒も見当たらない。

大政翼賛会か、と仙一はつぶやき、看板の前から離れると、「行くぞ、行こうぞ、がんとやるぞ。大和魂伊達じゃない。見たか知ったか底力。堪え堪えた一億の堪忍袋の緒が切れた」と大政翼賛会が作った軍歌を歌いながら歩いた。

鼻の奥からつんと込み上げてくるものがあり、自然と涙があふれてきた。両手で風呂敷包みを抱えているので、頬の涙を拭うことはできないが、男として何も恥ずかしいことはない。ただ俺も歳を取ったな、とだけ思った。

やはり築地本願寺は無事だった。境内の立木の一部が焼け焦げていたが、石の大きな階段も、本堂を支えるコンクリート製の宮殿のような柱も、トゲのような塔が立つインド風の丸みを帯びた屋根も被災を免れていた。

築地本願寺の敷地と接する形で、南北にまっすぐに続く広い道路がある。仙一はつかのま本堂を見上げ、佃島を目指してその道路を南に向かった。すると歩き始めてすぐに奇妙な光景が目に飛び込んできた。

焼け焦げた都電の車両が路上に放置されていたのだ。それも一台や二台ではない。何台も何台も黒焦げになった車両が、道路に一定間隔で並んでいる。鉄の骨格だけを残して床や座席はすべて焼失し、窓ガラスの破片があたりに飛び散ったままだった。

五十がらみの男が道路の縁石に腰を下ろし、煙草をふかしていた。男の足元にはグニャリと曲がった水道管が落ちている。

「なんでこんなことになったんだべ」と仙一は男に声をかけた。

「爆弾落とされたからよ」と男は当然のように答えた。

「そうでなくてさ、なんでこんなにいっぺえ並んでる」

仙一がさらに訊くと、男は煙を鼻と口から同時に吐きだしてから答えた。

「俺もそんなには詳しくないが、一月の空襲で都電の車庫が狙われてよ、何台かまとめて焼けちまったんだよ。それで職員が車庫から出して並べたんだ、こうやってずらっと」

「ああ、そういうことけ」

仙一は釈然としないものを感じながら、黒焦げになった車両の脇を通りすぎた。

車庫を狙われて何台も同時に焼失してしまうより、分散しておいた方が被害は少ない、と東京都電車は判断したのだろう。でも、こうして車両を一列に並べておいたことで、B29戦闘機に乗り込んだ米兵は一直線に低空飛行しながら、次々と爆弾を落としていくだけで、車両をすべて焼きつくし、線路と架線を破壊しつくすことができたのだ。

ニヤニヤ笑いながら爆弾を投下する赤ら顔の米兵を想像して、仙一は背筋が寒くなったが、次の瞬間、「おっ」と声を上げた。

隅田川に近づくにつれて、対岸の町一帯がほとんど焼けていないことが分かったのだ。

仙一は急ぎ足になって勝鬨橋を渡った。小さな町工場や木造の長屋が密集している月島はやはり被災を免れていた。川と運河が延焼を食い止めたのだろうか、壊滅状態になった対岸の深川区とは明暗がはっきりと分かれた形だった。

どうか大沢蛇屋が焼けていないように、と仙一は祈るような気持ちで、月島から佃島へと道を急ぎながら、防空壕に身をひそめる大沢峰吉の姿を思い浮かべた。

色白で鼻筋が通り、やや面長な顔立ちが歌舞伎役者のような大沢は、赤銅色に日焼けした仙一とはまるで別世界の住人のようだった。だが、同じ明治三十三年生まれということもあり、三年前に初めて蛇を買い取ってもらったとき、すぐに意気投合し、それ以来、酒を酌み交わしながら、互いの家族の話などもする関係になったのだった。

まもなく佃島の渡船乗り場が見えてきた。堤防の役目をしている古い石垣積みの上には、表店の佃煮「天安」の看板が見える。その少し後方にある銭湯「日の出湯」の煙突からは煙が立ち上り、まるで空襲などなかったように営業している。

大沢蛇屋は日の出湯のすぐ近くだった。無事にちがいない。仙一は表通りから横丁に入り、横丁から迷路のような三尺路地を抜け、大沢蛇屋の前にたどり着いた。

「大沢さん、いるかね」

店のガラス戸を軽く叩いた。ガラス戸にはカーテンがかかっていたが、カーテンの隙間から大沢が顔を覗かせ、来客を確認すると、あわてて戸を開けた。

「おお、稲村さん、よく来た。入っておくんなさい」

「したっけ、えがった。このあたりは無事だったべか」

「いやあ、あの日はほんとに一晩中、生きた心地がしなかった。幸いこっちは無事だったが、隅田川の向こうはもう地獄だった。稲村さん、どうぞこちらに」

大沢は仙一のために椅子を引き、テーブルをはさんで向かいの席に腰かけた。

仙一は腰を下ろす前に、風呂敷包みをほどいて、中からシマヘビの蒸し焼きやマムシの粉末を取り出した。

「ほんとはマムシも生きたまま何匹か瓶詰めして持ってこようと思ったんだけんど、汽車ん中で逃げたらどうする、生きた蛇持ってくなら一緒に行かないって、ゆうべっからずっと娘が言うし、買い出しですごい混みようだから、まあ、あきらめたけんど」

「娘さんが？」と大沢が言った。

「そうさな。娘を新宿の鉄道病院に送り届けて、その足でここに来た」

「そうだった。娘さん、毎晩猛勉強しているとおっしゃってましたな、去年お越しになったとき。看護婦養成所、無事に合格したんですね。おめでとうございます」

「それでな、今日はとにかく、持てるだけ持ってきたから」

仙一はそう言ってテーブルに並べようとしたが、大沢が軽く手をあげてさえぎった。

「まあ、仕事の話はあとでゆっくり」

「ちょっと待ってくんろ」と仙一はあわてて言った。「じつは、帰りの汽車賃もねえんだ。買ってもらえねえと、帰るに帰れねえ」

「それは大丈夫。うちで全部は引き取れないが、他の店、紹介するから」

「そら、ありがてえが、浅草あたりの蛇屋は、空襲で燃え……」

燃えちまったべ、と言いかけて、仙一が口ごもっていると、大沢が首を横に振った。

「いや、空襲の前に、強制疎開だ」

「なんだべ、蛇屋の一家が、どこぞ田舎に疎開したんか」

「稲村さん、あんた」と大沢は呆れた顔になった。「栃木あたりだと、強制疎開も知らんのか？　子どもの疎開じゃなくて、建物疎開だよ。過密地帯の家を間引きして、空襲の延焼を防ぐ。防空対策だ。それで浅草や本所あたりの蛇屋は、大方取り壊されちまったんだよ」

「ひでえな。栃木でも宇都宮あたりじゃ、やられてるかもしんねえな」

仙一はそう言ってからふと気づいて「でもよ」と続けた。「このあたりも家が建て込んでるが、その建物疎開ってやつはなかったんけ」

「ああ、道路拡張で取り壊された家が何軒かあるが、うちはぎりぎり免れた」

「ようこそ、いらっしゃいませ」と大沢の妻が茶を運んできた。

「ありがとうごぜえます。おかまいなく」

仙一は頭を下げ、湯呑みの茶をいただいた。

「娘さんが今日、新宿の看護婦養成所に入学なさったと」

大沢の言葉に、妻はやわらかな笑みを浮かべた。

「ご立派な娘さんですこと。でも、病院は今どこもほんとに大変そう。野戦病院みたいなことになって」

「いや、ほんとに」と大沢がうなずき、仙一の顔を見た。「こないだ小石川の病院に従兄弟の見舞いに行ったんですよ。三月十日の空襲以来、病床がいっぱいで、廊下にも患者があふれていて、医者も看護婦もほとんど眠れないほど忙しそうで」

そうか、そんなことになっているのか、と仙一はあらためて娘の身を案じつつ、「そちらのご子息は……」とおずおずと口を開いた。去年の秋にここを訪ねたとき、大沢の十九歳になる長男は徴兵された直後だった。

「ああ、南方戦線に出征したが、そのあとは行先も何もまったく分からんでな」

「お国のために立派に尽くして……」

仙一はそう言いかけたが、言葉が続かなかった。十日前の三月二十一日、大本営が硫黄島守備隊の玉砕を発表したからだ。

「どうぞごゆっくり」

大沢の妻が一礼して去ると、大沢は前屈みになり、「それでな」と早口で話し始めた。

「三月十日の零時すぎ、空襲警報が鳴って飛び起きたんだが、外に出て空を見上げたら、B29が編隊を組んで飛んでくるのが見えた。もう何十機か分からないが、雲の切れ間から

B29の黒い影がちらちら見えて、ぐんぐんこっちにやってくる。で、ちょうど俺の頭の上まで飛んできたとき、焼夷弾が投下された」

「えっ」と仙一は思わず声を上げた。

「ああ、もう一巻の終わり。ダメだと思ったよ。ところがあの日は風が強くてな、焼夷弾が斜めにすーっと流れて、深川の方に落ちていった。バラバラ、バラバラ、雨みたいに降ってきた焼夷弾がみんな風で流されていって、深川の町があっという間に炎で真っ赤になった。恐ろしくて、しばらくその場から動けなかった。そんな自分がほんとに情けなかったよ。そのうちに深川から火の粉がこっちまで飛んでくるようになった。火の粉だけじゃない。火のついた紙くずや布切れが、ものすごい熱風とともに川を越えて、こっちに飛んでくる。それで俺はやっと大変なことだと気づいた」

　大沢は舌先で乾いた唇を舐め、湯呑みの茶をすすって続けた。

「この近くに隣組と共同の防空壕がある。俺は女房に位牌を持たせて、先に防空壕に入るように言った。それからゲートルを巻いて、そいつを持って外に飛び出した」

　そいつ、と大沢が顎で示したのは、長い竿の先に短い縄を束ねた火はたきだった。縄の先を防火用水に浸して、飛んでくる火の粉や家の軒先に飛び火した炎を叩いて消す。

「とにかく深川から吹いてくる熱風がすごくて、顔や腕や背中から汗が噴き出して、頭がくらくらした。B29のエンジン音が耳元で聞こえたかと思うと、ドーン、ドーンと爆弾が地響きを立てて落ちる。隣の人の声も聞こえないほどだったが、ふと気づくと、女房が防空頭巾をかぶって防火活動にあたっていた。子どもたちも防空壕から出てきて、みんな総出で火を消している」

「子どもたちも」と仙一はくりかえした。

「疎開先から戻った子どもも多かったからな」と大沢は言った。「防空頭巾に火の粉が落ちると、お互いに火を叩き消し合うんだ、火はたきで。自分の背中に火がついたことに気がつかないで、大火傷を負いそうになった女の子がいたが、近くにいた人がすぐにバケツで水をかけて助かった。とにかく大人も子どもも無我夢中だった。飛んでくる火の粉が少なくなって、空が白み始めた頃、B29の機影も見えなくなった。でも、深川の町はまだ燃えていて、それどころか、火事は広がるばかりに見えたよ」

「知らなかった」と仙一は言った。「ここと深川じゃ一里も離れてないのに」

「勝鬨橋を渡ってくるとき、嫌な臭いがしなかった?」

いきなり訊かれて、どうだっただろう、と仙一は首をひねった。

「夕方になって火事が収まった頃、勝鬨橋を渡って様子を見に行った。見渡す限りの焼け野原で茫然としたが、それより強烈だったのは、焼夷弾がまき散らした油の臭い。髪の毛が焦げたような嫌な臭い。何よりも遺体の腐敗臭がひどかった。あれから三週間経つから、もう臭わないか……」

　大沢はそこで口をつぐんだ。そしてかたわらの煙草に手を伸ばすと、一本抜き出して、仙一に差しだした。

「ありがてえ」と仙一は言って、煙草を受け取った。

　一本のマッチで互いの煙草に火をつけ、しばらく無言で煙草を吸った。

「道端に遺体が転がっていても」と大沢がふたたび口を開いた。「焼け焦げて炭のように真っ黒だったから、すぐに人間だと分からない。そういうご遺体は、爆弾が直撃したのかと思ったが、そうではなかった。熱風に巻かれて服がパサパサに乾くと、火の粉をちょっと浴びただけで全身が火だるまになってしまう。町内会でそんな話を聞いたよ。勝鬨橋は国民学校への通学路だから、子どもたちも毎日遺体を目にする。あの頃は、深川方面からかなりの遺体が流れてきた。橋板の隙間から川を覗くと、遺体が折り重なっているのが見える。火の中を逃げ回って、川に飛び込んだ人たちだろう。どれもこれもうつ伏せの遺体ばかりで、何日か経つと水ぶくれして黄土色になって、もう人間には見えなかった」

「大沢さん」と仙一は思わず言った。「Ｂ29はまた来るんだべか。今度は新宿にも焼夷弾落とすんか。娘のことが心配で心配で」

大沢は椅子から腰を上げると、奥の部屋から新聞を手にして戻ってきた。

「稲村さん、あんた新聞、読んでないだろう。これは三月十二日の記事だ。小磯首相の演説が載っている。本土決戦。一億総玉砕。首相が必勝大構想を表明している」

仙一は新聞の活字を目で追った。巡洋艦六隻撃沈、駆逐艦三隻撃沈など、華々しい戦果が躍っている。しかし、一億総玉砕とはいったい何なのか。一億総玉砕して戦争に勝ったことになるのだろうか、と疑問に思ったが、たとえ気心の知れた大沢が相手でも、それを口に出すのは憚られた。

「大沢さん、本土決戦って、どういうことだべ」と仙一は訊いた。

「稲村さん、それより酒でも飲むか。本土決戦になったら、もう飲めないからな」

大沢はまじめ腐った顔でそう言うと、奥の部屋に向かって「そろそろ酒を出してくれ」と妻に声をかけた。

6

昭和二十年四月二日、午前八時半すぎ、美代子は寮長から手渡された新品の白衣に着替えると、相部屋の三人とともに講堂に向かった。

長い廊下を一列になって、口を引き結び、黙々と歩く。寄宿舎の部屋ではお互いの白衣姿に歓声を上げ、おしゃべりに花を咲かせたが、厳粛な儀式を前に身が引きしまる思いだった。

入学式は病院長の式辞から始まった。新入生の最前列に立った美代子は緊張のあまり、ときおり気が遠くなりかけ、そのたびに目を見開いて、病院長の顔を凝視した。

「東京鉄道病院看護婦養成所に入学を許可された新入生の皆さん、ご入学おめでとうございます。今年度の入学志願者は三百名を超え、非常に厳しい競争になりましたが、この難関を見事に突破した五十名の皆さんは……」

病院長の声が近づいたり、遠ざかったりする。美代子は立っているだけで精一杯だったが、その言葉を聞き漏らすまいと必死に耳を傾けた。

やがて大きな拍手が起き、病院長が演壇から降りると、次はいよいよ戴帽式だった。

新入生が一人ずつ前に進み、それぞれの担当婦長から白いナースキャップをつけてもらう。

「稲村美代子さん」と名前を呼ばれ、美代子は前に進んだ。膝が震えたが、〈柏木ヨシ〉の名札を胸につけた婦長の笑みに励まされ、落ち着きを取り戻した。

「おめでとう」と柏木婦長に声をかけられ、「ありがとうございます。頑張ります」と美代子は答えながら、感激して涙ぐんでしまった。

五十名全員がナースキャップをつけると、看護婦監督が演壇に上がった。

「看護を行う私たちは、人間とは何か、人はいかに生きるかをいつも問いただし、研鑽(けんさん)を積んでいく必要があります」

看護婦監督はきっぱりと言い切り、新入生の顔を見渡してから続けた。

「今読み上げたのは、ナイチンゲールの言葉です。噛みしめてください。そしてまたナイチンゲールは看護学校の生徒に向かって、こんなことも言っています。子を失う親のような気持ちで患者に接することのできない、そのような共感性のない人がいるとしたら、今すぐこの場から去りなさい」

子を失う親のような気持ちで、と美代子は胸の内でくりかえし、帳面と鉛筆があれば、忘れないように書き取っておくのに、と残念に思った。

「もう一つ紹介しましょう」と看護婦監督は続けた。「命を奪われた男たちの前に立って思う。私は生きている限り、彼らを死に追いやった相手と戦い続けると」

彼らを死に追いやった相手と戦い続ける、と美代子はくりかえし、それを日本に置き換えれば、鬼畜米英と戦い続けることだと思った。でも、ナイチンゲールはイギリス人ではないか。どんなに偉大な白衣の天使でも、やはり敵国人なのだろうか。いや、でも看護婦監督はナイチンゲールの言葉が素晴らしいからこそ紹介しているのだろう。美代子はすっかり混乱してしまい、そのことばかり考えているうちに式辞は終わってしまった。

次は二年生代表の「歓迎のことば」だった。その毅然とした立ち居振る舞いに、美代子は息を呑んだが、「誓いのことば」を述べた新入生代表には、さらに圧倒された。

入学試験で成績が一番だったのだろう。その松原静子という名の生徒の顔を、美代子はじっと見つめた。東京都荏原区の高等女学校の出身で、言葉の訛りもなく、色白で細面のきれいな人だった。これから同じ教室で授業を受けることになる。晴れがましさと不安が入り混じり、胸が苦しくなるのを感じた。

入学式を終えると、新入生は寄宿舎に戻って待機するように指示された。境田愛子寮長から様々な規則や生徒心得について説明を受け、それから昼食を摂り、午後からいよいよ授業が始まる。

寄宿舎は一室六畳の四人部屋だった。美代子と相部屋になったのは、国民学校高等科を出たばかりの同じ十四歳の鈴木ムツ、十六歳の真岡昭子、十七歳の関根ミサだった。

それぞれ出身地も年齢も違うが、すぐに意気投合して、昨夜は遅くまで布団の上に車座になって、話が尽きなかった。最年長のミサは松竹歌劇団の男役、水の江瀧子のように髪を短く切り、きりっとした顔立ちをしている。言葉づかいは素っ気ないが、とても優しいし、頭の回転が速い。美代子はそんなミサにたちまち憧れのような感情を抱いた。

そのミサは高等女学校を卒業したが、昭子は三年で中退して看護婦養成所に入学し直したという。中退した理由を聞いて、美代子は驚いた。

経済的な事情で学業を続けられなくなったものとばかり思っていたが、そうではなかった。女学校では勤労奉仕ばかりで勉強できなかったから、と昭子は言ったのだ。これから毎日勉強できると思うと本当に嬉しい。養成所の入学試験に落ちたら、女学校で勤労奉仕を続けざるを得なかったと。

入学試験は国語、算数、作文と面接だった。女学校を出た人と競っても、とても敵わない、と美代子は思っていたので、合格したときは本当に嬉しかったし、看護婦養成所は授業料に加えて食費も宿舎費も無料なので、美代子にしてみたら天国のような所だった。

講堂から寄宿舎に戻る途中、美代子はミサに話しかけた。

「今年は入学志願者が三百人を超えるほど多かったと、院長先生がおっしゃってましたよね。どうして急にそんなに増えたんでしょう。去年は八十人ぐらいだったと、願書を出したときに聞いたんですが」

「ああ、それはね」とミサは眉をひそめ、小声で言った。「女子挺身隊になって軍需工場に動員されるより、勉強して看護婦になった方がましって人が多いからよ」

美代子は返す言葉が見つからなかった。ミサは女学校を中退して受験した昭子のことまで批判したわけではないのだろう。でも、美代子はとにかく看護婦になってお国のために尽くしたいと、それればかり考えていたので、そんな動機から受験する生徒が多いという現実に少なからず戸惑った。

このときミサが眉をひそめた理由を、美代子がはっきりと知ることになるのは、もう少し後になってからのことだ。というのも、五十名の新入生のうち、無事に卒業して看護婦になるのは三十八名だけで、残りの十二名は中退することになるからだった。その中には肺結核の療養のためという理由の生徒もいたが、退学者のほとんどが勤労動員の免除だけを目的として入学した生徒だった。だが、いずれにしても、美代子がそんな現実を知って愕然とするのは、まだ一年ほど先のことになる。

美代子とミサが寄宿舎の部屋に帰ると、ムツと昭子は一足早く講堂から戻っていた。境田寮長による説明会まで、まだ三十分ほど時間がある。

「ああそうだ、ミサさん、もう一つ伺(うかが)っていいですか」と美代子は言った。

「答えづらい質問でなければね」とミサは苦笑まじりに答える。

「看護婦監督がおっしゃった言葉で、どうしても分からないことがあって。私は生きている限り、彼らを死に追いやった相手と戦い続ける、というナイチンゲールの言葉ですが、ナイチンゲールはクリミア戦争に従軍したから、相手はロシア軍ですよね。私たちが戦い続ける相手は鬼畜米英。でも、ナイチンゲールはイギリス人だから……」

「そう、そう、私も」と同じ十四歳のムツが言った。「私もそこ分からなかった。ナイチンゲールがもし今生きていたら、私たちはナイチンゲールと戦わなければならなくなる」

「それ、全然違う」とミサが言い、「でしょう?」と昭子の顔を見た。

「そうね」と昭子はうなずいた。「死に追いやった相手って敵軍のことじゃなくて、伝染病やケガのことよ」

「え?」と美代子とムツが同時に声を上げ、顔を見合わせた。

「加えて、餓(う)えや、飲み水の不足や、不衛生な環境」とミサが続けた。「ナイチンゲールにとっての戦場は、看護の現場よ。自分が生きている限り、看護の現場で戦い続ける。ものすごく強い意志が感じられる言葉よね」

「あ、そうなんけ……」と美代子はつぶやき、頬を赤らめた。栃木の訛りがつい出てしまったせいではなく、ナイチンゲールの言葉を誤解した自分に恥じ入ったのだった。

「さてと」とミサが勢いよく腰を上げて、白衣の上からモンペを穿き始めた。空襲警報がいつ発令されても対応できるように授業もその恰好(かっこう)で受けることになっている。他の三人もあわててモンペを穿いて、決戦姿になった。

「みんな、下町空襲の跡、見てないでしょう？」とミサが言った。

「昨日、来たばかりだからね」と昭子が言い、美代子とムツがうなずいた。

ミサは東京都王子区、昭子は神奈川県藤沢市、ムツは千葉県銚子市の出身だった。

「王子はね」とミサが続けた。「昭和十七年の四月に東京で初めてB29の空襲を受けてから、このあいだの二月十九日まで、もう五回も焼夷弾や爆弾を落とされた」

「五回も！」とムツが驚いて言った。

「そう、五回もやられたのに、うちの近所一帯は燃えなかった。悪運強いのよ」

ミサは鼻をクシャッとさせ、それから急に表情を曇らせた。

「浅草区の千束に親戚が住んでいたの、母方の叔父夫婦が。三月十日未明の空襲で連絡がつかなくなったから、母と二人で捜しに行ったの、夕方になってから。千束は一面の焼け野原で、まだあちこちに煙が立っていて、叔父夫婦の家がどこにあったのかさえ、まったく見当もつかなかった。この辺りの住人は隅田川に向かって逃げたって聞いて、言問橋まで行ったの。そうしたら」

ミサはそこで口をつぐみ、嘆息してから続けた。

「橋の上にはね、向こう岸まで足の踏み場もないほど死体が横たわっていて、隅田川にも水死体がたくさん浮いていて、川に降りていく石段にも河川敷にも、死体が積み重なって山になっていた」

美代子は眉根を寄せ、下唇を噛んだ。昭子もムツも押し黙っている。

「何百体あるか分からないの。そんな中から叔父夫婦を捜すなんて無理でしょう？　ううん、そうじゃない。叔父夫婦はきっとどこかに避難してる。そのときはそう信じていた。母と二人、橋のたもとでぼんやり立っていたら、軍のトラックがやってきて、橋の上を片づけ始めたの。兵隊さんが遺体をスコップですくって、トラックに積み込んでいく。ほとんど真っ黒焦げで男と女の区別もつかなかったし、片腕だけとか足首だけとかスコップで荷台に放り投げて、もうとても人間に見えなくて……」

ミサはそこまで言って、「大丈夫？」と美代子の顔を覗き込んできた。

「大丈夫です。それで親戚の方は……」と美代子は言った。

ミサは腕組みをすると、頭の中で話を整理するようにしばらく窓の外に視線を向け、それからふたたび口を開いた。

「とにかく悪い夢を見ているみたいで、目の前で起きていることなのに、まるで現実感がなかったんだけれど、黙々と作業していた一人の兵隊さんが突然スコップを放り出したと思ったら、地面に突っ伏して吐き始めたの。ずっと我慢していたのをこらえきれなくなったんでしょうね。背中を波打たせて、何度も大きな呻き声を上げて……。

そんな兵隊さんを見ていたら急に怖くなって動けなくなった。でも、母は気丈でね、しっかりなさい！　と腕を取られて、川沿いの道を歩き始めたの。川には船が何艘も出ていて、長い竹竿や網で水死体を引き上げているんだけど、やっと一体上げても、川の中から次々に死体が浮き上がってきて、きりがないのよ。

でも、焼死体と違って水死体は顔が分かるし、胸に名札もつけているから、本人確認ができる。引き上げられたご遺体にすがって泣いている男の人がいて、その人のことが気になって立ち止まっていたら、とにかく急ぎましょうって母に言われて、道端にごろごろ転がっている死体を踏まないように気をつけながら、上野まで歩いた」

「上野に」と昭子がおずおずと口を開いた。「上野に何か当てがあったんですか」

「ああ、ごめんなさい。母がね、船で作業をしている男の人に尋ねたところ、言問橋近辺で引き上げた遺体は、上野公園の両大師堂に運び込んだというの。それで急いで上野に向かったんだけれど、両大師堂の境内で会うことができたのよ、叔母に」

「えっ」と美代子とムツが同時に声を上げた。

「ご無事だったんですね、叔母さま」と昭子が言った。

「うん、叔母は無事だった。叔父の遺体の前に正座して、じっと手を合わせていたの」

美代子も昭子もムツも何も言えず、うつむいていた。

「叔母はね、いつまでもその場から離れようとしなかったけど、一時間ほどすると役人が来て、叔父の遺体に番号をつけて、遺骨をもらえるように手続きをしてくれたの。それで叔母もようやく納得して、私たちといっしょに王子の家に帰ることになった。ほとんどの遺体は身元の確認ができなくて、上野の空き地に穴を掘って投げ入れられたという話だから、それに比べれば、叔父はまだよかったと思う」

ミサは自分に言い聞かせるようにそう言って、「それでね」と続けた。

「山手線が動いていたから、上野駅から乗ったの。そうしたら、田端駅で一人の女性が子どもの遺体を抱いて乗り込んできた。遺体を道路に置いておくと、トラックが来て片づけられてしまうから、どこか避難場所まで運んでいくんでしょう。乗客はみんな両手を合わせて拝んでいた。夫も連れてくればよかった、と叔母は泣いていたけれど」

美代子は子どもの遺体を抱いた母親の姿を思い浮かべ涙ぐんだ。

「あとで叔母に聞いた話ではね、叔父夫婦のように浅草の住人は、川の向こうに行けば助かると思って言問橋を渡ろうとした。でも、反対側の岸にいる向島や本所の人たちも同じことを考えたから、両方の住民が橋の上でぶつかってしまって、身動きが取れなくなってしまったというの。

何百人もの人たちが押し寄せた橋の上に、焼夷弾が次々と落ちてきて、あちこちで防空頭巾が燃え上がって、悲鳴が上がる。それでも最初のうちは、消防車が隅田川からポンプで水を吸い上げて、橋の上の人たちに掛けていた。でも、そのうち消防車に爆弾が直撃して、消防士さんも亡くなってしまって……。

火だるまになった人たちが、天皇陛下万歳！　と叫んで、次々に川に飛び降りていく。叔父夫婦もたまりかねて欄干（らんかん）によじ登って、飛び込んだというの。叔母は流れてきた丸太にしがみついたけど、叔父の姿はすぐに見失ってしまったと。水は凍（こご）えるほど冷たかったと。川に飛び込んだ人の多くが炎で顔を焼かれたり、先に飛び込んだ人の上に沢山（たくさん）の人が折り重なって、亡くなったりした。そんな中で、叔母は奇跡的に……」

ミサはそこまで言って時計に目をやり、あわてて腰を上げた。

「もうこんな時間。行きましょう」

ミサに促されて部屋を出ると、急ぎ足で食堂に向かった。指示された時刻の十分前だったが、すでに新入生はあらかた席に着いている。

美代子は空席を探して腰かけた。ミサから聞いたばかりの話に衝撃を受けて、うまく心の整理ができなかったが、寮長の話に集中しなければと思い、テーブルの上に帳面を開いて、唇を引き結んだ。

境田寮長が食堂に入ってくると、「起立！」と誰かが声を上げ、新入生がいっせいに腰を上げた。そして「礼」「着席」と続ける。美代子は号令をかけた生徒の顔を見た。新入生代表で誓いのことばを述べた松原静子だった。

境田寮長は静子に目をやり、軽く会釈をした。静子が自ら率先して号令をかけたのだろう。境田寮長より生徒心得の説明が始まると、美代子は一言一句も聞き漏らさないように帳面に書きとめた。

二年生の起床は朝六時だが、一年生の起床は朝五時と決められている。寄宿舎の廊下、便所、階段の掃除が一年生の仕事だからだ。それを終えたら、六時からは二年生とともに外来や薬剤室の掃除にとりかかる。その後、炊事をして朝食を摂ると、すぐに授業が始まる。午前中は主に座学で、午後は実習に充てられる。

「授業の内容については、婦長より詳しい説明があるかと思います」と境田寮長は言い、掃除の手順について説明するとともに、病院内の配置を紹介した。

一階には内科、外科、産婦人科、薬局、事務室があり、二階には眼科、耳鼻咽喉科、歯科、皮膚泌尿器科、図書室、外来患者用食堂、職員室がある。三階は病棟で、個室から八人部屋まで四十室、さらに重症患者室が二室あり、計四十二室の病室がある。四階には講堂と予備の病室があり、そして地下一階には下足室、炊事場、倉庫、洗濯消毒室、汽缶室がある。

美代子はそれらを筆記しながら、目が回りそうだった。昨日、夕食の前に相部屋の三人とともに、病院内を一通り見学して歩いたが、鉄道病院はとにかく広い。地階から四階までの全体の配置を頭に入れることなど、到底不可能に思えたし、それ以前に自分が今どこにいるのかさえ、把握できなかったからだ。

でも「汽缶室」という言葉を昨日のうちに知っておいてよかった、と美代子は思った。

地下の一室の前で足を止め、その見慣れない文字に美代子が首をひねっていると、「ボイラー室よ。給湯や暖房のための設備」とミサが教えてくれたのだ。

「外来の掃除を手際よく一時間以内にすませるため、役割分担表を作りました。掲示しておきますから、後ほど確認してください」

境田寮長はそう言ってから、炊事の話に移った。

「五、六年前まではね、寮生活の第一夜には、食膳にお祝いの赤飯と鯛の焼き物が並んだのよ。皆さんは残念でしたね」

新入生の緊張をほぐそうとしたのか、境田寮長は笑みを浮かべ、かつては看護婦や生徒の食事は業者に委託して賄っていたが、食糧事情が日に日に悪化する中で、米や野菜や果物の統制が実施されてから、自炊することになったのだと経緯を説明した。

主食代用として、小麦粉やトウモロコシの粉、大豆、豆かす、ジャガイモなどが配給される。それだけでは栄養不良が生じるので、病院の中庭に菜園を作り、自給自足を試みている、と境田寮長は説明し、菜園管理の当番表を発表した。菜園では大根とほうれん草、カボチャとサツマイモを育てているが、特にカボチャの栽培に力を入れているという。

「今までの説明で、何か質問はありませんか」

境田寮長はそう言って、質問がないことを確認すると、最後に新聞を取り出した。

「本日、四月二日の新聞の一面です。見出しにはこう書いてあります。敵、沖縄本島に上陸を開始。南部地区に主力。敵を永久出血戦へ」

食堂が静まり返り、それから少しざわめいた。

境田寮長は記事を淡々と読み上げた。昨日四月一日の朝、沖縄本島に米軍が上陸を開始したのだった。美代子はもちろんのこと、生徒は誰一人まだそのことを知らなかった。

「もう一つ、日本臣民たる皆さんの銃後の心構えの参考として、三月二十九日の記事を読みます。見出しはこうです。合言葉は一人十殺、竹槍なくば唐手で。老幼も起つ沖縄県民。討つぞ、盲爆の仇。敵百万、引受ける覚悟」

本土決戦、と美代子は胸の内でつぶやいた。去年の十月、国民義勇戦闘隊の召集対象が十七歳から四十五歳にまで広げられた。本土決戦に備えて、私も一日も早く看護技術を身につけなければ、と美代子は思いを新たにした。

境田寮長の話が終わると、手分けをして昼食のすいとんを作り、食堂でそそくさと食べた。そしていったん部屋に戻った。午後一時からいよいよ授業だった。

○

四人揃って教室に行くと、入学試験の成績順に席次が決められていた。美代子は十二番目に名前を呼ばれて席に着いた。最前列のミサがこちらを振り向いて、ちょっと目を丸くした。

まずは二年間で学ぶ授業科目の説明があった。一年生の科目は、鉄道病院の歴史、解剖(かいぼう)学、生理学大意(たいい)、一般看護法、包帯学、修身、国語。それらの学科と実習だった。

「学科と実習は半々の時間を充てるのが理想ではありますが」

教壇に立った柏木婦長はそう言って、生徒の顔を見渡した。

「現在、当病院では医師も看護婦も、空襲による負傷者の治療や看護に不眠不休であたっています。したがって生徒の皆さんにも、外来や病棟で看護婦の補佐をしてもらう時間が多くなると思います。すなわち現場実習です」

午前中は座学で、午後は実習に充てられる、と境田寮長は言った。寮長の話と婦長の話がずいぶん違うことに美代子は少しだけ疑問を感じたが、実習が多い方が看護技術を早く体得できるだろうし、とにかく今は非常時なのだからと思い、座学が少ないことはさほど気にならなかった。

二年生になると、伝染病患者の看護法、消毒法、小児病看護法、治療介補法、産婦看護法、精神病者看護法、救急法、衛生学大意、医療器械学大意、修身・国語を学ぶ。それから見習当直をして、夜の看護実務を勉強する。現在は二ヶ月ごとに内科や外科など各科を回って、実習する方法がとられているという。

美代子はそれを聞いて、早く二年生になりたいと思ったが、一つだけ残念に思ったことがある。それは紙の統制により教科書が配布されなかったことだ。教科書があれば、予習も復習もできるのにと思い、それがひどく悔しかった。

二時間目は、鉄道病院の歴史だった。明治四十四年、前身となる「常盤病院」が東京市麴町区銭瓶町に開院。大正三年六月、常盤病院が鉄道院の所管となり、東京鉄道病院に改称される。大正五年四月、東京市芝公園に新築移転するが、大正十二年九月の関東大震災によって焼失。その後、昭和二年十一月、現在地に本館を竣工。昭和三年、診療を開始する。

柏木婦長は何も見ずに年月日を空で言いながら「それ以来」と続けた。「十七年の歴史を持つ訳ですが、一方、看護婦養成の歴史は明治四十四年までさかのぼります」

大正三年六月、鉄道病院看護婦養成規定を制定し、全国の各鉄道病院において、修業期限二ヶ年の看護婦養成を始めた。これが現在の看護婦養成所の前身であるが、もともと国鉄における看護婦の自家養成は、明治四十四年、常盤病院で行われた養成に始まると言われている……。美代子は婦長の板書（ばんしょ）をひたすら帳面に書き取った。

授業が終わった後、ミサが近づいてきて、耳元でささやいた。

「美代ちゃん、すごいじゃない。十二番というと、国民学校高等科の卒業生の中では一番じゃない？」

美代子は頬を赤らめ「ミサさんの方がずっとすごい」と小声で答えた。

授業を受けて分かったのは、一番から五番までの人は授業中に必ず指名されるということだ。ミサは三番だった。

座学は二時間で終わり、続いて「救急に備えての担架教練」が行われた。

鉄道病院には看護婦を中心にした「救護班別隊」が結成されており、敵機来襲の警戒警報が発令されると、隊員はただちに病室の患者を地下の安全な場所へ移動させる作業に取りかかる。その作業に慣れ、習熟するための教練だった。

患者役になった生徒を担架に乗せ、あるいは背負って、新入生たちは三階の病棟から地下室まで、階段を駆け下りた。正規の担架の数が足りず、毛布と棒で簡易的に作った担架も沢山あり、扱いがひどく難しい。

階段の下りは患者の足側を進行方向に、階段の上りは患者の頭を進行方向にする。担架の前を持つ生徒と後ろを支える生徒の二人の呼吸がぴったり合わないと、担架は水平を保てず、患者の姿勢は極めて不安定になる。それを恐れて、階段を下りる速度が遅くなると、「もっと速く！」と柏木婦長の声が飛ぶ。

「担え担架」

「立て担架」

柏木婦長の号令に合わせて、患者役の生徒を入れ替えながら、何度も何度もくりかえされた。美代子は体力に自信があったが、六往復を終えたとき、足がしびれて動けなくなった。そこでちょうど教練は終わった。

「お疲れ様でした」と柏木婦長は生徒たちの顔を見ながら言った。「空襲になると、電気もガスも止まるので、患者さんの担架搬送(はんそう)はアセチレンランプの光が頼りになります。このように明るい昼間とは、条件がまったく異なります。また電気やガスが止まったときのために、手術や消毒に備えて燃料の用意もしておかなければなりません。手術もカーバイドの光のもとで行います。今日は以上です。何か質問は？」

生徒たちは顔から噴き出した汗を拭いもせず、ただ肩で息をしている。

「あの……」と美代子はおずおずと手をあげた。

「質問は名前を名乗ってから」と柏木婦長が言った。

「はい、稲村美代子です。先生にこんなことを伺っていいものか、分からないのですが、昨日、栃木県茂木町から上京してきたばかりなので、私は警戒警報というものを聞いたことがありません。空襲警報とはサイレンの鳴らし方も別のものなんでしょうか」

胸がドキドキして、美代子の声は上ずってしまったが、柏木婦長は大きくうなずいた。

「よい質問です。覚えておいてください。警戒警報は三分間連続して鳴り続けます。一回限りです。空襲警報は四秒鳴って八秒休止、これが五回くりかえされます。尚、空襲が終わった事を告げる警報解除は、一分連続一回です」

かたわらに帳面はない。美代子は警戒は三分間連続、空襲は四秒鳴って八秒休止、と頭の中でくりかえし、あとで帳面に書いておこうと思った。

寄宿舎に戻ったのは午後五時すぎだった。それぞれが顔と手を洗い、白衣を脱ぎ、手拭いで身体の汗を拭って、普段着のモンペ姿に着替えた。

「ああ、しんど」と昭子が言って、畳の上に仰向けになった。

「だね」とミサがうなずいたが、四人とも疲れていて会話が続かない。

六時から夕食なので、少し休んだら炊事場に行かなければならない。四人とも畳の上に横になり、しばらく目を閉じていた。

「さて行くか」と十分ほど経って、ミサが上半身を起こしたとき、部屋のドアがノックされ、境田寮長が顔を見せた。

四人はびっくりして飛び上がったが、境田寮長は表情を変えず、「稲村さん」と美代子を呼んだ。美代子はあわてて部屋を出た。

「お父さまが面会に見えています」と境田寮長は言った。

「えっ、父さん……」と美代子は言いかけ、「父がですか?」と言い直した。

「病院の正面受付でお待ちです。それでね、稲村さん、お父さまにははっきりと申し上げたのですが、あまりに非常識なことをされると、面会もお断わりせざるを得なくなると」

「すみません、どういうことですか」

「行ってみれば分かるわ。ずいぶん酔っていらっしゃる。あなたからもお父さまに言って差し上げてください。規則に反すると、面会できなくなると」

「何か迷惑を……」

美代子は言葉が続かず、寮長に深々と頭を下げると、階段を駆け下りて、病院に向かった。前のめりになりながら、急ぎ足で長い廊下を進む。まもなく正面玄関の受付の前で茫然と立ち尽くしている父の姿が目に入った。

「なんで来たの」と美代子は声をかけた。

父の仙一は頰と鼻の頭を真っ赤にして、コンクリートの柱に寄りかかっていた。しっかりと立っていられず、ときおり足元がふらつく。

「美代子よ」と仙一は言った。「昨日、沖縄に米軍が上陸したってよ」

「うん、聞いた」と美代子は言い、その酒臭い息に思わず顔をそむけた。

「下町はな、空襲で焼け野原よ。本土決戦？　何言ってんだ。おまえな、日本中焼け野原になっちまうわ。一億玉砕して勝ったところで、誰も生きてねえよ」

「ねえ、父さん、やめて。変なこと言わないで」

美代子は父を叱りつける口調で言い、受付に目をやった。職員がこちらを見ている。

「ヘビは全部売れた？」と美代子は話題を変えた。

「ああ、さいわいな、佃島の蛇屋は燃えなかった。大沢さんに高田馬場の蛇屋も紹介してもらえたから、全部売れたよ」

仙一はそう言うと、国民服の胸のポケットから、新聞紙にくるんだ小さな包みを取り出し、それを美代子の手に握らせた。

「帰りの汽車賃だ。空襲は怖い。下町では何万人も死んだ」

「何万人も……」

美代子はくりかえした。そんなに死者が出たとは信じられなかった。

「そうだ。みすみす東京で死ぬことはねえ。B29が新宿に爆弾落とす前に帰ってこい」

美代子は顔色を変えた。

「父さん、寮長さんに何を話したの」

「ああ?」と仙一は半分目を閉じて、酒臭い息を吐く。

「寮長さん、怒ってたよ、すごく」

「親の気持ち、言っただけだんべ」と仙一は急に目を見開いて言った。「娘が死んだら元も子もねえ。だから田舎に帰らせてくれって頼んだんだよ」

「何言ってるの、今日、入学式だったんだよ。授業も始まったし、担架教練もした。父さん、私はね、お国を守るために、一日も早く一人前の看護婦になりたいの」

仙一は急に顔を歪め、まるで赤子のように泣き始めた。涙がぽろぽろと頬を流れ、あたりかまわず嗚咽する。

「父さん、どうしたの。泣かないで。このお金はもらえない。和幸と武夫と幸子と、それから母さんにも、腹いっぱい食べさせてやってよ」

美代子は包みを返そうとしたが、父は頑としてそれを受け取らない。

「分かった。じゃ、預かっとくから」と美代子は言った。「ねえ、それより、もうこんな時間だよ。汽車はまだあるの？　今夜中に帰れる？」

「ああ、心配すんな。東京じゃ、家が燃えて、何万人も野宿してる。今夜はそんなに寒くねえ。汽車がなかったら、どこでも寝れるべ」

「あのね、私、これから炊事だから、すぐ戻らないと。父さん、くれぐれも気をつけて」

「なーに、娘に心配されるほど、落ちぶれちゃいねえよ。早く行け」

美代子は父の手をそっと握ると、すぐにその手を離し、くるりと踵を返して廊下を歩き始めた。廊下の曲がり角で振り返ると、父は壁にもたれて目を閉じ、まだふらついている。なかなかその場から去ろうとしなかった。

「お父さまがいらっしゃったの？」

炊事場でミサが心配そうに声をかけてきたが、「はい、そうです」と美代子が答えただけだったので、ミサもそれ以上は何も訊いてこなかった。

夕食のときも、美代子はほとんど口をきかなかった。ミサやムツに何か話しかけられても、上の空で答えただけだった。本土決戦？　何言ってんだ。一億玉砕して勝ったところで、誰も生きてねえよ。そんなことを言う父親を許せなかったのだ。いや、情けなくて涙が出そうだった。

だが、その夜、美代子は生まれて初めて、死の恐怖にとらわれることになる。

夕食後、四人は入浴の順番を待って風呂に入り、下着だけ洗濯して部屋の端に干すと、早々と床（とこ）を敷いて九時前に布団に入った。疲れていたし、明日は五時起床だった。

五分もしないうちに四人とも眠りの斜面を滑り落ちていったが、あれは十時を回った頃だった。突然サイレンの音で叩き起こされたのだ。

真っ暗な部屋の中で、四人はほとんど同時に身体を起こした。

サイレンは鳴り続けている。三分鳴って止まったら警戒警報だな、と美代子はまだ寝ぼけた頭で考えたが、「早く着替えて！」というミサの声に、我に返った。

カーテンを開けると、ほのかな月明かりが部屋の中を照らし出す。四人は急いで白衣に着替え、その上からモンペを穿いた。

廊下に出ると、境田寮長が部屋ごとにアセチレンランプを配っていた。

「大至急（だいしきゅう）、三階の病棟に」と声を上げている。

美代子は階段を下り、病院に向かって、廊下を進んだ。一刻も早く患者さんを地下室に搬送しなければならない。今日、担架教練をして本当によかったと思った。ふしぎなほど落ち着いていたが、病院に着く前に、四秒鳴って八秒休止のサイレンが鳴り出した。

そのとき初めて、美代子は死の恐怖を覚えた。次の瞬間にも頭の上に爆弾が落ちてくるかもしれない。そう思ったら足がガクガクと震え始めたのだ。

いや、しかし、病院は鉄筋コンクリート造りだ。木造の家屋は燃えても、病院が燃えることはない。ただ病室の窓が割れて、火の粉が入ってきたら患者さんが大変なことになる。とにかく早く地下室に搬送しなければ、と美代子は思い直し、暗闇の中、アセチレンランプの光だけを頼りに、三階の病棟に向かって階段を上り始めた。

ふと父の姿が脳裏(のうり)をよぎった。焼け跡のビルの陰で野宿をしている父の頭上に焼夷弾が落とされる。一瞬、そんな光景が浮かび、美代子はあわててそれを打ち消した。

7

昭和十二年春、入学式が差し迫った頃、十五歳の隆作は両親に言えぬ悩みを抱えていた。

逓信講習所は授業料も宿舎費も食費も無料のうえ、授業用品まで支給される。すべて官費で学べるので、困窮家庭の子弟でも金銭を負担することなく進学できたのだが、中等学校の詰(つ)め襟(えり)の制服と制帽に限っては、自前で用意しなければならなかった。その制服のことを、両親に言い出せなかったのだ。

というのも、父の忠次郎は地主に立ち退きを迫られて、三百羽のニワトリを近隣の養鶏場に買い取ってもらったが、生後十二ヶ月をすぎたニワトリは二束三文で買い叩かれたので、地主から提示された立ち退き料を加えても、引っ越しにかかる費用を差し引いたら、三ヶ月分の生活費ほどの額しか残らない。父と母が深夜にそんな話をしているのを、布団の中で聞いてしまったからだ。

そもそも千葉から東京の中目黒への転居を決めたのも、町会の集会室の二階に住み込めば家賃がかからないからであり、事務兼留守番で得られる収入だけでは一家四人が食べていくには足りない。隆作はそんな家計の窮状を理解していたし、引っ越しのあわただしさの中で、東京での暮らしの足場を確保すべく奔走する両親に向かって、「制服を買うお金を出してほしい」とは言い出せなかったのだ。

入学試験は千葉県内の郵便局を会場にして、二月十六日と十七日の二日間にわたって行われた。初日は国語と算術の一次試験で、午後に発表があった。この段階で受験生の七割が落とされる。隆作は無事に合格し、翌日、地理と作文と適性検査の二次試験に進んだ。

両親は息子の合格を信じて疑わなかったが、高等小学校卒業後に一年間のブランクがあった隆作は、養鶏の仕事を手伝いながら古い教科書を何度も何度も読み返したとはいえ、合格発表の日まで気が気でなかった。

もし不合格だったら、東京で就職先を探さなければならないが、何の資格もない自分にできる仕事はあるだろうか。何ひとつ当てもないのに、どこか雇ってくれるところはあるのだろうかと、考え始めると夜が更(ふ)けても寝つかれない。

新聞配達や納豆(なっとう)売りをして家計を支えながら、不安な気持ちで身体が宙に浮いたような一ヶ月が過ぎて、三月二十三日、隆作に待望の合格の知らせが届いた。両親は喜んでくれたが、合格通知に同封された案内によれば、体格検査のために三月二十七日に逓信講習所に出向く必要があった。

そのことを伝えると、母のキヨエはたちまち困惑顔になった。父が引っ越しを三月三十日と決めて準備をしていたからだ。三月末日までに土地を明け渡さなければならなかったが、借地権と立ち退き料をめぐって地主との交渉が難航していた。弟の英介の油面尋常小学校の始業式は四月一日で、逓信講習所の入学式は四月五日だった。

「ねえ、母さん」と隆作は言った。「ぼくは担(かつ)げるだけ荷物を担いで、先に一人で東京に行きますから。父さん、家の鍵は町内会長さんからもらえばいいんですよね。寝るところさえあれば、あとはなんとかなります。集会室の大掃除でもしながら、みんなが来るのを待ってますから」

にこやかな顔でそうは言ったものの、隆作は今まで一人で電車に乗ったことさえなかった。最寄りの松尾駅から千葉駅まで一時間以上かかるし、さらにその先の中目黒にはどうやって乗り継いで行けばいいのか分からない。でも、もう十五歳になったのだから、逓信講習所への入学を機に一人前の男として扱ってもらいたかった。

だが、父はそれを認めず、「町内会長には正式に挨拶に伺わなければならない。おまえに任せるわけにはいかない」と言って、引っ越しを二十六日に早めた。

その後、父の粘り強い交渉により、立ち退き料は生活費一ヶ月分ほど増額されたらしいが、隆作にはその辺の事情は分からない。肋膜炎を発症したために宮内省の大膳寮を辞めざるを得なくなり、一念発起して房総半島の九十九里平野に転居して、手探りで養鶏業を始めてから十一年後、こうしてふたたび自分の意思に反して東京に戻らざるを得なくなった父親の気持ちはさらに想像できなかったが、養鶏の仕事を継ぐことなく東京で勉強できる晴れがましさに、隆作は胸の躍る思いだった。

地主との交渉を終えると、父は苦々しい顔で借地契約に関する書類に印鑑を押し、それからすぐに荷造りにとりかかった。茶簞笥や卓袱台や布団などは、荒縄を使って厳重に荷造りをして、それらをリヤカーに載せて松尾駅まで運んだ。そして荷札をつけて中目黒駅までチッキで送る手配をすませると、一旦家に戻り、夜遅くまでかけて衣服や鍋釜や食器類などを四人で梱包した。そして翌朝、朝食をすませると、一家四人がそれぞれ大きな荷物を抱えて家を出た。

松尾駅を発ったのは午前中だったが、引っ越し蕎麦を持参して中目黒の町内会長宅に挨拶に上がり、それから向こう三軒両隣の五軒に蕎麦を配って、集会室の二階に引っ越し荷物を運び上げたときは、すでに日も暮れかかっていた。チッキで送った荷物の受け取りは翌日になるが、幸いにして集会室には座布団が大量にある。それらを並べて布団代わりにして、その晩は四人とも早めに眠りについた。

翌朝、母は父のためにイワシの丸干しと味噌汁の朝食を作った。父が食事を終えるのを待って、母はご飯に味噌汁をかけて食べ、隆作と英介はご飯にあんこをのせて食べたが、東京に越してきて母が何より喜んだのは、ガスも水道も引かれていたことだった。一階の集会室の奥に小さな台所があり、ガス七輪まで設置されていたのだ。

千葉ではかまどに薪をくべて煮炊きをしていた。ご飯を炊くのも、野菜を煮るのも、お湯を沸かすのも、すべて薪を割って火をつけるところから始めなければならなかったので、マッチ一本で火がつくガス七輪を使ってみて、母は初めて東京に転居した甲斐があったと喜んだ。隆作も井戸から水を汲んで何度も運ぶ必要がなく、蛇口をひねるだけで水がほとばしる水道に感嘆し、東京は今まで暮らしてきた房総半島の田舎町とはまるで違う別世界だと思った。

朝食を終えると、隆作は高等小学校の黒い木綿の学童服に着替えて、麻布広尾町にある逓信講習所に向かった。千葉では大人も子どもも着物と下駄や草履が普通だったのに、母と同年代の女性がツバのある帽子をかぶり、花柄のワンピースを着て、石畳の道路を颯爽と歩いていく。ガスや水道だけでなく、東京の女性たちもまた別世界の住人だった。隆作はそんな女性たちがまぶしくて、つい伏し目がちになった。

レースやリボンをあしらったおしゃれな服を着た五、六歳の女児が、母親に手を引かれて向こうからやってきた。隆作が見つめていたからだろう。すれ違いざま、女児が唇を歪めて、イーだをした。その愛らしい表情を見て、外国に来たみたいだと思った。

まもなく市電の停留所が見えてきた。道路より一段高くなった停留所には、十五、六歳に見える女の子がポツンと立っていた。肩口が提灯のように膨らんだブラウスを着て、ふんわりしたスカートを穿いている。横に並んだだけで、隆作は胸が苦しくなった。

路面電車が近づいてきて、停留所に止まる。電車に乗り込むと、隆作は吊り革を握りしめ、ときおり女の子の方に目をやった。色白で華奢で髪が長くて、日本人形のような顔立ちをしているが、スカートから覗くふくらはぎは、まぶしいほどぷっくりしている。

いつかこんな女の子と会話を交わす日が来るんだろうか。いや、偶然こうして同じ市電に乗り合わせただけで、そもそも住んでいる世界が違う。春休みなので制服は着ていないが、高等女学校の生徒だろう。共通の話題もないのに、話をする機会がやってくるはずもない。強烈な喉の渇きを覚えながら、そんなことを考えていると、女の子と目が合ってしまい、隆作はあわてて顔を伏せた。

恥ずかしさで目の縁がカッと熱くなるのを感じたが、そのとき自分が着ている服を改めて意識した。学童服は詰め襟ではなく折り襟で、ボタンも金ボタンではない。女の子にはきっと高等小学校の生徒と思われているにちがいない。

自分の身の置き場がどこにもないように感じられ、隆作は女の子の視線から逃れるように車窓に目を向けた。そうして東京の街並みをぼんやり眺め、小旅行気分を味わおうと思ったが、ほどなく最寄りの広尾橋に着いてしまった。

逓信講習所は木造三階建ての立派な建物だった。正面玄関から足を踏み入れると、体格検査を受ける生徒がすでに列を作っている。隆作は受付で合格通知書を提示し、列の後ろに並んだが、たちまち落ち着かなくなった。目に入る限りの生徒全員が中等学校の制服を着用していたからだ。

列が少しずつ進んで、検査室に入ると、生徒たちは服を脱いで下穿き一枚になった。そして身長、体重、胸囲、視力などを測定すると、最後に下穿きを取るように命じられた。

隆作は命じられるままに全裸になった。中等学校の制服のことで頭がいっぱいで、全裸になって何の検査をするのか、と疑問に思うような余裕はなかった。

医師は隆作の身体の隅々まで観察したが、特に陰部については時間をかけて検査した。

「あれは性病の有無を確かめたんだよ、徴兵検査と同じ」

それから十日後、寮で相部屋になった高嶺秀雄(たかみねひでお)からそんな話を聞いて、十四歳や十五歳の子ども相手に性病の検査を？　と隆作はびっくりしたが、「中学を四年で中退して受験した生徒の一人が、性病検査に引っかかって不合格になったって話だよ」と秀雄は声を低めて続けたものだった。

検査の結果、隆作は合格とされた。胸を撫で下ろし、そそくさと服を着ると、受付を担当していた五十がらみの男性職員に頭を下げ、勇気を出して訊いてみた。

「卒業生から不用になった制服を譲(ゆず)っていただけるようなことはないでしょうか」

男性職員は隆作の学童服を見つめ、首を横に振った。

「残念ながら、それは難しいね。高等科に進む生徒が多いし、さらに言えば、卒業後、職に就いていても学生服は重宝する。そんなに簡単に手放す者はいないから」

「分かりました。ご親切に教えていただき、ありがとうございます」

隆作は腰を折り曲げて一礼すると、踵を返して足早に校舎を出た。

確かに逓信講習所の生徒は貧しい家の子弟が多い。金持ちの息子ならまだしも、せっかく買った学生服を他人に譲るようなお人好しはいないだろう。

時間があれば、近くにある有栖川宮記念公園を少し覗いてみよう、と隆作は思っていたが、そんな浮ついた自分を戒めるように市電の停留所に向かいかけ、いや、お金がもったいないと思い直して、徒歩で帰宅することにした。

逓信講習所の場所が分からなかったので、行きは市電を使ったが、線路に沿って歩けば家に帰れるし、乗車券代の七銭があれば、鉛筆を二本、卵も二個買える。父が吸っているゴールデンバットは一箱八銭だった。隆作は少し前屈みになって歩き始めた。

麻布区には立派な屋敷がそこかしこに建っている。雑誌の写真で見たことのある銀座ほどではないが、華やかに着飾った女性たちが街路を闊歩していたし、中目黒にはアメリカンスクールがあるので、アメリカ人向けのしゃれた店も点在している。ときおり青い目をした子どもたちが英語で奇声を発しながら走りすぎたりもした。でも、隆作は脇目も振らず、市電の線路沿いの道をひたすら家に向かって歩き続けた。

この四年後の昭和十六年、太平洋戦争が勃発する。日本在住のアメリカ人たちは本国の引き揚げ勧告により、日米開戦前夜に帰国したが、開戦後に抑留され、強制送還されるアメリカ人も多く、中目黒のアメリカンスクールも閉鎖されることになるのだが、隆作が体格検査を受けた日に話を戻そう。その日、母は中目黒の慣れない町を歩きまわって、内職の仕事を二つも見つけてきた。そして翌日から、刺繍と造花の仕事に朝から晩まで精を出し、生活費の不足分を稼ぎ始めた。

そんな母の姿を見ると、制服のことはやはり言い出せない。隆作は散々悩んだあげく、入学式の二日前になってやっと母に相談した。

「なぜもっと早く言わないの」と母は顔色を変え、すぐに父に伝えた。

父はその日のうちに上野の古着屋を回って、制服と制帽を手に入れてきた。冬服は木綿の黒で、夏服は霜降りだった。それればかりではない。父は牛革の靴まで買ってくれた。

隆作は感激のあまり礼の言葉も言えず、涙ぐんでしまったが、父はさらに「中古品だがな、勉強しろよ」と言って万年筆を差し出した。

四月五日、隆作は無事に逓信講習所に入学した。その入学式で初めて知ったのだが、関東の各県からの応募者は四百名を超え、そのうち合格者は七十名。千葉県から受けて合格したのは、隆作を含めて五名だけだった。

全寮制なので、入学と共に寮に入る。四人相部屋の六畳間だった。新入生の多くはこの春、高等小学校を卒業したばかりだったが、二割ほどは中学校の中退者や、隆作のように前年に小学校を卒業して再受験した生徒だった。「あれは性病の有無を確かめたんだよ」と教えてくれた高嶺秀雄は埼玉の川越市出身で、やはり再受験組だった。

寮の生活は規則正しかった。起床は六時で、六時三十分に点呼と体操があり、七時に食堂で朝食を摂る。授業は八時から四時まであり、食堂で夕食を摂った後は外出できるが、門限が六時五十分なので、よほどの用事がない限り、生徒は外出しない。せいぜい気晴らしに近くを散歩するぐらいだ。そして七時から九時まで自習。九時十五分に点呼。十時に就寝、消灯と決まっていた。

普通科の訓練期間は一年間だけだが、学ぶ科目はとても多い。授業は国語や専門科目の他に軍事教練も正規の科目になっており、手旗信号、距離測量、測図学、軍事講話、戦史などを学ぶが、もっとも重点が置かれていたのはモールス通信術だった。

授業は三十五名の二クラスに分かれて行われる。入学式の翌日の授業でさっそく生徒全員にモールス符号のカードが配布された。

カードの表に符号が記され、裏には文字や数字が記されている。アルファベットは二十六文字、数字は十文字、加えて記号が六個ある。和文はイロハ四十八文字と記号が五個。

教官はそれらが一綴(ひとつづ)りになったカードを配ると、生徒の顔を見渡して平然と言った。

「一週間以内に暗記してください」

教室にどよめきが広がったが、隆作は暗記には自信があった。

イロハについては、イは伊藤(いとう)、ロは路上歩行、ハはハーモニカなど、語呂合わせで覚える方法を試したり、ノートに「・ー・ー・ー　ー・・・」と書いて、「トツー、トツー、トツー、ツートトト」と声に出して覚えたりしたが、やはり一綴りになったカードのすべてを、ひたすら無心に暗記するのが近道だと気づいてから、隆作は起床時間を一時間早めて体操の前にひたすらカードをめくったり、食事の前後の空き時間や、自習時間だけでなく、用を足すときにも便所にカードを持ち込んで必死に取り組み、四日後にはすべてを暗記してしまった。

一週間後、クラスの三十五名全員が暗記試験に無事に合格すると、いよいよ電鍵が生徒一人に一台ずつ貸与された。電鍵とは、電気信号をトトンツーツーと断続し、モールス符号を出力するための装置だった。モールス符号で通信を行うには、モールス符号を受信し解読する能力に加えて、電鍵を操作して正確な符号を送信する技能が必要とされる。

教官が教壇に立ち、電鍵を叩いて音響機を鳴らす。生徒はこれを聞いて、文字を受信する。それが毎日、何時間もくりかえされ、片時も気が抜けない。そんな緊張の日々が続く中で、早くも訓練についていけない生徒が出始めたが、教官は脱落者が出ないように放課後に一人ずつ丁寧に指導した。そうして手書きの受信が一定のレベルに達すると、次は和文と欧文のそれぞれのタイプライターで受信する訓練が始まる。

訓練に打ち込めば打ち込むほど、自分の習熟度が増していく実感があり、こうして一銭も払わずに官費で勉強できる境遇に隆作はあらためて感謝したし、寮の食堂でいただく食事はご馳走ばかりで、両親や弟に申し訳ないほどだった。

千葉の農村では朝と晩の一日二食だった。朝は麦飯と味噌汁と漬物。晩は白米に麦や雑穀や野菜を混ぜた雑炊と漬物が定番で、これに野菜の炒め物や、芋の煮物、イワシの丸干しなどがたまに付く。隆作の実家の食卓にはさらに卵があったし、ご飯も腹いっぱい食べられたので、なんの不満も感じなかったが、寮の食事は一日三食あり、その内容も天と地の差があった。

ご飯は白米で、野菜や芋の他に魚や肉、豆腐なども使われ、毎日の献立も工夫されていた。中でも隆作の好物はコロッケだった。塩鱈と冷たいご飯を合わせ、つなぎに卵を混ぜてゴマ油で揚げたコロッケや、バナナを芯にしてつぶしたサツマイモを巻いて揚げたコロッケなど、食堂のおばさんが毎日工夫して作ってくれたし、魚もメザシや丸干しではなく、サバの味噌煮やサンマの塩焼きなどが食卓に上がった。それらは今まで食べたことのないおいしさで、天丼が出てきたときには涙ぐんでしまったほどだ。

東京出身の生徒は週末に、外泊はできないものの数時間だけ帰宅する者が多い。徒歩で帰宅できる距離に実家のある隆作は、生徒たちからうらやましがられたが、弟の気持ちを考えると少し複雑だった。バナナとサツマイモのコロッケがあまりにおいしかったので、二度目に献立に出たとき、我慢してそれを食べずに家に持ち帰り、弟の英介に食べさせたのだが、英介は一口食べて泣き出してしまったのだ。

なぜ兄だけこんなうまいものを食べられるのか。わざわざ見せびらかすために持ってきたのか、と弟に責め立てられ、それがあまりに切なくて返す言葉もなかったし、優秀な生徒は日曜日も外出せず、モールス通信術の習得に余念がない。隆作はほぼ毎週末、実家に顔を見せていたが、やがてその頻度が月に一度ほどになった。

四月には一分間に二十字から四十字程度の速度だったが、訓練とともに隆作は徐々に速度を上げていき、六月には七十字ほどまでになった。卒業時には一分間に百三十字から百五十字に到達するのが最終目標だった。

だが、イは伊藤、ロは路上歩行と語呂合わせで覚えた生徒は、どうしても一分間に五十字程度の壁にぶつかってしまう。語呂合わせが頭をよぎる分だけ遅くなるのだ。

相部屋の高嶺秀雄もその一人だった。モールス符号を暗記したのは、隆作と同じぐらい早かったが、「だったら、初めからそう言ってくれればよかったのに……」と秀雄はぼやきながらも、ただ符号と文字を無心に暗記し直す努力を強いられた。

教課の進み具合は、通信速度ではかられる。毎週金曜日に週末競技があり、隆作は三十五名中、いつも五位前後に入っていたが、六月の最後の競技では、ついに初めて一位になり、褒美として鉛筆やノートなどの学用品をいただいた。

一学期の試験は七月十二日だった。隆作がその試験勉強に打ち込んでいた七月七日、盧溝橋（ろこうきょう）事件が勃発する。北支に駐屯（ちゅうとん）していた日本軍の演習中に実弾が二度発射され、日本軍と中国国民党軍が衝突したのだった。これを発端（ほったん）とする両軍の戦闘がたちまち北支周辺に拡大し、日中戦争に突入する。

「八紘一宇（はっこういちう）」「挙国一致（きょこくいっち）」をスローガンに、満二十歳になった男たちが徴兵検査を受け、現役兵として出征していった。十五歳の隆作も「勝ってくるぞと勇ましく……」とラジオから流れてくる「露営の歌」を無意識に口ずさんだものだ。そうして逓信講習所の生徒たちの生活にも戦争の影が少しずつ忍び寄ってはいたが、秋には運動会が開かれ、日光（にっこう）に修学旅行にも行った。すべてが官費で賄われ、両親に負担をかけることはなかった。

一年は矢のように過ぎていき、昭和十三年三月、卒業式を迎える。逓信講習所のこの一年間は、隆作にとって生涯忘れられない輝かしい思い出になった。

そして四月には芝浜松町（はままつちょう）郵便局に配属され、電報の担当として働き始めた。秀雄も同じ局に配属されたことで、それ以来、互いに悪友と呼び合う仲になった。

妹の育子（いくこ）が生まれたのは、その年の八月だ。父は五十六歳、母は四十歳だった。

「ほんとに恥かきっ子だから」と照れたように笑う母親の顔を見て、隆作は思わず赤面した。隆作が十六歳にしていきなり性に目覚めたことには、妹の誕生が大きく影響したかもしれない。

逓信講習所の高等科に進むには、一年以上の勤務経験が必要になる。隆作は秀雄と共に入学試験を受け、翌十四年四月、郵便局の勤務のかたわら、高等科に入学した。夜間部で訓練期間は一年間だった。入学と同時に分厚い法規集が貸与され、電信法、電報規則、電報取扱規程など、電報の取り扱いにさらに習熟することが目標とされた。

昭和十五年三月、隆作は高等科を卒業すると、四月に丸の内の東京中央電信局に配属された。関東地方一円の郵便局相手に電鍵を叩いて電報を送受する仕事だったが、ここでもまた秀雄と同じ配属先となった。

東京中央電信局は、半円形状のパラボラアーチと、白色タイルの外装が特徴的な鉄筋コンクリート造りのビルで、日本のモダニズム建築の代表例と言われた。隆作は毎朝、ビルの正門に足を踏み入れるたびに、晴れがましさを覚えたが、地方から東京に修学旅行にやってくる学生たちの多くがこの建物を見学し、中世ヨーロッパのロマネスク建築のような壮麗さに感嘆の声を上げたものだった。

また、東京中央電信局全体では、電報を一日に約五万件、市外電話を約八万件、取り扱っていたが、東京市内の主な電信局との間は、道路の地下に埋設された気送管でつながっており、電報の束を円筒に入れて圧搾空気を利用して速達する方法も実施されていた。気送管局は、京橋、日本橋、室町、浅草、下谷、本所、深川にあり、中央電信局からもっとも遠い浅草気送管局まででも、送達所要時間は二十分ほどだった。

十八歳の隆作にとっては、見るもの聞くものすべてが新鮮で、新しい技術を習得する上で上司の厳しい指導も苦にならなかったし、午後五時半に仕事を終えると、秀雄と二人で銀座や新宿に繰り出し、ジャズの聴ける店を探索したりもした。

一方、この年、弟の英介は油面尋常小学校を卒業し、夜間中学に通いながら、逓信局購買部の給仕として働き、十三歳にして家計を支え始めた。

8

昭和十七年二月十六日、盛田家の晩の食卓には、隆作の二十歳の誕生日を祝う豪勢な食事が並んだ。

ふだんは大根飯と味噌汁、それに卯の花と漬物が付くぐらいだが、その晩はたっぷりと具の入ったシチューだった。ジャガイモ、ニンジン、カボチャなどの野菜だけでなく、鶏肉まで入っている。

米や味噌や醤油は配給でなんとか手に入るが、肉を食べるのは本当に久しぶりだった。隆作は鶏肉を飲み込んでしまうのが惜しくて、しばらく口に含んだまま、舌先で味わっていたが、それは弟の英介も同じだった。

「うまい。ほんとにうまい」と英介は鶏肉をいつまでもガムのように嚙みながら言った。

「でも、母さん、どうしてこんなに甘いの。砂糖入れた?」

「何言ってるの、英ちゃん。シチューにお砂糖なんて入れないわよ。これはね、お父さんが粉ミルクを手に入れてきてくださったの。いつもは小麦粉を水で溶かすだけだからね。ずいぶん違うでしょ」

牛乳はもうほとんど手に入らなくなったが、赤ん坊のいる世帯には育児用の粉ミルクの切符が配布される。それを父が伝手を頼って買ってきたのだという。

「やめなさい。もう赤ん坊みたいに!」と母が強い口調で言った。

三歳の育子が口のまわりをベタベタにして、鶏肉を手づかみしている。

「おい、遠慮しないで飲め」

父が徳利の首をつまんで差し出した。日本酒の配給は一世帯当たり一ヶ月に四合だけだった。大変貴重で高価だが、息子の成人祝いにわざわざ用意してくれたのだ。

「いただきます」と隆作は頭を下げ、二杯目の熱燗を猪口で受けた。顔を少し上向けて、ぐいと飲み干す。熱い酒が喉を通って胃壁にしみていくのが分かった。

「うん、いい飲みっぷりだ」と父が満足そうに言った。

「いいな、兄貴は」と英介が言い、唇に親指を当てて、猪口の酒を飲む真似をした。

隆作は首をひねって苦笑いした。同僚の高嶺秀雄に誘われて、六本木(ろっぽんぎ)の外食券食堂で一度だけ酒を飲んだことがあるが、まだ飲み慣れていないせいか、それほどうまいとは思わない。

「いよいよだな」と父が言い、ふたたび徳利を差し出した。

「はい、身の引きしまる思いです」と隆作は答え、三杯目の酒を猪口で受けた。

二十歳になると、徴兵検査を受け、いよいよ戦地に赴くことになる。芝浜松町郵便局で二年、東京中央電信局で二年、計四年間の勤務実績があるので、通信兵として出征することは確実だった。

いや、それは話の順序が逆で、政府は戦地で使える通信兵を確保するために、逓信講習所の授業料や寮費をすべて官費で負担してくれたのだ。その恩に報(むく)いるためにも、お国のために尽くさなければならない。隆作は猪口の酒を飲み干し、その思いを新たにした。

五年前、養鶏業を辞めて中目黒に越してきた当初、父はすっかり気落ちして一気に老(ふ)け込んだ。隆作はそんな父が痛々しくて見ていられなかった。もっとはっきり言えば、五十代半ばにして人生をあきらめてしまった父を、蔑みに満ちた目で眺めてさえいた。自分を見下すような息子の眼差しに父も気づいていたにちがいないが、二人の視線がふとぶつかると、気弱そうに目を伏せるだけだった。

　しかし、この一年ほどのあいだに、そんな父がふたたび一家の主の威厳を取り戻したのだ。もうすぐ還暦だというのに、養鶏をしていた頃より逞しく若々しくさえ見える。

　それというのも、昭和十五年十月、近衛文麿が国民総動員体制の中核組織として大政翼賛会を発足させ、町内会や隣組がその下部組織としての位置づけになって以降、町内会長を補佐する父の仕事が日増しに重要度を増してきたからだった。

　それまでは、ほとんど誰も読みもしない回覧板を回したり、慶弔時に出す花環を手配したり、結婚式や葬儀に動員をかけたりといった仕事ばかりだったが、食糧や衣服の配給を受けるための切符を町内の住人に配布する仕事をはじめとして、大政翼賛会や政府から受け取った通達を隣組の常会にかけて了承を取り付けたり、物資の供出、納税、衛生から、防空訓練まで、生活に密着した各種の事項をいかに実行するか、その手はずを整えるために町内会長の下で汗をかく父の姿は、息子の目にとても頼もしく映った。

「注がせてください」と隆作は言い、父に徳利を差し出した。

　おっ、と父は顔をほころばせ、猪口で酒を受けると、うまそうに飲み干した。

「では、もう一杯」と隆作が続けて徳利を差し出すと、父はなみなみと注がれた酒が零(こぼ)れないように、猪口を慎重に口に運んだ。

隆作はそんな父の顔を見て、十六歳当時、たかだか郵便局の給料の半分を家に入れたぐらいで、意気消沈(いきしょうちん)した父を見下していた自分の愚(おろ)かさに恥じ入るとともに、父に対して申し訳ない気持ちでいっぱいになった。

その夜、隆作はすっかり酔ってしまい、早々と布団に入ったが、小一時間ほどして喉の渇きを覚え、布団から起き上がった。階下の便所で用を足し、台所で水を飲んでから二階の部屋に戻ると、英介が暗がりの中で寝返りを打ってこちらを見た。

「俺も早く兵隊になりたい」

「おまえはまだ五年も先の話だろう」

隆作はため息まじりに答え、布団にもぐり込んだ。

「お国のために働いて、早く給料をもらいたいんだ」と英介は強い口調で言い返した。

英介は尋常小学校を卒業後、夜間中学に通いながら逓信局購買部の少年給仕をしていたが、夜間中学はどうせ学歴にならないからと言って一年で中退し、それからいくつかの職場を経て、今は中目黒の軍需工場で旋盤工(せんばんこう)をしている。

「二等兵は六円、一等兵になっても九円だよ。おまえの給料は二十円だろう?」

隆作はふすま一枚隔てて隣の部屋で寝ている父に聞こえないように小声で言った。お国のためと言いながら、すぐに金の話になるのが後ろめたかったのだ。

「でも、兄貴さ。女子動員学徒でも月給三十円もらえるのに、俺は二十円だよ。先月は仕事が減ってしまって十五円にもならなかった。なんでもかんでも学歴がものをいう世の中だからな。中学や実業学校を出れば幹部候補生で、すぐに伍長や軍曹になれる。曹長になれば、月給七十五円だよ」

英介はそう言って不満げに口をとがらせ、「でもな」と続けた。「戦地に行けば、家族にも金が支給される」

「ああ、留守宅給与か。その話は聞いたことがあるな。いくらにもならないんだろう?」

「兄貴、なんでそんなに金に疎いんだ? 戦地の手当や賞与を合わせれば月三十円以上の金が家族に支払われるんだよ。だから本人分と合わせれば、二等兵でも四十円にはなる」

「そうか、電信局の給料と同じぐらいにはなるのか」

「そうだよ、兄貴。ほんとに金持ちのぼんぼんみたいだな。徴兵検査受けるっていうのに、なんで月給も知らないんだ? でも、小学校しか出てなくても、中学を出ていても、同じ兵長なら同じ給料もらえるから、その点、学歴は関係ない。頑張り甲斐はある。ああ、早く兵隊になりたい。でも、まだ五年もあるのか……」

隆作は弟のそんな言葉を聞き流しながら、五年後もまだ戦争が続いているとすれば、日本はどうなっているんだろうと考えたが、うまく想像することができなかった。

前年の十二月八日、日本軍のハワイ真珠湾攻撃は大成功し、アメリカ軍の戦艦八隻を撃沈、または損傷により行動不能とする戦果を上げた。アメリカ太平洋艦隊の戦力低下により、日本軍は西太平洋海域の制海権を確保し、南方作戦で快進撃を続けていた。それ以降わずか三週間のうちに、ルソン島に上陸し、グアム、タラワ、マキン、ペナン島を占領。北ボルネオとミンダナオ島ダバオに上陸し、香港のイギリス軍を降伏させ、香港島を制圧したのだ。

年が明けても南方作戦の破竹の勢いは続き、一月にはマニラを無血占領し、マレー半島のクアラルンプールとジョホールバルを占領。そして昨日の二月十五日には、英豪軍を降伏させてシンガポールを占領した。

隆作は尋常小学校に入学したときから「一旦緩急あれば義勇公に奉じ、以て天壌無窮の皇運を扶翼すべし」と、教育勅語を唱えて育ったこともあり、お国のために命を捧げる覚悟はできていた。戦争に負けたら国がなくなる。だからなんとしても勝たなければならないと思っていた。だが、ここまで勝ち続けると、絶対に負ける気がしなかった。

「兄貴、決めたよ」と英介が唐突に言った。「十七になったら志願する」

「まあ、焦るな」

「決めたんだよ、あと五年も待てない」

隆作が何も答えずに黙っていると、よし、あと二年だ、と英介はつぶやき、布団を顎まで引き上げた。

このまま勝利が続けば、と隆作は思った。そう遠くない将来、東アジアや東南アジアを欧米列強の植民地支配から独立させ、大日本帝国と満州国と中華民国を中心とする国家連合が実現するのではないか。自分が戦地に赴く頃には、我が国はすでに大東亜共栄圏を建設し、戦争は終結に向かっているのではないか……。まだ酒の残った頭でそんなことを考えながら、眠りの斜面をゆっくりと滑り落ちていった。

○

東京中央電信局の五階建ての巨大なビルでは、三千人もの職員が働いている。

隆作は三階の通信室で、電鍵を叩いて電報を送受する仕事に就いていたが、同じ三階の職員だけでも五百人を超える上に、早番、遅番、夜勤など交代制の勤務なので、顔を知らない職員も多い。ましてや施設管理や保守点検を担当する部門など、他の階の職員と仕事での接点はほとんどなかった。

　だから昭和十七年四月一日現在、東京中央電信局全体で、満二十歳の職員が何名在籍しているのか、隆作には分からなかったが、少なくとも三階の通信室には二十四名の該当者がいた。四月一日付で掲示板にそれらの氏名が貼り出されたのだ。

　その二十四名には四月以降順次、徴兵検査の通知が届き、それぞれの本籍地付近の小学校や集会所で検査が行われる。そして検査に合格した者は、翌十八年一月十日に各連隊に入営することになる。

　目黒区の隆作も、川越市の秀雄も、早々と四月に徴兵検査を受け、ともに甲種合格となった。入営部隊がどこになるのか、その知らせが届くのは九月になるが、いずれにしても年内には電信局を辞めることになる。そして二年間の兵役を終えたら、電信局に再雇用されることになっているが、その時点で戦争が続いていれば、ふたたび召集されて、戦地に赴くことになる。

　いや、二年先のことなど、東條英機総理にも分からないだろう。隆作は通信室でひっきりなしに電鍵を叩きながらも、受信が途切れたときなどに、ふと入隊後のことを考えている自分に気づき、かたときも落ち着かなかったが、それは秀雄も同じだった。

　五月のある日、隆作が昼休みに食堂でうどんをすすっていると、秀雄が隣に腰を下ろし、声をかけてきた。

「今度の日曜、つきあってくれないか」

隆作は丼から顔を上げた。

「どこに」

「両国国技館」と秀雄は答え、じつはな、と小声で話し始めた。

秀雄には思いを寄せている女性がいる。一階の総務部で働く品川ナツ江という名の事務職員で、二つ年上の女性だった。このまま戦地に行って、生きて帰れなかったら、絶対に後悔することになる。今のうちに自分の思いを伝えたい、と秀雄は神妙な顔で言った。

ナツ江のことは隆作も少し知っていた。中央電信局は食堂も男子用と女子用に分かれているし、総務部の女子職員と仕事で関わり合うこともない。秀雄は屋上の休憩室でナツ江を見かけて一目惚れしてしまい、勇気を出して話しかけたのだった。それはほんの二言三言の他愛ない会話だったが、それ以来、ナツ江のことを忘れられなくなったのだ。

ちょっとおまえにも見てほしい、と秀雄に言われて、屋上でナツ江を待ち伏せしたのは、二ヶ月ほど前のことだ。十分も待たないうちに、ナツ江は数人の女子職員とともにやってきた。きれいな人だろう? と秀雄が小声で言い、そうだね、と隆作はうなずいた。

色白で小柄でほっそりとした女性だった。控えめで地味な印象だが、きりっとした清潔感がある。

「よくここでお会いしますね」

　秀雄はベンチから腰を上げると、ナツ江に明るく声をかけたが、ナツ江は終始困惑したような顔をしていた。だからあのとき、秀雄はあきらめたものとばかり思っていたが、そうではなかった。

「手紙を渡したら、返事が来たんだ」と秀雄は言った。

〈よろしければ、いつか休日に二人だけで会っていただけませんか〉と一行だけ書いた手紙を手渡したという。翌日、屋上で待っていると、ナツ江から返事を渡された。

「これなんだ」と秀雄は言って、小さく折りたたんだ紙を開いて見せた。

〈高嶺さま、お誘いいただき、ありがとうございます。でも、私には二人だけでお会いするような勇気がありません。友だちもいっしょでいいですか。もしそれでよかったら、あなたもお友だちを連れてきてください。ナツ江〉

　万年筆で丁寧にきれいに書かれた文字からは、ナツ江の性格が滲(にじ)み出ている気がした。

「でも、なぜ相撲見物なんだ？」と隆作は訊いた。

「ナツ江さんに訊いたんだ、好きなものは何かと。そうしたら、双葉山(ふたばやま)とコーヒーだと」

　隆作は噴き出してしまった。二十二歳にもなるのに子どもっぽいんだな、と思ったのだが、秀雄はむすっとした顔になった。

「行きたくないのか？　入場券を四人分、もう手に入れたんだが」

「いや、行くよ。大相撲を見るのは初めてだ。でも高かっただろう、入場券」

「まあな」と秀雄はうなずき、逓信局の知り合いから安く譲ってもらったのだと言った。

大相撲の開催期間中、逓信局は国技館に臨時の公衆電話を十ヶ所ほど設置する。入場券は逓信局の職員がその設置の謝礼として、国技館から受け取ったものだった。買えば四枚で二円のところ、一枚分の五十銭で譲ってもらったという。夏場所はすでに五月十日から始まっていて、十七日の日曜日はちょうど中日だった。

「俺もタダでいいのか？」と隆作は訊いた。

もちろん、と秀雄はうなずき、それから早口で付け加えた。

「ナツ江さんの友だちは、朝子さんという人だ。何をしている女性なのか、その辺はまったく分からない」

朝子さんか、と隆作はつぶやくと、丼を両手で持ち、うどんの汁を飲み干した。

まもなく午後の始業時刻だった。二人は食堂を出ると、三階の通信室に向かった。階段の踊り場の窓から、工事のために足場を組んでいる作業員たちの姿が見える。

それは中央電信局のビルの補強工事だった。屋上をコンクリートで蒲鉾型に固めて屋上庭園を閉鎖し、ビルの両側をコンクリートの柱で突っ支い棒をするように固定する計画だという。

その工事が始まったのは、ひと月前の四月十八日、アメリカ軍の爆撃機によって、東京、横須賀、横浜、名古屋、四日市、神戸、大阪など、日本本土が初めて空襲を受けたからだった。東京では荒川区、王子区、小石川区、牛込区などが爆撃された。

大本営は「敵機九機を撃墜。損害軽微」「わが空地上両航空部隊の反撃を受け、逐次退散中なり」と発表しただけで、具体的な被害状況は分からなかったが、その日、隆作が通信室で頻繁に送受した電報文は、空襲による甚大な被害を報告する内容ばかりだったので、各地で火災が何件も発生し、多くの犠牲者が出ただろうことは容易に想像できた。

特に葛飾区の国民学校高等科の学童が機銃掃射を受けて死亡したことは、多くの人びとに衝撃を与えた。隆作は「鬼畜の敵、校庭を掃射」と見出しを掲げた朝日新聞で、アメリカ軍による残虐非道な行為を知ったが、この学童に「悲運銃撃善士」という戒名が与えられたことが報じられた日、電信局の女子食堂ではすすり泣きが絶えなかった。

そうした状況にあって、中央電信局でも空襲に備えた工事が始まったのだ。さらに電信局の前の道路を掘り起こし、爆撃により収容ケーブルが損傷しないように、防護措置を強化する工事も始まった。東京中央電信局は日本の通信の中枢なので、万一損傷でもしたら、日本政府も大混乱に陥る。それは隆作のような末端のオペレーターでも十分に想像できる、ゾッとするような事態だった。

　空襲に備えた対策はそのように急ピッチで進められていたが、一方で、五月四日に日本軍は英領ビルマの制圧を完了し、南方作戦を完遂。続いて八日には、米領フィリピン・コレヒドール島のアメリカ軍が降伏するなど、快進撃を続けていたし、四月十八日以降、アメリカ軍による日本本土への空襲は一度もなかったので、我が国の防空装備はやはり完璧だと、国民の多くは安堵した。

　そして両国国技館で夏場所が始まった五月十日、日本軍はコレヒドール島に続いて、ミンダナオ島を占領。国技館をぎっしり埋めた観客は、大横綱双葉山の雄姿と日本軍の獅子奮迅の戦果を重ね合わせ、声をからして声援を送るのだった。

○

「こちら、川島朝子さん。小学校からの幼なじみで、内科医院の看護婦さん」

　五月十七日、待ち合わせた国技館の前で、品川ナツ江から朝子を紹介されたとき、隆作は目尻にやわらかな笑みを浮かべて静かにたたずむ朝子を一瞥して心臓がキュッとなり、ろくに目を合わせることもできなかった。

　かたわらの正面玄関には、黒塗りの高級車が次々と横付けされ、いかにも金持ち然とした紳士が車から降りてくる。

「こちら、盛田隆作くん。逓信講習所の寮で相部屋になってから五年、職場もずっといっしょなんだ。いわゆる悪友。いいやつですよ。じゃ、行きましょうか」

　秀雄はそう言って、正面玄関から足を踏み入れながら、隆作の二の腕をそっとつかみ、

「おい、失礼だろ」と耳元でささやいた。隆作はそのとき自分が朝子の豊かな胸ばかり見つめていたことに初めて気づき、耳たぶを赤くした。

　秀雄を先頭に階段式の通路をつきあたりまで上っていき、奥の席から秀雄、ナツ江、朝子、隆作の順に横一列に腰を下ろした。関係者の招待席だったのでいちばん後ろだった。

「ここからだと遠すぎて、土俵がやけに小さく見えますね」

　秀雄が弁解口調で言うと、ううん、とナツ江は首を横に振った。

「そんなことはないわ。全体を見渡せる、とっても好い席よ」

　ナツ江と朝子は幼なじみの親友というが、二人は対照的だった。ナツ江は小柄でほっそりした体型で明るくてお喋りだったが、一方、朝子は長身のすらりとした体型で、長く伸ばした髪を後ろで一本にしばり、物静かな笑みを浮かべている。

十両の取り組みが始まると、ナツ江は力士が仕切りをくりかえしている間、相撲の知識を惜しみなく披露（ひろう）し、「へえ、そうなんだ?」と秀雄が合いの手を入れると、身振り手振りをまじえて楽しそうに喋りつづけた。

朝子はそんなナツ江の話に黙って聞き入り、熱戦の末に勝ち名乗りを受けた力士には両手の指先だけ合わせて拍手をしている。隆作はそんな朝子におずおずと話しかけた。

「看護婦さんのお仕事は大変でしょう? 夜勤もあるし、食事もとれないほど忙しいという話を聞いたことがあります」

「ええ、でも、隆作さんも同じ?」

「はい、二十四時間の三交代勤務ですが、夜勤明けは必ず休みをとれます。世間の人が働いている平日にのんびり散歩したりするのもいいもんですよ」

そんな他愛ない話をしながらも、隆作の視界の隅には、朝子の盛り上がった胸元が絶えずちらついて落ち着かない。でも、朝子自身、その豊かな胸をなんとか目立たないようにと、厚手の上着で隠しているのが分かった。

「今のうちに食べましょうか」とナツ江が言った。

「そうね、まだお腹はすいてないけど、そろそろ」

朝子が風呂敷包みをほどいて弁当を取り出した。

ナツ江は秀雄に、朝子は隆作に、それぞれが二人分ずつ作ってきたという。

「どうぞ」と朝子が新聞紙の包みを開いて、アルミニウムの弁当箱を差し出した。

「いただいていいんでしょうか」と隆作は言いながらも、弁当箱の蓋をそっと開いた。焼きおにぎりが三つ並び、豆と野菜の煮物と佃煮と漬物が添えられている。

「それじゃ、遠慮なくご馳走になります」

隆作は焼きおにぎりに手を伸ばし、ナツ江が作ってきた弁当にちらりと目をやった。

「喧嘩（けんか）にならないように焼きおにぎりはいっしょにしたの。おかずはそれぞれだけど」

朝子はそう言ってクスッと笑った。

隆作は首をすくめ、「とってもうまいです」と何度も言いながら、少し前屈みになって弁当を食べた。母親ではない女性が作った弁当を食べるのは生まれて初めてだった。隆作はおにぎりを食べ、煮物をつまみながら、なぜかいわれのない罪悪感を覚えた。それは二つ年上の女性が作った弁当だからかもしれないし、朝子の上着の胸元を突き上げるふくらみのせいかもしれない。でも、どうして自分がこんなに後ろめたい気持ちになるのか分からなかった。

幕内の取り組みに入ると、観客席の声援も一段と大きくなり、小結（こむすび）の佐賀（さが）ノ花（はな）が登場したあたりから館内の熱気も一気に高まった。

ナツ江のお目当ての双葉山は、もちろん結びの一番で、相手は西前頭三枚目の松ノ里だった。ナツ江はその松ノ里の相撲の特徴を、秀雄に話して聞かせている。

双葉山といえば、昭和十一年一月場所の七日目から、十四年一月場所の三日目まで、六十九連勝した大記録の持ち主で、七十連勝をかけた一番で安藝ノ海に敗れたが、その六十九連勝をするうちに前頭三枚目から関脇へ、大関へ、そして横綱へと昇進していく雄姿は国民の誇りだった。隆作にもその程度の知識はあったが、秀雄の博識ぶりには少し驚いた。

「双葉山は、安藝ノ海に敗れた日の夜、師と仰ぐ陽明学者の安岡正篤に対して、イマダモッケイタリエズ、と打電したんだよね」

秀雄がさりげなくそう言って、ナツ江の顔を覗き込んだのだ。

「そう、未だ木鶏たりえず」とナツ江はくりかえした。

秀雄はその話を披露しようと思って、事前に調べてきたのだろう。隆作はそう思い、秀雄に声をかけた。

「そんなことがあったなんて、知らなかった。双葉山の電報を送受した通信士、その電文を一生忘れられないだろうな」

「ああ、確かに」と朝子が言った。

ナツ江はうなずき、「次の危機は昭和十五年五月場所に訪れるの」と話し始めた。

五月場所で十一日目までに四敗を喫した双葉山は「信念の歯車が狂った」と言って、突然、引退を表明するが、周囲の必死の説得によって引退を翻す。そして休場している間、二十七日間にわたる滝行を行うなど、求道者的態度で相撲道に励み、翌十六年一月場所で見事に八度目の優勝を果たした。そんな双葉山も今年、三十歳になったが、一月場所は優勝し、今場所も初日から六連勝して、優勝の期待がかかっている。さらに双葉山の七十連勝を阻止した安藝ノ海も同じく、初日から六連勝を続けている、とナツ江は一気にそこまで言って、一呼吸おいて続けた。

「次はいよいよ、その安藝ノ海よ」

安藝ノ海は大関の貫禄を示して、東前頭四枚目の松浦潟を下し、結びの一番の双葉山と松ノ里の取り組みも、横綱が圧倒的な強さを見せつけ、行司の勝ち名乗りも聞こえないほど、館内は歓声と拍手に包まれた。

国技館を出ても、ナツ江は興奮冷めやらぬ様子だった。

道の端には何軒も屋台が続いていて、国技館から出てきた人びとが屋台に腰を下ろしていく。西の空には夕焼けが広がり、日没までにはまだ少し間があった。

「一杯だけ飲まないか」と秀雄が誘った。「お弁当のお返しに、俺たちがおごるから」

「私、お酒はあまり得意じゃないけど、朝ちゃんは？」

ナツ江が訊くと、「えっ、一杯だけなの？」と朝子が言い、ふふっと笑った。

まだ客の入ってない屋台を選んでベンチに腰を下ろし、もつ焼きをつまみにコップ酒を飲んだ。隆作は一口飲んで、顔をしかめた。水でかなり薄められて、味気なかったのだが、「ふーん、飲みやすいお酒ね」とナツ江は真顔で言った。

ナツ江はすぐに酔ってしまい、秀雄が小声で話しかけるたびに、何がそんなにおかしいのか、声を上げて笑っている。

隆作はすっかり意気投合した二人を眺め、それからコップ酒に口をつけたまま、さりげなく朝子の横顔に目をやった。長いまつげやぷっくりとした唇をうっとり眺めていると、朝子が急にこちらに顔を向け、なに？　というように首をかしげた。

いや、と隆作は首を横に振り、何か話そうとするが、話題が見つからない。

「隆作さんのお誕生日はいつ？」とナツ江が唐突に言った。

なんだ、秀雄とナツ江はそんな話をしていたのか。隆作は少し拍子（ひょうし）抜けした。

「二月十六日」

隆作はぶっきらぼうに答えたが、ナツ江は目を丸くした。

「あら、ちょうど一週間違い。双葉山は二月九日よ」

ナツ江はそう言うと、秀雄と向き合い、ふたたび楽しそうに話し始めた。

朝子が急にこちらに顔を向け、小声で言った。

「連絡先、交換しましょうか」

「あ、はい。書くものありますか？」

隆作はあわててポケットから手帳を取り出し、ページを一枚破って、万年筆とともに差し出した。朝子は深川区の住所を書いて手渡してきた。隆作が住所と電話番号を書いて渡すと、朝子は驚いた顔をした。

「すごいのね。おうちに電話があるの？」

「いや、じつは町会の集会室の二階に住み込んでいるんです、両親と弟と妹、一家五人で。その関係で電話があるだけで、けっして裕福な家じゃないですから」

隆作が詫びるように言うと、朝子はクスッと笑い、「正直な方」とつぶやいた。

○

出征兵士の壮行行事、遺族や留守家族への救援活動など、父の仕事は多岐にわたったが、隆作の目にいちばん苦労しているように見えたのは、家庭内の鍋や釜から鋤や鍬にいたるまで、あらゆる金属類を回収する作業だった。

住民は口には出さないが、生活用品の供出には強い反感を抱いていた。父は町会長に代わって、そんな住人の反発や悪感情の矢面（やおもて）に立つことになったのだ。

家宝として大切にしていた鼎（かなえ）を差し出した家があった。その日は日曜日で、隆作はたまたま家にいたが、「隠しておけばよかったのに」と小学生の男児が無邪気に言った。母親は息子の口を手でふさぎ、隆作の顔をちらりと見た。おそらく母親は家に帰ってから、「あんなことを言うもんでないよ。誰かが町会長に言いつけて、隠していたことが分かったら、ひどい仕打ちを受けるからね」と息子に言い聞かせたにちがいない。

仕事の休みの日、隆作と英介は父の手伝いをした。中目黒では月に数人が入隊する。町会費で日本酒とスルメを買い、入隊祝いの準備をするのは英介の仕事で、「○○さんが○月○日に入隊されます。おめでとうございます」と掲示板に書くのは、隆作の仕事だった。町内の十二ヶ所に掲示板があるので、同じ文面を十二枚書いて貼ってまわったが、隆作自身の名前を掲示する段になったときは、父がその知らせを書いて、英介が町内の掲示板に貼ってまわった。

昭和十八年一月九日、入隊日の前日、隆作の家の前に出征を祝う武運長久（ぶうんちょうきゅう）の幟（のぼり）が五本立った。

朝食を終えると、隆作は奉公袋の中身を一つずつ取り出し、畳の上に並べた。もう何度点検したか分からない。袋の裏側に記された軍隊手帳、貯金通帳、名札、梱包用麻縄、油紙、私服を送り返すための風呂敷などの他に、下着類、洗面具、筆記具、葉書、印鑑、腕時計、財布などは忘れないように品目表を書いて、奉公袋に入れた。

そうして最終点検を終えると、隆作は千人針を手に取り、朝子さん、と胸の内でつぶやいた。それは朝子が看護婦仲間や町内の婦人のみならず、道行く女性にもお願いして、苦労してまとめ上げて贈ってくれたものだ。

「窓を開ければアカシヤの青い芽を吹く春の風」

目を閉じると、朝子の歌声がよみがえる。

それは李香蘭の『迎春花』だった。上野公園の不忍池のほとりをそぞろ歩きながら、朝子は小さな声で歌い続けた。一番を歌い終えると、「次は三番ね」と言って、ふたたび歌い始めた。李香蘭が歌う二番は中国語なのだった。

それから朝子は、同僚と観たという満映作品『迎春花』の話を始めた。奉天にある日本の建築会社の支社に赴任してきた支店長の甥が近衛敏明で、李香蘭はその会社で働く女性、木暮実千代は支店長の娘の役で、極寒のハルピンや新京も舞台になっているという。

朝子の話を聞いても、どんな映画なのかさっぱり分からなかったが、楽しそうに話し続ける朝子の顔を眺めているだけで隆作の心は浮き立った。

その日は上野の屋台でたっぷり二時間、二人で楽しく飲んだ後だった。隆作はいつになく酔った朝子をうながして石の橋を渡り、弁天堂（べんてんどう）に向かった。

すでに夜も九時をまわり、あたりに人影はほとんどない。隆作は朝子の手首をつかんで弁天堂の裏手に回った。樹木の陰に入ると、月明かりがさえぎられて、互いの顔もぼんやりとしか見えない。

隆作は朝子の顔を見つめ、両肩をつかんだ。だが、それ以上何もできない。そのままじっとしていると、ふいに朝子が胸に顔を埋（うず）めてきた。隆作は思わず朝子を抱きしめた。その背中は意外に華奢で、ぎゅっと抱きしめると、朝子は背中を大きく反らして顔を上向けた。ぷっくりした唇がすぐ目の前にある。

隆作は目を閉じ、唇を少しずつ近づけていったが、なかなか触れ合わない。

「届かないよ」と隆作がつぶやいたとき、朝子がやわらかな唇を押し当ててきた。接吻（せっぷん）するのは初めてだった。隆作はただじっと唇を合わせていたが、やがて朝子の舌が伸びてきて、隆作の上唇の内側を舐めた。

隆作は我慢できず、朝子の胸を上着の上からつかんで揉みしだいた。朝子は抵抗せず、ぐったりしている。隆作は上着の中に手を入れ、さらにシャツの中に指先を差し入れて、その乳房に触れた。大きくてやわらかくて、汗ばんでいるのにひんやりしている。

朝子はかすかに首を横に振ったが、拒んではいない。隆作は手のひらで重たい乳房を下から支えながら、もう一度唇を合わせた。夢中で唇を貪っていると、朝子の手が隆作の股間に伸びてきた。いや、それは偶然だったのだろう。朝子の手が痛いほど固くふくらんだ一物にズボンの上から触れた。その瞬間、隆作は目をつぶり、呻き声を漏らした。朝子は気づかずに接吻を続けていたが、ズボンの中で弾け飛んだ精液が内股を伝って流れていった。

だが、朝子とそれ以上深い関係になることはなかった。それは二歳年上の朝子に結婚を申し込むことを意味するからだ。まもなく戦地に赴く隆作にとって、そのようなことは到底考えられなかったし、朝子も望んではいなかっただろう。

「もう一度観たいな。今度映画館にかかったら、隆作さん、いっしょに観ましょ?」

あの夜、不忍池のほとりで朝子に誘われて、「はい、ぜひ」と隆作は答えたが、映画館の席に二人で並んで『迎春花』を観る機会はついに訪れなかった。

奉公袋の点検を終えると、隆作は床屋に行き、丸坊主に刈り込んでもらった。

「ご苦労さまです。少し採っておきましょう」

亭主はそう言って、刈った髪を少量だけ紙に包んでくれた。

その晩は、階下の集会室で、町会長が直々に音頭をとって送別会を催してくれた。入隊時には酒の特別配給があるが、隣組の人たちも少しずつ酒を持ち寄ってくれたので、とても盛大な会になった。

昭和十八年一月十日の午前五時、まだ真っ暗なうちに家族揃って起床し、神棚に灯りを燈す。いよいよ入隊日だった。

家族五人で朝食を終えると、隆作は支度に取りかかった。朝子から贈られた千人針を腹にしっかりと巻きつけ、その上から国民服を着て、身支度を整える。

鏡の中の自分の顔をじっと見つめ、そのとき庭先で竹刀を振る高嶺秀雄の姿をふと思い浮かべた。秀雄は剣道二段の腕前で、実家では毎朝素振りを欠かさないと言っていた。

秀雄は浦和連隊区なので、入営部隊は異なる。だが、川越市を含む埼玉の一部地域は、二年前まで東京の本郷連隊区の管轄だった。大陸で同じ師団に編入される可能性は大いにある。昨年末の最後の勤務日に「じゃ、大陸で会おう」と言葉をかけ合い、握手して別れたのだった。

出発時刻が近づくと、家の外から人びとのにぎやかな声が聞こえてきた。日の丸の小旗を持って、見送りの人びとが集まってきてくれたのだ。

初めに町会長が挨拶し、次に在郷軍人分会長の音頭で万歳三唱をした。

万歳三唱を終えると、隆作は人びとの前に進み出た。

「出陣の門出に際して、一言ご挨拶を申し上げます。早朝のご多忙時にもかかわらず、多数のお見送りをいただき、心からお礼を申し上げます……」

隆作は挨拶をしながら、見送りの人びとの後方に朝子の姿を見つけた。白衣の上から国防色のコートを羽織っている。病院からあわてて駆けつけてくれたのだろう。その日、朝子は夜勤だった。

「……皆さまのご健康をお祈り致しまして、出陣のご挨拶と致します。それでは元気で行ってまいります！」

挨拶が終わると、分会長の指示により、在郷軍人会、愛国婦人会、国防婦人会、町内隣組の順に、四列縦隊を作り始めた。隆作は朝子の前に行き、紙の包みを手渡した。朝子が来なかったら、母親に渡そうと思っていた遺髪だった。

「行ってまいります。どうぞお元気で」と隆作は言い、朝子の目を見つめた。

「立派にご奉公なさってください」と朝子は言い、にわかに目を潤ませると、「どうぞくれぐれもご無事で」と小声で言い、深々と頭を下げた。

先頭に隆作、右に分会長、左に町会長が並び、長い竹竿の先に幟をはためかせて、いよいよ四列の隊列が出発した。列の最後尾には朝子の姿が見える。

日の丸の小旗を振り、軍歌「日本陸軍」を歌いながら、中目黒の都電の停留所までの数百メートルを行進し続ける。停留所に着いても、都電が到着するまで、隊列の人たちは軍歌を歌い続けた。

やがて都電の車両が到着すると、「それでは行ってまいります」と隆作は言って一礼し、朝子にそっと目礼してから、都電に乗り込んだ。父と在郷軍人の代表者も共に乗り込む。二人は入営部隊の麻布三連隊営門前まで付き添ってくれた。

営門前には一人の歩哨が立っていた。

「皆様のご期待に添えるよう、ご奉公してまいります」

隆作はそう言って在郷軍人の代表者に向かって頭を下げ、父とがっちりと握手を交わし、営門に足を踏み入れた。衛兵所の前を通り、広い営庭を横切ると、青山墓地に面した木造の二階建てが見えてきた。それが東部十六部隊の兵舎だった。

9

昭和二十年四月二日、看護婦養成所の入学式の夜、空襲警報が鳴り響く中、新入生五十名は柏木婦長を中心にした「救護班別隊」に加わり、各階の病室の患者を担架に乗せて地下の安全な場所へ次々に移動させた。

「担え担架」

「立て担架」

柏木婦長の号令に合わせて階段を何度も何度も上り下りして、患者全員を地下室に搬送し終えたとき、サイレンが一分連続で鳴り響いて、空襲警報は解除された。

わずか数時間前に行った担架教練がこれほどすぐに役立つとは、柏木婦長自身も想像していなかっただろう。東京上空に来襲したＢ29の編隊が練馬区、板橋区、杉並区から、武蔵野町大字吉祥寺、立川市方面まで広範囲にわたって爆撃を続けたにもかかわらず、幸いなことに東京鉄道病院に被害は一切なかった。

稲村美代子は他の新入生と力を合わせて患者を地下室に搬送した後、空になった担架を一人で抱えて階段を上りながら、踊り場の窓の前で一瞬足を止めた。

はるか遠くの夜空で照明弾が炸裂し、緑色に燃えながら落ちていく。その長い光跡を目撃して息を呑んだが、その夜、Ｂ29は初めて照明弾と時限爆弾を同時に落としたのだった。美代子は四月四日になってその事実を知った。

四日午前一時十分、ふたたび空襲警報が発令された。新入生は寮の布団から飛び起き、すぐに二人一組になって患者を地下室に搬送する作業にとりかかったが、その夜は大きな炸裂音が病院内にも響き渡るほど、焼夷弾や爆弾が至近距離に落ちた。

「大丈夫です。病院は鉄筋ですから、燃えませんから」

美代子は担架の上で恐怖に震えている患者に声をかけ、そうすることで自分の気持ちを奮い立たせたが、実際、その夜の空襲で新宿や渋谷の各所で火災が発生し、多くの家屋に延焼したのだった。

そのため早朝から続々と、負傷した人びとがトラックやバスで東京鉄道病院に運び込まれ、新入生は午前五時半に病院の正面ロビーに集合となった。二時間ほど横になっただけだったので、誰もが寝ぼけ眼をこすりながら、しかし背筋を伸ばして、担当婦長の指示に聴き入り、注意事項を帳面に書きとめた。

授業は午前も午後も中止になり、病院はたちまち野戦病院と化し、新入生たちは看護婦の差配に従ってコマネズミのように動きまわった。美代子は応急処置を終えた患者を処置室から運び出し、ロビーの簡易ベッドに寝かせる作業を延々と続け、やがてロビーが足の踏み場もないほどベッドであふれかえると、今度は廊下にゴザを敷いて、その上に患者を横たわらせた。

包帯法や湿布の仕方はもちろんのこと、簡易ベッドの作り方や患者の運び方も美代子はまだ何も教わっていなかったが、それから数ヶ月にわたってすべてを現場で実践し、体験することで看護の基礎を学ぶことになる。

朝食も昼食も摂らず、午後四時近くになってようやく救急患者の処置が一段落すると、「食事を摂って、部屋で休むように」と婦長の指示が出た。

美代子は口もきけないほど疲れ切り、肩で息をしながら寮に向かった。

「ねえ、美代ちゃん」と関根ミサが声をかけてきた。「さっきの男の子、昨夜の空襲で大火傷負ったんじゃないのよ。ほんとにひどい話」

さっきの男の子とは、懸命な救命治療も虚しく、ロビーの簡易ベッドで息を引き取った小学生のことだった。

意味が分からず、美代子が首をかしげると、ミサは歩きながら早口で説明した。

二日の夜の空襲でB29は、照明弾と時限爆弾を同時に落とした。時限爆弾は三十分ほどしてから爆発するが、男の子の場合、時限爆弾が今日になって突然爆発して大火傷を負ったのだという。処置室で止血や点滴を担当する看護婦の手伝いをしていたミサは、男の子の母親からその話を聞いたのだった。

「お母さん、ほんとにかわいそうに、息子が死んだのは自分のせいだと言って……」

気丈なミサでさえ話しながら涙ぐんで、たびたび言葉に詰まったが、母親が近くの公民館の屋根に照明弾の落下傘が引っかかっているのを見つけて、あれだけの大きさがあれば服をたくさん作れると隣家の主婦と話していると、男の子がそれを聞きつけて、ぼくが屋根に上って取ってくると言い出し、公民館の裏庭に足を踏み入れた。そのとき時限爆弾が爆発したのだという。

「そんな……」と美代子はつぶやいたが、言葉が見つからない。うつむいたまま寮の食堂に足を踏み入れた。

すでに長い列ができている。今日の食事担当の新入生十名は、婦長の指示により看護補佐の仕事を一時間早く切り上げて、夕食を作り始めていた。

美代子はその列に並び、自分の順番が来ると、「お疲れさまです」と彼女らに声をかけ、アルマイトの飯碗に麦飯をよそい、それに味噌汁をかけて、テーブルに運んだ。

「でもね」とミサは隣の席に腰かけて続けた。「日本軍の落下傘は絹製だけど、敵の落下傘は硬いガラス繊維でできているのよ、燃えないように。だから服なんて作れないの」

ミサは本当になんでも知っている、と美代子は感心したが、「せめて水だけでも飲ませてあげて」と婦長に懇願していた母親の顔を思い出すと、この話を続けるのはひどく苦痛だった。でも、訊かずにはいられなかった。

「ねえ、ミサさん」と美代子は小声で言った。「婦長さんはどうして水を飲ませてあげなかったんですか」

「うん。気管に水が入って窒息する危険があるとか、呼吸を補助する処置が必要になった場合、胃の中に水が入っているとやはり危険だとか、婦長さん、あんな混乱のさなかでも、ご家族に丁寧に説明されていて、素晴らしいと思った。でも」

ミサはそこで口ごもり、それから声を低めて続けた。

「でも、せめて濡れたガーゼで、男の子の唇を湿らせてあげたかった」

ロビーの簡易ベッドに移してから一時間も経たずに男の子は息を引き取った。美代子はそのとき廊下にゴザを並べていたが、ロビーに響き渡る母親の悲鳴を聞いて、そのことを知ったのだった。

「そうよ、ミサさん、そうしたらよかったのに！」

美代子が思わず声を上げると、ミサは箸を持つ手を休めた。

「でも、いくらお母さまに頼まれても、あのときはできなかった。だって婦長さん、火傷の他に内臓に損傷がある可能性もあるから水を飲ませてはいけないって、はっきりおっしゃったんだもの。私はそんな婦長さんの冷静さに、ただただ感心していたのよ」

食事を終えると、美代子は「冷静さ」という言葉の意味を考えながら部屋に戻った。自分に足りないのはそれだと思うが、どうすれば身につけることができるのか分からない。何事にも謙虚な気持ちで共感することは大切だと思うが、すぐに涙ぐんだり怒ったりするのは、自分の悪い癖だと思った。

真岡昭子と鈴木ムツはすでに部屋に戻って、布団にもぐりこんでいた。食堂では二人の姿を見かけなかった。

「ねえ、いくら疲れていても、何か食べないと身体に毒よ」とミサが言った。

「うん、少し食べた」と昭子が言い、卓袱台を指さした。そこには食べ残したふすまパンのかけらが転がっている。

配膳室の前の長い列に並ぶのがつらくて、そのまま帰ろうとしたら、境田寮長が部屋で食べなさいと言って、二人に持たせてくれたのだという。

そうか、とミサはうなずき、「しんどかったねえ、今日は特に」とムツに声をかけた。

「すみません、迷惑をおかけして」とムツは布団にくるまったまま消え入るような声で言った。

ムツはトラックで運ばれてきた重傷者の搬送を手伝いながら、その傷のむごたらしさに耐えられず、二度も嘔吐してしまい、婦長に叱責されたのだった。

それにしてもその夜、もし空襲警報が発令されたとしても、限界を超えた疲労のため、しっかり者のミサでさえ布団から起き上がることはできなかったにちがいない。

「今夜、空襲がなかったら、白衣や下着を洗濯しましょう」

ミサに声をかけられて、「はい、洗濯しないといけないですね」と美代子は答えながら、入学式から三日間、空襲、空襲で着替える暇もなかったことに改めて気づいたが、布団に横になった途端、深い井戸の底に向かって頭から真っ逆さまに落ちていくような眠りに引きずり込まれ、翌朝の五時まで延々十二時間、一度も目を覚まさず、ひたすら泥のように眠り続けた。それは他の三人もまったく同じだったのだ。

翌日以降も、警戒警報は毎日のように発令された。授業中も食事の時間も入浴しているときも、そして寝ているときでさえ、片時も落ち着かなかった。警戒警報だけで終わることも多かったが、四月四日に続いて、七日、十二日と、B29の編隊が東京上空に来襲し、就寝後の夜半に空襲警報のサイレンが鳴り響いた。

夜勤の看護婦より後に行くと叱られる。だから四人は寝るときも、モンペを穿いて、肩から袋をさげ、警報が鳴ったらすぐに飛び出せるようにした。ムツは動作がのろくて一人だけ遅れてしまうことを恐れ、さらに編み上げ靴を履いたまま布団に入った。

だが、消灯すると、藁のマットレスから南京虫がもぞもぞ這い出してくる。嚙まれると激しいかゆみに襲われたり、発熱したりで大変なことになるので、その数ミリほどの虫を見つけると、明かりをつけて四人で潰して回ったり、夜中でも服を熱湯消毒したりした。

また共同風呂に入ると、頭ジラミを取るために髪を懸命に櫛で梳いている生徒もいて、看護婦は清潔にしなければならないと言われても、空襲に怯えて暮らす生活では、それは難しいことだった。

空襲は日々激しさを増し、四月十三日の夜から十四日未明にかけて、新宿や池袋などが爆撃され、田端駅、鶯谷駅、駒込駅、高田馬場駅、池袋駅が焼失した。鉄道病院は爆弾の直撃を免れ、最寄りの新宿駅も無事だったが、続けて十五日の夜には、世田谷区や目黒区に焼夷弾と爆弾が集中的に投下され、鉄道病院はふたたび野戦病院と化した。

トラックで次々と患者が運ばれてきたが、荷台に乗せられた重傷者の上に折り重なった死体を目にしたとき、ムツはふたたび激しく嘔吐した。

美代子はあわてて駆け寄り、「大丈夫?」と声をかけた。そして地面にうずくまって吐き続けるムツの背中を撫でながら、また婦長に叱られるのではないかと、ひどく気を揉んだが、ムツは驚くほど強かった。

「大丈夫」とムツは答え、手拭いで白衣の胸の汚れを手早く落とすと、トラックの脇で指揮を執る柏木婦長の前に進み出て、死体を地下の安置所へ搬送する仕事を率先して引き受けたのだ。

美代子は重傷者を手術室や処置室に運び込む作業を続けたが、受け入れ可能な患者数を超えてしまうと、軽い負傷者たちはゴザの上で放置された状態になった。食堂で大急ぎで昼食を摂っているときも、彼らのことが気になって落ち着かなかったが、美代子にはどうすることもできない。やっと一台のトラックが到着して、彼らを荷台に乗せて渋谷区内の別の病院に運んでいく頃には、すでに日も暮れかかっていた。

六時になり、看護補佐の仕事を終えると、相部屋の四人で揃って食堂へ向かった。

「ムッちゃん、お疲れさま。大変な仕事だったね」と美代子は声をかけた。

「うん、処置がつらかった」とムツがうつむいて答えた。

「えっ、搬送するだけじゃなくて、何か処置もしたの？」

ミサが驚いた顔をしてムツを見た。

「はい、処置といっても」とムツはひどくつらそうに言った。「引き取り手が分かっているご遺体だけ汚れないように、腹部を圧迫して尿と便を押し出してから、あとは口や肛門(こうもん)に綿(わた)を詰めるだけ……。お顔をきれいにするような余裕はまったくないんです」

「そうなんだ？　大丈夫？　ご飯食べられそう？」

昭子が心配して顔を覗き込むと、「はい」とムツはしっかりうなずいた。

「食べないと、身体がもたないから」

ミサも昭子も美代子も、たった一日で逞しくなったムツに驚いたが、夕食を終えて部屋に戻ってからさらに驚いた。

「夜になったら、家族が何組か訪ねてくるんです。安置所に家族を案内するのも看護婦の仕事。だから柏木婦長に頼んで、付き添わせてもらおうと思うの」とムツは言ったのだ。

それを聞いて美代子もムツといっしょに志願して、夜勤の看護婦とともに遺族に付き添わせてもらうことにした。とにかく少しでも勉強したかったのだ。医師の死亡診断書と、役所に提出する死亡届などの書類を遺族に渡し、遺体の搬送についても相談を受ける。そんな仕事のやり方も美代子はすべて実践で学んだのだった。

東京三十五区への空襲は、四月十九日夜の荏原区、目黒区、大森区などへの爆撃を最後にしばらく途絶え、警戒警報で叩き起こされることもなくなったが、五月に入っても授業は週に三日ほどしか行われず、実習、実習の日々が続いた。

それでも柏木婦長は時間を見つけて、氷の割り方や検尿ビンの運び方、器具の磨き方などを教えてくれたし、授業が終わって寮に戻ると、境田寮長が医師や患者に対する言葉づかいや、電話のかけ方まで指導してくれたので、美代子はそれらを覚えるのに懸命だった。

夕食のあとは基本的に自由時間なので、空襲さえなければ思う存分勉強できる。四人は卓袱台に頭を寄せ合って、授業の復習や予習をした。美代子がいちばん興味を持ったのは「解剖学」だった。授業で配られた謄写版刷りの資料は、人体の図解が八ページにわたって続く。紙が汚れたり皺がついたりしないように、美代子はそれを宝物のように扱った。

「美代ちゃんの帳面、とっても読みやすいし、よくまとまってるね」

ミサに褒められて、美代子は嬉しかったが、先生が黒板に白墨で要点を書きながら口頭で補足したことを、板書に付け加えただけだった。部位を一つ一つ記憶するのも大変だったが、臓器の位置や働きをきちんと呑み込んでいないと、それぞれの関係がうまくつながらない。だから人体の図解は先生の話を理解するのにとても役に立った。

でも、消灯は九時だったし、朝五時には起床して寮の階段や便所の掃除をしなければならない。四人は九時ぎりぎりまで勉強すると、警戒警報がいつ鳴り響いてもすぐに起きられるように身支度して布団に入るのだった。

だが、空腹のためにたびたび夜中に目を覚ましてしまう。美代子はそっと布団から抜け出すと、水飲み場まで行き、お腹がくちくなるまで水を飲んだ。そしてモンペのポケットからお守り代わりに入れてある手紙を取り出した。月明かりに照らせば、その鉛筆の文字もはっきり読める。

〈美代ちゃん、げんきでせうか。おとーちゃんはぶじにかえつてきましたよ。よつぱらつてお酒のにほひをさせて、びよういんにおしかけてめいわくかけた。ほんたうにすまないといつておりましたよ。おとーちゃんはあれからお酒をのまんで、はたらいてくれるのでたすかつています。けふは渡辺さんのはたけをかりて、ニンジンのたねまきをして、カブとネギもしゆうかくしましたよ。だからしんぱいはいりません。

てがみがずつとこないと、美代ちやんになにかおこつたのではないか、しんぱいになりますが、こちらはなにもおこつてないので、しんぱいしないでくださいね。美代ちやん、たべものはどうでせうか。まいにちげんきにべんきやうしている美代ちやんが見えるやうです。美代ちやんならりつぱなかんごふさんになれるでせう。

またてがみかきますね。美代ちやんはべんきやうでいそがしいでせうから、へんじはいりません。花は和幸と武夫がうらのどてでつんできました。幸子もげんきですよ。くれぐれもからだにきをつけてくださいね。ハルより〉

父が無事に帰れたか心配になって、美代子はハガキを書いた。これは母からのその返事で、和幸と武夫が摘んできたサクラソウとスミレの押し花が添えられていた。

母が空襲について何も書いてこないことに、美代子は疑問を覚えたが、きっと母が心配しないように、父は東京の惨状を何も話していないのだろうと思った。

B29が何機も編隊を組んで銀色に輝きながら上空を轟々と飛んでいく中で、日本軍の戦闘機はその機影さえほとんど見かけない。東京がそんなことになっているなんて、母には想像もつかないだろう。実際、東京に住んでいても、自分が暮らしている町に被害が出なければほっと胸を撫で下ろすだけで、見知らぬ土地の被害についてはみんなほとんど知らない。栃木の田舎の人びとが知っているはずもなかった。

いや、そればかりか母は新聞を読まないし、忙しくてラジオを聞く暇もないから、ヒットラー総統が亡くなったことさえ知らないだろう、と美代子は思った。

それはおとといの五月四日のことだ。夕食の前、境田寮長が食堂で新聞記事を読み上げて、ヒットラー総統が亡くなり、ベルリンが陥落したのだと、沈痛な面持ちで言った。

新聞には〈聖戦飽くまで完遂　鈴木首相決意表明〉と大きな見出しが躍り、〈欧州戦局急変するも、我に万全の備へ〉〈一億一致難局に当たらん〉と続いている。

〈ヒットラー総統不滅の功績〉と題した記事を境田寮長はゆっくりと読み上げたあと、誰か感想はありませんか、というように生徒たちを見渡した。

「かわいそうに」と誰かが小声で言った。

「それだけですか？」と境田寮長が言った。

新入生代表の松原静子が腰を上げ、やや高めのよく通る声ではっきりと言った。

「ヒットラー総統はあそこまでやったのに、どうしてドイツは頑張れなかったのか。それが残念でなりません」

なるほど、と境田寮長はうなずき、持っていた新聞をテーブルに置いてからおもむろに口を開いた。

「いち早く降伏したイタリアと違い、ドイツはよく戦いました。国土を分断され、都市は占領され、その火の中で、ヒットラー総統は亡くなったのです。私たちはけっして総統の功績を無にしてはなりません。みなさんには立派な看護婦になって祖国を守る義務があります。そのために寸暇を惜しんで勉学に精進いたしましょう」

「かしこまりました。寸暇を惜しんで精進いたします」

松原静子が答えると、全員が「寸暇を惜しんで精進いたします！」と声を合わせた。

美代子はもちろん頑張って勉強しているが、それよりもドイツと同じように日本の本土に敵が上陸してきたら、いったいどうなるのだろうか、そのことが急に不安になった。

新聞の見出しは〈一億一致難局に当たらん〉のあとに〈九州へB29八十機〉と続いていた。B29は編隊を組んで、日本全土を我が物顔に飛びまわっているのだ。

戦争に負けたら国がなくなると教えられてきたが、国がなくなるとはどういうことなのか、美代子には分からなかった。空襲で焼かれて家がなくなるのは分かる。でも、国がなくなるとはどういうことなのか……。そこまで考えて、美代子は手紙を折りたたんでポケットに入れると、顔を上げて夜空の月を眺め、今夜はどうか空襲がありませんように、と手を合わせて祈り、それから急いで部屋に戻った。

10

昭和十八年一月二十四日、東京市麻布の兵営の中庭に新聞紙を広げて座り、澄み切った冷気に包まれて、母と弟と三人で食べた弁当のおいしさを、盛田隆作はそれから半世紀の歳月を経ても忘れなかった。

いなり寿司とかんぴょう巻き、それに鯛の塩焼きまであった。白米も海苔も油揚げも、すべて父が闇で手に入れてきたという。いったいどれだけの金を使ったか分からない。

「母さん、もったいないほど、うまいです」

隆作はいなり寿司を頰張り、箸で鯛の身をほぐして食べた。小鯛だが尾頭付きでとても豪華だった。

母はその日、東部十六部隊が大陸に向けて出発することになった旨の連絡を軍から受けて、弁当を作って駆けつけてきたのだった。弟の英介もいっしょに来たのは、その日が日曜で旋盤の仕事が休みだったからだ。

母は弁当を貪り食べる二人の息子をただ静かに眺めていたが、やがて堪りかねたように口を開いた。

「それにしても入隊してまだ二週間なのに、もう大陸へ……」

「母さん、いつまでもこっちにいたら、お国のお役に立てませんよ」

英介は十五歳のくせに大人びた口調で言い、「で、兄貴、どこへ」と続けた。

「まずは天津に行く。支那派遣軍の駐屯地だ」

「天津……」と母がくりかえし、不安げな顔になった。

「安心してください」と隆作は言った。「天津は我が国の統治下にあり、支那派遣軍は北支の警備にあたっています。そこで初年兵教育を受けることになるかと思います」

「隆ちゃん、いつのまにこんなに立派に」と母は言い、中指の甲で涙をぬぐった。

「たった二週間で、兄貴もすっかり帝国陸軍の兵卒だね」

「そんな言い草はないでしょう、お兄さんに向かって」

母がたしなめるように言うと、いや、と英介は首を横に振った。

「通信兵は特殊な教育を受けるから、成績優秀な兵隊が選ばれる。ぼくはそんな兄貴を尊敬しているよ。でも、通信兵は歩兵と違って、敵の面前に出て戦うことはない。後方にいて通信連絡を担当する。一に通信、二にラッパなんて言われるほど通信兵は安全で、しかも出世も早い。だから母さん、安心していいんじゃないかな」

「それは違う」と隆作は思わずむっとして言った。「歩兵の先頭集団のすぐ後で架線作業をしたり、前線に通信所を作ったりすることもある。それなりに危険を伴う任務だ」

「兄貴、母さんが心配するようなこと、わざわざ言わなくてもいいんじゃないか？　そんなことを聞いたら、朝子さんも心配するよ」

「そうだな」と隆作は素直にうなずくと、最後に残ったいなり寿司を二つに分け、半分を弟に差し出し、残りの半分をゆっくりと味わって食べた。

　川島朝子が千人針をたずさえて家を訪ねてきたときの母のあわてぶりは大変なものだった。いつも落ち着き払っている母が、朝子と挨拶をかわすだけでしどろもどろになったのだ。

　兄貴やっぱりもてるんだな。どこで知り合ったの、と英介はしつこく訊いてきたが、母は朝子について何も尋ねようとしなかった。二十歳の息子とどんな会話をかわしたらいいのか、見当もつかなかったのだろう。

　隆作はいなり寿司を食べ終えると、腹に巻きつけた千人針を手でそっとさすりながら、弁天堂の裏手の暗がりで交わした接吻をふと思い出してにわかに赤面してしまい、そんな自分を弟に悟（さと）られないように、「英介、通信兵の任務はこうだ」と言って、覚えたばかりの綱領（こうりょう）を暗唱し始めた。

「通信兵の本領は、戦役の全期に亘り、指揮統帥の脈略を成形し、戦闘力統合の骨幹となり、以て全軍戦捷の途を拓くにあり。故に通信兵は常に相互の意思を疎通し、特有の技術に成熟し周密にして機敏、耐忍にして沈着、進んで任務を遂行し、全軍の犠牲たるべき気迫を堅持し、以てその本領を完うせざるべからず。通信兵は常に兵器及び材料を尊重し、整備節用に努め、馬を愛護し、また特に防諜に留意すべし」

隆作は最後まで一気に諳んじて、「通信兵操典の綱領第十一だ」と付け加えた。

「やっぱりすげえや、兄貴」と英介は拍手をした。

時計を見ると、まもなく午後一時になる。兵舎に戻らなければならない。

隆作は腰を上げ、ズボンの尻についた草を手で払った。

「英介、お父さんとお母さんのこと、よろしく頼むぞ」

「分かりました。家のことはぼくに任せてください」

英介は珍しく神妙な顔で答えた。

「お父さんにもよろしくお伝えください」と隆作は言い、母の手を取った。母はその手を握り返し、「うん、お父さんね」と言った。「本当は来たかったと思うの。でも、軍にお預けした息子にのこのこ会いに行くなんてできない、俺は育子を見ているから、なんて虚勢張って……」

母はいつまでも手を握りしめて離さなかったが、午後一時を知らせる鐘が兵営に鳴り響いて、はっとしたように離した。

「お母さん、英介。それでは、行ってまいります」

隆作は右手を上げ、指を揃えて帽子のひさしの右側に当て敬礼した。

この三日後、一月二十七日の早朝、隆作は五十名の入営兵とともに、品川駅より軍隊輸送専用の列車に乗り込んだのだった。列車は日が暮れる頃、下関駅に到着し、下関港より関釜連絡船にて出帆した。玄界灘の荒波に揺られて、ひどい船酔いに一晩中苦しめられながらも、翌朝八時すぎに釜山港に上陸し、釜山駅まで隊列を組んで街中を行進した。道の両側には民家や商店が並び、民族服を着た朝鮮人がこちらを見ていた。

釜山駅から列車に乗り、天津に到着したのは三日後の一月三十一日だった。隆作はそこで第二十七師団無線通信隊に編入されることになる。

○

昭和十八年一月三十一日の午後四時三十五分、天津駅で軍用列車から下車した五十名の初年兵は、駅前広場に整列して点呼を終えると、駐屯地に向かって編み上げ靴を踏み鳴らし、一糸乱れぬ行進を開始した。

空気がピンと張りつめた凍てつく厳冬期、二十歳の隆作は白い息を吐きながら、初めて目にする天津の街の美しさに言葉を失うほど深い感銘を受けた。

薄い雲の切れ間から刷毛で掃いたような夕陽がさっと差し、建物や街路を眩いばかりのオレンジ色に染めたせいもあるだろう。だが、それだけではない。

「進め一億火の玉だ」「屠れ！　米英我等の敵だ」「さあ二年目も勝ち抜くぞ」などの標語が町内のそこかしこに掲示された東京とはまったく異なり、天津の街はまるで西洋絵画のように荘厳な静寂に包まれており、街路を行き交う人びとの穏やかな表情は、まさに日々の平和な暮らしに支えられているように思えたのだ。

天津駅の近くには鐘紡のレンガ造りの大きな紡績工場があり、日本の国民学校や高等女学校の校舎が建っている。そのためだろう。街角から聞こえてくるのは日本語ばかりだった。校門から出てくる日本人学校の子どもたちは、東京の子どもたちより血色がいいし、身なりもずっと整っている。隆作は背筋を伸ばし、腕を振り上げ、前方をじっと見据えて行進しながらも、目の端で街の人びとの様子をそれとなく観察した。

暖かそうなコートを羽織った日本人の母親が幼い息子とともに道の端にたたずみ、第二十七師団の到着を心から歓迎するように拍手をしている。天津は昭和十二年より日本軍が統治しているので、幼児はきっと天津で生まれたのだろう。そしてこの街ですくすくと育っていくのだ……。隆作は満州を欧米列強の植民地支配から解放した日本軍を改めて誇らしく思ったが、大通りを左に折れてしばらく進むと、街の風景が一変した。

貧しい民家が建ち並ぶ埃っぽい道がどこまでも続いている。道端では瘦せ細った中国人の子どもたちが遊んでいたが、日本軍の隊列に気づくと、あわてて家の中に駆け込んでいった。天津に長らく設置されていた日本租界は、先ごろ南京政府に還付されたが、日本人と中国人の暮らす街区は、画然と分かれているようだった。

行進を続けて三十分後、隊列は駐屯地に到着した。立派な門をくぐり抜けると、何棟もの兵舎が建ち並んでいる。いよいよここで初年兵教育が始まるのだ。隆作は兵舎を見上げて思わず武者震いをした。公用の外出を命じられない限り、営外に出ることは禁じられているので、隆作はそれから半年間にわたって兵営から出ることはなかったが、行進しながら垣間見た天津の街並みの美しさは忘れることがなかった。

まずは営庭に整列して、中隊長の訓示を受けた。そして訓示が終わると、五十名の初年兵一人一人におごそかに小銃が手渡された。それは九九式騎兵銃と呼ばれるもので、菊花紋章と共に八桁の数字が刻印されている。

「数字はそれぞれの銃に固有につけられたものであり、この世に同じものは二つとない。

自分の数字をただちに記憶するように」

教育係の兵長に命じられ、隆作はその場で八桁の数字を頭に叩き込んだ。誰に何番の銃を渡したか、中隊の帳簿には当然記録されているのだろう。銃の本体はもちろん、部品を紛失したり、損壊したりしようものなら厳罰に処せられる。

「天皇陛下から頂いた小銃は貴様らの命より大切なものだと思え」と兵長は言った。

第二十七師団通信隊の兵員数は、初年兵から三年兵まで二百名ほどだった。入営一日目は先輩兵士たちの歓待を受け、夕食も副食が三品もつくほど豪華だったが、二日目からは突如としてしごきと教育訓練が始まった。

朝七時、起床ラッパで飛び起き、大急ぎで軍服に着替える。零下十度の寒さの営庭に整列し、朝の点呼が行われるのだった。

「遅いぞ。何をもたもたしている。早駆け一周!」

二年兵や三年兵より整列が遅れたため、初年兵全員が営庭の一周を命じられた。数名の者が軍服の着替えにもたついたせいだった。

五十名全員で五百メートルほど全力疾走し、息を切らしてふたたび整列する。

「番号!」と兵長が号令をかけ、「一」「二」「三」と各人が声を上げて人員を確認する。

「靴が履けない者はいないか」と兵長が訊いた。

一人の男がおずおずと手を上げた。

「貴様、履いているではないか！」と兵長が言った。

「靴が小さくて、踵がとても痛いのであります」

男が直立不動のままそう答えると、兵長は顔を赤くして怒鳴った。

「天皇陛下に頂いた靴が足に合わないとはどういうことだ。貴様の足を靴に合わせろ！」

兵長はものすごい剣幕で男に近づき、握り拳を振り上げた。男が殴られるのではないかと隆作は恐れたが、「はい、足を靴に合わせるよう努力いたします」とすぐに答えたので、「よし」と兵長はうなずき、振り上げた拳を下ろした。

男は大森区出身の及川正志という名で、隆作と同じ班の戦友だった。軍隊において戦友とは、室内点呼で隣に並んだ者のことを指す。何事も互いに助け合って協調精神を養い、戦友行動に励むようにと、入営初日に指示された相手だった。

及川は動作が緩慢で、軍服の着替えにもたついた一人だったので、翌朝は起床時刻の前に起きて、早めに床を上げ始めた。みんなに迷惑をかけないように、との配慮だったにもかかわらず、「勝手に何をしている！　まだ起床ラッパは吹かれておらんぞ！　歯を食いしばれ！」と教育係の上等兵に叱られ、頰を思いきりビンタされた。

そんなふうに及川が怒鳴られてばかりいるのは、絶えずおどおどして自信がなさそうに見える態度のせいだろうと隆作は思い、二人だけになったときに声をかけた。

「何か困ったことがあったら、遠慮なく相談してくれよ」

「すまない、盛田。足手まといにならないように気をつけるから」

及川は涙ぐみ、靴ずれのために踵の皮がむけて、親指に水疱ができた足を少し引きずりながら、「我慢していればじきに治ると思う」と答え、それから二日間にわたって足の痛みに顔をしかめていたが、三日目の早駆け訓練では足を引きずることもなく、営庭三周千五百メートルを隆作と共に規定の五分三十秒以内でなんとか走り切った。

規定時間内に走れなかった十五名は兵長に尻を蹴られ、さらに千五百メートル走らされたが、その中に入らなかったことで、及川は少し自信を取り戻したようだった。

「痛くないのか？　よく我慢したな」

隆作が感心して声をかけると、及川はあいまいにうなずいただけだった。及川の靴をよく見ると、昨日まで履いていた靴より明らかに大きい。おそらく誰かの靴を盗んだのだろうと思ったが、もちろん口には出さなかった。

隆作が不思議に思ったのは、その日、自分の靴がなくなったと騒ぎ出す者がいなかったことだが、しばらくして先輩兵士による初年兵の持ち物の略奪が横行していることを知ることになる。自分の上衣や営内靴が古くなると、初年兵の真新しいものと勝手に交換してしまうのだ。隆作のまだ新しいズボン下も突然消えてしまった。

軍から支給された被服（ひふく）を紛失して員数（いんずう）が合わなかったら、たとえゲートルや靴下ひとつであっても、ビンタどころではすまない。隆作は躊躇（ちゅうちょ）なく物干し場から比較的新しいズボン下を失敬した。それが兵営内に限らず、戦場で生き抜くための知恵だと思ったからだ。及川に靴を盗（と）られた兵隊もきっと必死の形相で新たな靴を確保したにちがいなかった。

朝の点呼の後も気が抜けなかった。食事ラッパが鳴ると、週番上等兵が「飯上げ！」と兵舎内に触れて回る。各班の食事当番はいっせいに炊事室に集まり、飯や副食や味噌汁の入ったバケツを食卓に持ち帰るのだが、炊事室に行くのが少しでも遅れようものなら、上等兵のビンタが待っている。

隆作も入営後初めて食事当番になったとき、炊事室まで歩いてきたという理由で頬を張られた。耳元でバチンという音が聞こえ、目の奥で火花が飛び散り、よろけて床に尻餅をついたが、すぐに立ち上がった。

「三歩以上は駆け足！　分かったな、盛田！」

「承知いたしました！」と隆作は答え、噴き出した鼻血をあわてて手の甲で拭った。

食事当番は人数分の食器に飯と副食の盛りつけを終えると、「準備完了しました」と班長に報告する。全員が食卓につき、班長の「食事始め！」の号令と共に食べ始める。二分以内に食べ終えなければならないので、みんな無言のままひたすら飯をかき込む。

三年兵にもなると、アルマイトの飯碗の下半分に飯をぎゅうぎゅうに詰め、上半分はふわりと軽く少なく見えるように盛っても咎められなかったが、初年兵がそんなことをしてもし見つかったらタダではすまない。飯も副食も量が少ないので、初年兵は誰もが四六時中腹を空かせていた。

食事を終えると、営庭に出る。歩哨の動作、手旗信号、目測、敬礼不動の姿勢、体操、早駆けなど、毎日ふらふらになるまで基本訓練が続けられた。

歩哨の動作や体操など、自分はしっかりやっていると思っていても、「盛田！　身体をぐにゃぐにゃさせるな！」と兵長に怒鳴られ、蹴ったり殴られたりして、耳がじーんとして聞こえなくなったりした。そんな理不尽なしごきもつらかったが、もっとつらかったのは天津の寒さだった。

風の強い日などは一気に零下二十度まで下がる。小銃の訓練では目と鼻と口だけを出した毛糸の頭巾をかぶるが、冬用の軍服を着ていても寒さは骨の髄までしみいる。

兵長の「前進！」の号令と共に、隆作は小銃を抱えて、三百メートルほど先に設えられたトーチカ陣地の標的に向かって霜柱をザクザクと踏みながら全力疾走する。地面の盛り上がったところを遮蔽物と判断して地面に伏せ、小銃の安全装置を外して射撃する。

「前進！」の号令と共に安全装置を施し、伏せていた場所から一歩だけ身体を横にずらし、その位置からふたたび走り出す。

　そうして「前進」と「止まれ」を何度もくりかえすうちに息が上がり、頭がぼんやりしてしまい、目がかすんで敵陣がよく見えなくなる。刺すような寒さで耳が痛くなり、指先の感覚が麻痺して安全装置の掛け外しに手間取っていると、兵長が飛んできて「敵に殺されるぞ！」と怒鳴られ、樫の棒で頭を殴られる。鉄帽をかぶっているが、脳天を叩かれた衝撃であおむけに倒れてしまう。

「前進だ！」と兵長に腰を蹴られ、隆作はなんとか起き上がる。小銃を持って全力疾走し、敵陣まで五十メートルほどに近づくと、早駆けから匍匐前進に切り替える。

　手足が脱力して、身体が思うように動かなくなり、地面に向かってぜいぜい息をしていると、「盛田！　どこを見ている。前を見ろ」と怒声が飛んでくる。

　隆作は気力を振り絞って、最後の着剣動作に移る。右手で小銃を左に傾け、銃身を少し右にして、銃口を身体の中央前に置き、左手で柄を逆に握って銃剣を引き抜き、銃口に着ける。

「突撃！　進め！」の号令と共に、「ウー、ワー」と腹の底から大きな声を絞り出しながら敵陣めがけて全力で走り、最後に「ヤーッ！」と敵の標的に銃剣を突く。

「よし！　状況終わり」

兵長に声をかけられて、隆作はやっと訓練から解放されたが、及川は着剣してから標的に銃剣を突くまで、「声が小さい！」と怒鳴られて、何度も何度もやり直しを命じられ、隆作が三十分ほどで終えた訓練を、一時間近く続けさせられた。

そうした訓練が一ヶ月も続くと、ほとんどの初年兵の手足の指や耳たぶ、鼻先や頬が凍傷にかかった。隆作は足の指に水疱ができて腫れが生じたため、毛糸の靴下を二枚重ねて履き、その上に木綿の軍足を履いたが、痛みは容易に引かなかった。それでも隆作の症状はまだ軽い方で、足の皮膚が黒く変色して硬くなり、歩くのがやっとという重症の凍傷にかかった者も何人か出てきたが、そんな中でも訓練は毎日続けられた。

訓練は昼食をはさんで午後も続けられるが、もちろん一日はそれだけでは終わらない。夕食後から夜の点呼直前まで、無線通信の教育が行われるのだった。

通信の初心者は、イは伊藤、ロは路上歩行と、モールス符号を覚えることから始まったが、隆作のように無線通信の実務経験のある者は別室で電気学、電信学、電信実験、電線懸架法などを学んだ。昼間の訓練の疲れが出て、しばしば睡魔に襲われたが、隆作は頬をつねりながら教育係の上等兵の話に耳を傾け、自習時間にはひたすら教科書を読んだ。

○

初年兵教育の第一期は四ヶ月、第二期は一ヶ月半と定められている。

昭和十八年七月、隆作は中隊長による第二期の検閲を受け、一等兵に昇任した。昇任したのは五十名中十八名だった。今回、昇任できなかった者は十二月に行われる第四期の検問に向けて、術科、学科の習得にいっそう励むように、と中隊長は訓示した。

これで給与が六円から九円になる。留守宅給与が少し増えるので両親も喜ぶにちがいないと隆作は思い、東京市麻布の兵営の中庭で母と弟と三人で弁当を食べた日のことを懐かしく思い出した。あれからまだ半年しか経っていないのに、もう何年も前のことのように思える。日本と中国大陸では時間の流れ方が違う。それが不思議だった。

このまま天津で初年兵教育が続けられるものと誰もが思っていたが、第二十七師団は近く満州に移動して訓練することになったと、ある日、兵長から話があった。

八路(はちろ)軍のゲリラ相手の戦闘から本格的な対ソビエト戦の準備に移行するために満州に集結するのだろう。そんな話が古参兵から伝わってきた。

隆作にはそれがどういうことなのかまったく分からなかったが、訓練が打ち切られて戦闘に投入される可能性もある。そうなったとき、自分は実戦に耐えられるだろうか。それを思うと不安にもなった。通信兵は歩兵第三連隊のいずれかの中隊の作戦に帯同して、通信の任務にあたるのだった。

七月三十日、天津駅から列車に乗り、翌三十一日、満州の錦県駅で下車した。天津の街とはまるで異なり、隊列を組んで数分も行進すると、たちまち民家もなくなり、一面の荒野が広がった。起伏のある丘の道をくねくねと三十分ほど歩いて駐屯地に到着した。

入り口の門柱には「ニナツ」とカタカナで書かれた板の看板がかかっている。上等兵によれば、それは第二十七師団通信隊の意味だった。漢字表記では中国人が判読できるので、スパイの諜報活動を防ぐ意図があるという。

そうして満州錦県の駐屯地で、初年兵教育の第三期が始まった。午前中は立銃、立射、膝射、弾込め、弾抜け、伏射、狭窄射撃、実砲射撃、陣内戦闘と、小銃を使った訓練が続けられたが、午後は集中的に無線通信の教育にあてられた。

隆作は師団通信隊の九四式三号甲無線機にもすぐに慣れて、毎週行われる無線技術の試験ではいつも上位十人の優秀者に選ばれたが、この十名には特別に暗号通信の訓練が行われることになった。

まずは打電する文章を日本陸軍の暗号書で決められた数字に置き換える。それを乱数表にかけて別の数字に変え、さらに受け取る側にどの乱数を使ったか、そしてどの箇所から乱数を使ったかを示す符号を電文の中に巧妙に隠す。

「時間をかければ、誰でもできる。しかし戦地の緊急時においては一秒でも早く打電する必要がある。それが部隊の生死を分けることになる」と教育係の伍長は言った。

隆作は身の引き締まる思いで暗号通信に取り組んだ。暗号書には五十音順に約五万語の語彙が収録されている。それをすべて覚えるのは不可能だが、使用頻度の高い単語は完全に記憶しろ、と伍長に命じられ、隆作は毎日一枚の紙片に十個の暗号を書き、時間さえあれば紙を開いて頭に叩き込み、完全に記憶すると、その紙をむしゃむしゃと食べた。

そうして五百個の暗号を記憶したころ、夜行軍の訓練が始まった。

非常呼集ラッパが鳴ると、すぐさま床から飛び起き、軍装に着替え、銃剣、弾入れを装着し、背囊に外套や飯盒を括りつけ、準備ができ次第、営庭に整列する。あくまでも戦闘訓練なので、電灯を点けることはできず、わずかな月明かりの中ですばやく支度をしなければならないが、背囊の準備は一人ではできない。

隆作は外套を折りたたみ、ポケットを押し込んで円筒形に巻き込むと、「背囊準備！」と声をかける。及川はその外套を隆作が背負った背囊の外側にぐるりと括りつける。続いて今度は隆作が及川の背囊に外套を括りつける。最後に鉄帽を装着し、互いの装備が完全なことを確認すると、営庭に飛び出す。二人の息がぴったり合い、とても心地よい。

点呼を終えると営庭の外に出て、時速六キロメートルほどの速度で、暗闇の中の道を行軍する。足音がしないように軍靴に荒縄を巻きつけ、たとえ石につまずいても声を上げることは一切禁じられ、五キロほど行軍を続ける。背嚢が肩に食い込み、一キロも行軍するうちに息が上がってくる。

背嚢はとにかく重い。小銃と銃剣で五キロ、実弾百二十発と手榴弾二発で四キロ、革帯や負革、剣差などの革具が一キロほどあり、そのほかに携帯天幕と天幕用の支柱、着替えの被服一式と予備の軍靴、軍足、非常食の缶詰から医薬品まで、すべてを含めると二十キロほどになる。その背嚢を背負っての夜行軍の訓練はしばらく毎晩続けられた。

十月から十二月にかけて、昭和十四年と十五年の徴集兵が相次いで除隊していった。自分の靴を磨かせるばかりか、褌の洗濯まで押しつける横暴な古参兵がいなくなり、初年兵は誰もが安堵した。中隊の人数は減ったが、一気に若返り、十二月末に行われた第四期の中隊長検問では、全員がめでたく一等兵に昇任した。

年が明けて昭和十九年になり、初年兵教育がいよいよ終わりを迎える一月の半ば、新たに昭和十八年徴集兵が入隊してきたが、隆作はその中に懐かしい顔を見つけて驚愕することになる。

東京中央電信局の同僚の高嶺秀雄だった。秀雄も隆作に気づいてひどく驚いた顔をしていたが、入営一日目は二人で話をするような時間がなかなか持てない。

夕食時の歓迎会でやっと言葉を交わすことができた。なぜ初年兵としての入隊なのか、理由を聞いて隆作は愕然とした。秀雄は入隊後一ヶ月足らずで赤痢にかかり、緊急入院したのだった。病院では一ヶ月にわたって生死の境をさまよったが、なんとかこっちの世界に戻ってくることができた。日本を発つ直前だったので命拾いをした。満州に渡ってからではおそらく命はなかった、と秀雄は言い、皮肉っぽく唇を歪めた。

歓迎会では中隊長以下全員で、第二十七師団の部隊歌を歌う。一年前、先輩兵士の歌に聴き入った自分が今度は初年兵のために歌う。隆作は大声で部隊歌を歌いながら、あれから一年経ったのだな、としみじみと思った。

北支の天地京津の
山河に刻む四十年
駐屯軍の名は薫る
勇士幾千　紅の
血に彩りし伝統と

矜持を受けて生まれたる
わが兵団わが兵団
わが兵団は天下の精鋭

夕食を終えてそれぞれの兵舎に戻るとき、隆作はふたたび秀雄に声をかけた。

「それにしても、本当にこうして再会するとは思わなかった。大陸で会おうとは言ったがな」

秀雄はふふっと笑みを浮かべた。

「俺も最初はそう思ったよ。だが、中隊長殿の訓示によれば、第二十七師団は昭和十三年に編制された際、中学校卒業以上、なかんずく大学卒業者が多く、インテリ部隊と呼ばれて実戦には弱いと思われたが、武漢攻略戦の敵陣地突破においては中心的に奮戦し、蔣介石を漢口から撤退させ、通城を占領して進出限界に達し、作戦を大勝利に導いたと。しかも我ら通信隊は師団司令部によって精鋭が集められたという話じゃないか。俺たちがここで再会したのは偶然ではなく、必然だろう」

「ああ、そうだな」と隆作はあっさり答えた。秀雄は入営初日ですっかり興奮している。一年前の自分を鏡に映して見ているようで照れくさかった。

「飯も豪華だし、ここは天国じゃないのか?」と秀雄が小声で続けた。

「俺も最初はそう思ったよ。だがな、お客様扱いは今日だけだ。明日から兵長のしごきが待ってる。今夜はたっぷり眠って身体を休ませておけよ」

隆作が先輩風を吹かしてそんな言葉をかけると、秀雄はさっと姿勢を正し、「かしこまりました」と言って、右手を折り曲げて敬礼した。

11

昭和十九年一月二十四日、隆作は第二十七師団通信隊の部隊長による第六期最終検問に合格し、約一年にわたる初年兵教育を終えたが、二年兵になった途端、軍隊生活は驚くほど変わった。

午前中は教育係の兵長の助手として、営庭で行われる初年兵の軍事教練を補佐する立場になったため、理不尽で過酷(かこく)なしごきに遭(あ)うこともなくなったし、午後の長い時間はほとんど通信室につめて、無線通信による連絡業務と、国際放送の傍受(ぼうじゅ)に当たることになったのだ。

天津と比べて満州錦県の駐屯地は、戦況に関する情報が格段に多く入った。部隊長には毎朝きちんと数紙の新聞が配達されたし、関東軍の各軍司令部とも無線を通じて作戦や戦況に関する情報を頻繁にやりとりして、幹部は重要な情報を逐一共有している。

隆作は無線機に向かい、関東軍司令部からの暗号文を受信すると、電文に使われた乱数を探し出し、暗号書と照らし合わせて確認しながら、数字の暗号文を平文に置き換えていった。

電文は次々と入ってくるので、かたときも休む暇はない。やや前屈みになり、息を詰めるようにして黙々と作業を続ける。隆作の他に五名の通信兵が無線機に向かっているが、通信室には電鍵を叩く音だけが響く。

しばらく受信が途絶えると、今度は中国の重慶放送やインドのニューデリー放送、あるいはサンフランシスコ放送の傍受に取りかかった。

重慶放送からは、抗日反戦を呼びかける日本語放送が頻繁に流れ、ニューデリー放送はイギリスＢＢＣによる日本語放送をときおり中継し、サンフランシスコ放送は一日に二回、午前と夕方の定時に日本語放送を流している。

それらは日本向けのプロパガンダ放送なので、日本軍の戦況が極めて不利であるかのように伝える内容ばかりだった。隆作は歯噛みする思いで傍受し、伍長に報告した。

伍長はさして苦々しい顔もせず、黙って報告に目を通していたが、ある日、隆作は下士官同士が交わす会話を耳にして、つかのま言葉を失った。

「二年兵が国際短波をよく聴き込んで、情報を提供してくれるだろう？　半信半疑で聞いてはいるが、敵国の政治宣伝も重要な情報のひとつだからな」

「いや、大本営が景気づけした報道より、むしろ信憑性があると考えざるを得ない情報も多々ある。まことに寒心に堪えない」

「まあ、確かにゾッとする情報はあるが、敵国のデマに対して、信憑性などという言葉は安易に使わんことだ。つまらん情報に踊らされないよう、用心した方がいい」

「そうかい？　戦況分析に関しては、少なくともきみより冷静だと自負しているがな」

通信室の隣には将校と下士官が会議に使用する小部屋があり、そこを出入りする上官たちの会話がときおり耳に入ったのだ。そんな尊大な軽口を笑顔で語り合う下士官たちに、隆作はひどく戸惑った。

それというのも、隆作が中国大陸で訓練を受けてきたこの一年の間に、ヨーロッパではイタリアが降伏し、東部戦線ではソ連軍が前進を続けていた。太平洋ではアッツ島で日本軍が玉砕し、キスカ島から撤退を余儀なくされ、無血占領したマキン、タラワ両島が米軍に攻略され、守備隊は玉砕した。そしてつい先頃には内地大本営より、マーシャル諸島の「クェゼリン、ルオット両島失う」との報が入ったばかりだった。

そのような戦況を受けてもなお、緊張感を欠いた諧謔を弄して、会話そのものを楽しんでいるような下士官に不信感を抱いたのだ。

しかも下士官たちは上質な白酒を中国人の集落から調達して、会議室で飲んでいるらしいとの話も伝わってきた。隆作はそんな下士官たちをいぶかしく思う一方で、歩兵と違って通信兵は軍の機密情報に接することが多く、自分のそのような任務にいささかの優越感を覚えていたのもまた事実だった。

夕食後も消灯間際まで連日連夜、通信室で無線機に向かう。隆作は疲れ果てて兵舎の寝床に戻る途中、若い性欲の高まりに抗しきれず、しばしば便所に入って自慰をしたが、目を閉じて川島朝子との接吻を思い浮かべても、もはや遠い日の花火のように色あせてしまい、夢の中の出来事のように現実感がない。精を放つたびに空しさを噛みしめた。

そんな日々にあって、二月十六日の朝七時、隆作は起床ラッパで床から飛び起きると、二十二歳か、と胸の内でつぶやいた。あのときの朝子と同じ年齢になったのだ。でも、朝子はすでに二十四歳になっている。もしかしたらもう結婚したかもしれない……。

そんなことを考えながら服装を整え、朝の点呼のために営庭に向かって走っていると、高嶺秀雄が後ろから声をかけてきた。

「盛田、おめでとう」

なぜ？　と隆作が口を開く前に、秀雄が横を並走しながら続けた。

「双葉山と一週間違いだって、ナツ江が言ってただろ」

ああ、と隆作はうなずき、両国国技館の近くの屋台のベンチに四人で腰かけ、もつ焼きをつまみに水で薄められたコップ酒を飲んだ、あの春の日の夕暮れを懐かしく思い出したが、「だな」と短く答えて話を打ち切った。訓練中も講義中も食事中もすべて私語は禁じられているからだ。

かろうじて個人的な会話を交わせるのは便所か洗濯場だったが、翌日の昼食後、隆作は井戸端で下着や靴下を洗いながら、少しだけ秀雄と話す時間を持てた。

「このあとはずっと通信室で任務だろう？」と秀雄は言った。「うらやましいよ。こっちは朝から晩まで騎兵銃抱えた教練ばかりで、通信の訓練など夕食のあとに申し訳程度にやるだけだ」

「高嶺から見れば、そうだろうな」と隆作は答えた。「でも、今年の初年兵教育は手ぬるいよ。俺たちはもっと壮絶なしごきに遭った。軍紀違反を犯す古参兵も多かったしな」

「軍紀違反？」と秀雄が首を傾げ、声を低めた。「略奪や強姦……」

「ああ」と隆作はうなずいた。「夜、こっそり近くの集落に出かけていってな。でも、表向きは無許可で兵営外に出たことが処罰の対象になったという話だよ。処罰といっても、わずかばかりの減給処分じゃ、軍紀違反はあとを絶たない」

「詳しいな、盛田」

「いや、去年は無我夢中で何も知らなかった。最近、下士官と接することが増えたから、そんな話がそれとなく耳に入ってくるんだ」

「ところで」と秀雄が声を低めた。「対ソ戦は近いのか？」

この部隊では相変わらず対ソ戦に備えて、夜行軍の耐寒訓練や、営庭でトーチカ攻撃の演習が続けられているが、内地大本営や関東軍司令部から送られてくる情報を総合すると、第二十七師団は苦戦が伝えられている南方戦線に送られるのではないかと、下士官のあいだで噂が広がっているのも事実だった。

だが、たとえ相手が秀雄でも、そうした機密に関する話をするのは憚られる。

「俺に分かるはずがないだろう」と隆作は答えた。

秀雄とそんな会話を交わした一週間後、隆作は関東軍司令部から暗号電文を受信し、壮大な軍事機密の一端に触れることになる。第二十七師団が次期大作戦に動員されることが現実味を帯びてきたのだ。しかも師団の行き先は南方ではなく、中国大陸を縦断(じゅうだん)する「一号作戦」への参加だった。

東シナ海でアメリカの潜水艦による船舶(せんぱく)被害が増えているため、日本本土と南方諸地域との連絡や兵站補給が危機にさらされている。通信隊の二年兵にすぎない隆作にも、その程度の認識はあった。だが、それがなぜ南方戦線の支援ではなく、中国大陸を縦断する作戦になるのか、当時はまったく分からなかった。

じつのところ、それは「大陸打通作戦」と呼ばれるもので、釜山、朝鮮、満州を経由して、中国大陸を縦断しつつ主要都市を占領し、華北と華南を結ぶ京漢鉄道を確保することによって、インドシナ、タイ、マレーを経てシンガポールまでを陸上交通路で結び、日本本土と南方資源地帯を直結させるという壮大な計画だった。

隆作が「一号作戦」を知ってからまもなく、兵営はにわかにあわただしくなった。連日のように倉庫に兵が集められ、兵器や弾薬の充足、資材の整備作業などが進められた。

一号作戦参加の命令が正式に下ったんだろう。隆作はそのことを確信して気を引き締めたが、初年兵たちは倉庫の作業を心待ちにしているようだった。というのも、倉庫内の物品移動などの作業が深夜に及ぶと、すいとんの夜食が出たのだ。だから初年兵はそれを楽しみにして、夕食後の使役に率先して加わった。

「まもなく部隊が移動する。そのための準備だと思う」

隆作が声をかけると、秀雄がすいとんをすする手を止め、怪訝な顔をした。

「つまり俺たちの初年兵教育が、別の駐屯地で行われる？」

いや、師団が一号作戦に動員されたら、もはや初年兵教育どころではないだろう。大陸を行軍しながら、各地で実戦的な訓練は行われるだろうが、これからは初年兵も二年兵も通信兵としての任務をこなすことになる。隆作はそのことを秀雄の耳元でささやいた。

秀雄は顔色を変え、「訓練を受けてまだ二ヶ月なのに……」と言った。

○

三月二十四日の夜、突然、出動命令が下った。

部隊全員が完全武装をして、軍馬を引き、重機を積んだ荷車を押し、長蛇(ちょうだ)の列をなして錦県駅に向かう。駅に着くと、軍用列車がすでに停車していた。ホームからはみ出すほどの貨車が数珠(じゅず)つなぎになっている。まずは軍馬を貨車に載せ、それから重機、弾薬、食糧、無線機材、観測機材などを積み込み、最後に部隊が乗り込んだ。

一本のロウソクが燈されただけの貨車の中は薄暗く、埃っぽい。大きな音を立てて鉄の扉が閉まると、兵隊たちのむせ返るような人いきれで胸が悪くなりそうだった。

ガタンとひと揺れして、軍用列車が走り出す。

「各自、横になって休め！」と号令がかかった。

だが、十分に足を伸ばして寝るような広さはない。隆作は他の者に顔を蹴られないように、貨車の隅を選んで横になった。床にはアンペラの茎で編んだむしろが敷いてあるが、気温は五度もないだろう。夜が更けるとしんしんと冷え込み、明け方になっても寝つかれなかったが、扉の隙間から差し込む一条の光に気づいて目を覚ましたので、二時間ほどまどろんだにちがいない。

朝七時前、列車は駅に停まった。鉄の扉が開けられると、肌を刺すような冷気がたちまち身体を包み込んだ。その寒さに震えながらも、酸欠気味でぐったりしていた兵隊たちは新鮮な空気を胸いっぱいに吸い込んだ。

「山海関」という名の駅だった。ホームに降りると、二人の下士官が立ち話をしている。隆作は彼らの会話に耳をそばだて、どうやら満支国境を越えたらしいことを知った。

兵隊はみんな腹を空かせていたが、まずは馬に水を飲ませ、餌を与えなければならない。その作業をあわただしく終わらせると、飯盒を持ってホームの給食の列に並び、貨車に戻って麦飯と味噌汁の朝食を摂る。まだ食べ終わらないうちに列車は出発した。

それから二日間、列車は走り続け、三月二十七日の夜七時すぎ、大きな駅に停まった。

ホームは真っ暗で灯りの一つもない。手回し発電機で電球を発光させ、その照明の下で軍馬や物資を下ろす作業をしたので、積み込み作業の倍以上の時間がかかった。

この駅が京漢線の支線の終点にあたる清化鎮であり、山西省と河南省の省境にあることや、近くに日本軍の兵舎があることを、隆作は通信業務を通じて知っていたが、これから先の計画についてはまったく分からない。

部隊は兵舎を目指して、畑や荒地の広がる道を黙々と進んだが、隆作のすぐ前を歩いていた及川正志がふいに足を止め、しゃがれた悲鳴を上げた。

隆作は息を呑み、あわてて目をそむけた。泥人形のような全裸の死体が道端に転がっていた。恐る恐る視線を戻すと、月明かりに照らされて、泥まみれのあばら骨が浮き上がって見えるが、性別も分からないほど腐敗が進んでいる。吐き気をこらえて歩きだすと、三匹の野犬が目に入った。別の死体に群がって肉を食いちぎっている。暗さに目が慣れてくると、草むらのあちこちに白骨化した死骸が散らばっているのが分かった。

やがて高い城壁が見えてきた。城壁の門の前では中国人の護衛兵が銃をかまえ、出入りする人びとを監視している。この城壁に囲まれた中に中国人の民家が密集しているのだった。隊列は城壁の前を通りすぎ、さらに数百メートルほど進んで兵舎に着いた。

営庭での点呼と寝床の割り振りを終えると、隆作は疲れ切った身体を藁のベッドに横たえた。道端の死体は病気や飢えで行き倒れた中国人なのか、それとも戦闘に巻き込まれたのか分からない。目を閉じると、ピチャピチャと野犬が舌なめずりする音がよみがえる。

隆作は何度も寝返りを打ち、その音を頭から追い払った。

翌朝、隆作は関東軍司令部から奇妙な暗号文を受信した。日本軍が対岸の洛陽方面に向かって黄河を渡ると敵に思わせるような牽制策を取れ、との指令だった。

まったく意味が分からないが、平文に置き換えて報告した。伍長の顔色が明らかに変わったが、一等兵の隆作がその指令の意味をたずねることはできない。ただし今後、第二十七師団が敵を欺くための陽動作戦を取ることは間違いなかった。

隆作はしばらく各師団から入る戦況情報の受信に専念し、午後になって任務が一区切りつくと、一年兵と共に使役に駆り出された。

兵隊の食糧と馬の餌を受領するため、輜重車を馬に引かせて糧秣廠へ向かう。輜重車は五台連なっており、その中に秀雄の姿もあった。途中、道端の草むらに全裸の死体が転がっていたが、それを見ても昨夜ほど動揺しない。

「服やズボンから下着まで全部はぎ取られて……、地獄だな、ここは」

秀雄が浮かない顔で声をかけてきた。

返す言葉もなく、隆作はうなずくだけだった。

中国人が行き交う道を一キロほど進むと、天幕で覆われた倉庫がいくつも並ぶ一画に出た。それぞれの倉庫には米や大豆などの袋がうずたかく積まれ、また弾薬などが集積されている倉庫もあった。数人の歩哨兵が銃をかまえ、倉庫の周囲を巡回している。

列を作って順番を待ち、糧秣廠の係の兵隊から指示された糧秣を手分けして倉庫から運び出した。兵隊の食糧として、米や大豆や高粱（コウリャン）の他に、缶詰肉、食塩、粉醤油（こなしょうゆ）、野菜類、漬物類など。馬の餌として、大麦、干草、藁。それらを輜重車に積み込むと、馬で引きながら急いで兵舎に戻った。

でこぼこの悪路を急いだので、袋に空いた小さな穴からときおり大豆や高粱がこぼれ落ちる。すると子どもたちが駆け寄ってきて、小さな籠で必死に拾い集め始めた。ぼろ布をまとった裸足（はだし）の子どもも多い。

「あっちへ行け」と一人の初年兵が子どもたちを追い払おうとした。

「まあ、いいじゃないか」と隆作は手で制した。「ろくなもん食べていないんだろう」

倉庫に備蓄（びちく）された食糧は数万人もの日本軍部隊の作戦に必要な量だった。それらは中国のあちこちの集落から手当たり次第に調達したものだ。そのために中国人がどれだけ飢えに苦しんでいるか分からない。

「盛田一等兵のおっしゃる通りだ」と秀雄がまじめくさった顔で言った。

清化鎮ではやはり訓練は行われず、四日間しか滞在しなかった。糧秣を確保し、司令部からの指示を待っていたのだろう。三月三十一日の朝五時、非常呼集命令が発動されたのだった。ただちに完全武装で営庭に集合整列し、部隊長の訓示が行われた。

「第二十七師団はこれより、一号作戦の第一段である京漢作戦の第二線兵団として作戦に参加する。第十二軍主力の攻勢を側面から支援するため、強行軍が当面続くが、とりわけ初年兵は何事も助け合って戦友行動に励んでほしい」

　初年兵は訓示の内容をほとんど理解できなかっただろう。隆作にしても「主力の攻勢を側面から支援する」という部隊長の言葉に、これはやはり陽動作戦なのだと思ったが、具体的にどういうことなのかは分からない。

　それまで第二十七師団通信隊は、師団司令部の直属だったが、一号作戦への参加に当たり、通信兵は第一大隊の第一中隊から第四中隊に配置されることになった。隆作は第二中隊の、秀雄は第四中隊の通信班となった。それぞれの歩兵隊に帯同することになり、中隊間の連絡が主任務となるが、師団間や連隊との通信を受け持つ役割は今までと変わらない。

　隆作は秀雄ときつく握手を交わし、また会おう、と口の動きだけで伝え、それぞれの中隊長の下に参集した。第二中隊の兵隊約二百名は、さらに四つの小隊に分かれる。隆作は足立(あだち)軍曹(ぐんそう)率(ひき)いる第一小隊の所属となった。

　行軍はまだ夜が明け切らぬうちに始まった。隆作は無線機材を輜重車に積載し、軍馬で牽引した。その他に食糧や弾薬などを積んだ輜重車が第二中隊だけで十二車両続いた。兵隊たちは二十キロの背嚢をかついで、輜重車に遅れないように時速六キロの速さで、荒野の道を黙々と進み続ける。途中で何度か小休止や大休止をはさみながら、延々十時間にわたって行軍を続け、日が暮れ始めた午後五時半頃、目的地の新郷に着いた。ちょうど六十キロの行軍だった。

誰もが口もきけないほど疲れ切っていたが、何にも増して馬の世話が優先される。隆作は馬から輜重車を外し、それから慎重に鞍を外す。馬の背に手を当てると、鞍傷がついて熱くなっている。隆作は井戸で手拭いを濡らし、鞍傷をそっと冷やしてやる。それから馬の脚を一本ずつ縄束で丁寧にこする。

そうして筋肉を和らげるマッサージを終えると、ふたたび井戸に行き、水嚢で水を汲んで馬に水を飲ませる。水嚢は小さいので井戸と馬の間を何往復もしなければならない。馬の喉の渇きが癒えたら、やっと馬糧を与える。馬は水分が足りないうちに餌を与えると、腹痛を起こすことがあるからだ。とにかく兵隊より馬が大事だと、教育係の兵長からくりかえし教えられていた。

軍馬の食事を終えたら、兵隊の食事の準備に取りかかる。かまどを作る者、燃料となる薪を集める者、飯盒で米をとぐ者、野営の場所を確保する者など、上等兵の指示に従ってあわただしく動き回る。

隆作は足立小隊長に命じられ、兵隊たちから少し離れて、通信の任務に当たった。無線の受信時は乾電池を使用し、送信時は手回し発電機を使う。各連隊の位置関係と状況を把握するとともに、司令部から送られてくる各種電文を受信し、それを足立小隊長に指定された他部隊に送信する。

食事を終えると、各自の飯盒や水嚢を片付け、もう一度軍馬に水をやる。そうしてすべてが終わると、兵隊たちは軍服と軍靴のまま、草原の湿った草の上に横たわり、銃を横に抱えてたちまち深い眠りに落ちる。

「起床！」の号令で隆作は目を覚ます。先ほど眠りについたばかりなのに、と理不尽な思いに駆られたが、時計を見るとすでに七時間ほど経過していた。時刻はちょうど五時で、弓なりに広がる夜空にはまだ無数の星がまたたいている。兵隊たちがいっせいに飛び起きると、ほとんど間髪（かんはつ）をいれず「出発準備！」と号令がかかった。

あわただしく馬に鞍をつけ、車両を牽引させる準備をする。貴様ら、何をぐずぐずしている！　早くしろ！　もたもたするな！　上官の怒声が響き渡り、隊列を組むと同時に「出発！」と号令がかかる。

月明かりだけの薄暗い道を、二列縦隊の隊列は黙々と進んでいく。今日もまた六十キロほど行軍するのだろう、と隆作は馬を引きながら思う。次の目的地は分からないが、黄河を目指していることだけは確かだった。

五十分行軍して十分休む。九十分行軍して二十分休む。ひたすらそれを繰り返す。朝食も昼食も歩きながら食べる。前の晩、飯盒に二食分の飯を配給される。それに粉醬油を振りかけて食べる。十分休憩は草むらに大の字になって休めるが、二十分休憩のときは馬に餌をやったり、道端の草を食べさせながら蹄鉄（ていてつ）の調整をしたりするので、兵隊はそれほど休むことができない。

そうして日が暮れかかる頃、最後の十分休憩を取ると、「宿営準備！」の号令がかかる。兵隊は馬の世話をして食事の準備に取りかかり、隆作は無線の送受信をする。この中隊では二十名の通信兵が常に無線機材を携行（けいこう）しているが、暗号電文の送受信に携（たずさ）わっているのは、隆作の他に四名しかいない。だからどんなに疲れていても、一瞬たりとも気が抜けない。送受信業務を終えると、あわただしく夕食を摂り、軍服を着たまま銃を抱えて草むらで泥のように眠る。

そんな行軍が一週間も続くと、兵隊は誰もが足に肉刺（まめ）をこしらえ、その痛みに顔をしかめながら歩くようになった。歩き続けるうちに痛みも麻痺してくるが、小休憩を取ったあと、歩き始めるときがいちばんつらい。隆作は地面に足をつけるたびに、うめき声を押し殺した。ひりつくような激痛が走るのだ。だが、十分ほどでその痛みも和らぐ。痛みの感覚がすっかり麻痺してしまうのだった。

そうして黄色い土煙の舞い上がる荒野の道を歩き続けるうちに、やがて地平線の彼方まで麦畑が広がる農耕地に出た。行軍を続けるうちにときおり小さな集落が出現し、農民たちの姿も見かけたが、どれだけ歩き続けても見渡す限りの麦畑だった。そんな風景の中を歩いていると、隊列が少しも前進していないような不安に駆られたが、隆作はその行軍のあいだにすでに無線で多くの機密情報に接していた。

第二十七師団は三月三十一日に清化鎮を出発してから、西方の懐慶に向かって隊列を進めているが、これは洛陽の北方から黄河を渡河するように見せかける欺騙行動だった。

実際に第十二軍主力が攻勢を発起する覇王城から、この地域は七十キロも西方にある。覇王城にはすでに工兵が折畳舟をつないで作った甲橋が架けられ、その北岸には第十二軍の攻勢の主力となる第六十二師団、第百十師団、戦車第三師団が集結し始めているのだった。

第二十七師団が黄河北岸の杯県に着いたのは四月十七日だった。そこからさらに行軍を進め、四月十九日には魯店で野営した。それはすべて翌日に予定されている第十二軍主力の攻勢から中国軍の注意をそらすための陽動だったが、この作戦は司令部の思惑通りに大成功を収めた。

翌日の四月二十日、夜明けと同時に、覇王城正面に集結した第六十二、第百十両師団が一斉攻撃を開始し、覇王城を守る中国第八十五軍の陣地をたちまちのうちに突破したのだ。隆作はその勝利の電文を受け、ただちに足立小隊長に報告した。小隊長は思いがけず隆作に握手を求めてきた。隆作は涙ぐんでしまったが、その涙は少し複雑だった。

三週間に及んだこの強行軍にはたして陽動作戦としての意味が本当にあるのか、ずっと半信半疑だったのだ。下士官と通信隊の一部を除いて、歩兵のほとんどは行先も目的も知らされず、ひたすら強行軍を続けてきた。もしこの陽動作戦が不発に終わり、何の意味も持たない結果に終わっても、歩兵たちは疑問を抱くこともなく、疲れ果てて草むらで泥のように眠るだけだった。そんな複雑な思いが隆作の胸の底から込み上げてきたのだ。

第二十七師団の各中隊は、覇王城の勝利に大いに沸き立ったが、喜んだのも束の間のことだった。というのも、第二十七師団の黄河の渡河は四月二十四日まで、と師団司令部から指令が入り、それまでに甲橋北岸地区に到達しなければならなかったからだ。行程は約百二十キロあり、ただちに出発しなければ間に合わない。

それから連日の強行軍が続けられ、二十三日の夕刻、ようやく甲橋の近くまで来たが、その日は朝から豪雨が続いており、道がぬかるんで膝まで没するほどだった。

「シバラク待機セヨ」と無線で中隊長から指令が入った。

足立小隊長が一人でぬかるんだ坂道を上っていく。隆作も続いて上っていった。見晴らしの良い高台に出ると、眼前に大きな河が広がった。泥水が渦を巻きながら、ものすごい勢いで流れていく。

「黄河だ」と足立小隊長が言った。

あたりには土と岩が露出した山々が連なるばかりで、緑はほとんどない。三キロメートルほど上流に一本の長い甲橋が架かっていた。豪雨の中を、先行する部隊が続々と橋を渡っている。背嚢をかついだ歩兵部隊や荷馬車を牽引する部隊など、数えきれないほどの兵隊の姿が見えるが、橋の手前には順番を待つ部隊が長い列を作っている。

「待機を含めれば、二万人を超えるな」と足立小隊長が言った。

やがて日が暮れると、雨は激しさを増した。だが、渋滞の列はまったく進まない。隆作は携帯天幕を頭からかぶったが、軍服はすでにびしょ濡れで、褌まで濡れる状態だった。さらに四月とは思えぬほどの猛烈な寒気が加わったため、中隊長の判断により、その夜は付近の中国人集落の民家に宿営し、雨を避けることになった。

その判断が部隊の命を救ったことを、隆作は翌朝になって知ることになる。

朝六時半、第二中隊は甲橋に向かう道に集結し、二列縦隊で行進し始めたが、わずか数百メートルほど進んだだけで、沿道に行き倒れて累々(るいるい)と横たわる軍馬の死骸が目に入ったのだ。いったい何が起きたのか分からなかったが、甲橋まで五百メートルの地点で、前方を進んでいた第一中隊に追いつき、隆作は昨夜の惨状を知った。

遅れてきた第二大隊の一個中隊二百名が不眠不休の強行軍を続けて、深夜にこの地点にたどり着いた。だが、甲橋が渋滞して一歩も前進できず、かといって後退もできず、寒風吹きすさぶ豪雨の中で身動きできぬまま、数十名の凍死者を出してしまったのだという。陽動作戦は成功したが、そのために多くの犠牲者が出たのだ。

朝になって雨は弱くなったが、渋滞は依然として続いていた。隆作は各中隊と無線交信を試みた。幸いにも第一大隊は第一中隊から第四中隊まで無事のようだった。

無線機を輜重車に戻し、隆作は黄河に目をやった。日本軍の工兵が架けた木造の橋の隣に、破壊された巨大な鉄橋が並行して続いている。それは中国共産党が編制した山東(さんとう)軍が、黄河南岸に向けて退却した際、徹底的に爆破した鉄橋の残骸だった。

そうして渡河直前の地点で六時間も待たされたあげく、第二中隊はやっと黄河の甲橋を渡ることができた。隆作は丸太で組んだ幅二メートルほどの橋の上を、軍馬で輜重車を牽引しながらゆっくりと進んだ。昨夜は全面凍結していた黄河の氷が少しずつとけ始めているのが分かる。木造でも戦車が渡れるほど頑丈(がんじょう)な橋だったが、足元が滑りやすいので、隊列は一歩ずつ慎重に進んだ。

在支米空軍による爆撃を想定して、橋の途中には模擬の高射砲が二ヶ所に取り付けられていた。三週間にわたる行軍のあいだ、隆作は上空に米軍機の機影を何度か見かけたが、これまでまだ一度も敵機の爆撃は受けていなかった。

第二中隊の長蛇の列が黄河を渡り終えるのに二時間ほどかかったが、渡河そのものは順調だった。翌日、中隊は鄭州の近くで宿営し、二十六日には鄭州を通過した。住民の姿はまったく見かけず、集落は静まり返っていた。四月二十日に覇王城から攻撃を開始した第一線兵団が鄭州を占領したからだ。一方、中牟から渡河した第三十七師団は新鄭を占領して、許昌に迫っていた。

こうした第一線兵団の急進撃にともない、第二十七師団はひたすら強行軍でこれを追いかけ、京漢作戦に踏み出していったが、五月に入ると、敵機に対する警戒と、日中の炎暑を避けるため、連日夜行軍が続けられることになる。

○

昭和十九年五月六日、第二中隊の行軍は堰城を通過し、ひたすら南下を続けていた。

在支米空軍機の飛来は散発的であり、第二中隊はまだ爆撃を直接受けたことがなかったが、隆作が大規模な被害を初めて目の当たりにしたのは、西平に差しかかった五月八日の夕刻だった。

日本軍の焼け焦げたトラックが夕陽を浴びて、道路の端に横倒しになっていたのだ。それは食糧や弾薬や医薬品を満載して、前線に輸送する輜重隊のトラックだった。百メートルほどの距離を置いて、四台のトラックが立て続けに焼失しており、積み荷はすでに跡形もなく消えていた。中国軍が奪い取ったのか、後続の日本軍が回収したのか、それさえ分からなかったが、トラックの状態を見ると、爆撃を受けてから二、三日しか経っていないように思える。

隆作は空襲から無線機材を守るため、輜重車を覆う偽装網に、緑の葉の生い茂る木の枝をさらに大量にくくりつけた。敵機の襲撃への備えといっても、それぐらいしか手がなかったのだ。

その敵機の爆音が突如轟いたのは、翌九日の正午だった。兵隊は行軍を中止し、一斉に道路脇の窪みに飛び込んだ。隆作も草むらに身を隠し、鉄帽を両手で押さえた。

空気を切り裂く爆音を立てて、編隊を組んだ敵機が急降下しながら、超低空で機銃掃射をしてくる。耳元でダダダダッ、バリバリバリッと銃声が聞こえ、すぐ近くの斜面にプスッ、プスッと着弾する。あちこちで炎が上がり、硝煙が立ち込め、油と火薬の臭いが鼻腔を突く。隆作は恐怖に身を縮めていたが、かたわらの軍馬たちはのんびりと道端の草を食んでいる。

つかのま、隆作はまどろんだ。信じられないことに、機銃掃射を受けながら、うとうとしたのだ。血が凍るような恐怖のあまり、意識が飛んでしまったのかもしれない。

キーンと金属音を響かせて、編隊の最後の一機が頭上を通過したとき、隆作はふと我に返った。その瞬間、一頭の馬の尻に敵弾が命中した。後ろ足がガクッと内側に折れ曲がったが、馬は地面に脛を押し当てた恰好のまま、草を食み続けている。痛みを感じないほど麻痺してしまったのだろう。隆作はそんな馬を不憫に思ったが、しばらくすると、馬はごろりと横に倒れた。

やがて敵機が去り、出発の号令がかかったが、馬は横になったきり動かない。その愛馬を引いていた兵隊は馬から鞍を外し、背中を撫でながら、声を殺して男泣きした。

隆作の所属する小隊が受けた被害は、その軍馬一頭のみで、幸いにして兵隊にけが人は出なかったが、五月九日を境にすべての中隊の行軍が夜行軍に変わった。

敵機の襲撃がないので、その点は安心できるが、深夜の行軍は神経をひどく消耗する。渋滞により隊列の進行が少しでも停止すると、睡眠不足と蓄積した疲労のため、立ったままつい居眠りしてしまうのだ。隊列が動き出すのを見落とすと大変なことになる。

実際、五月十日の深夜に確山に到着し、集落のはずれで点呼を取った際、六十名の小隊の最後尾につけていた分隊が本道ではなく、誤って脇道に入り込んでしまったことに気づいたのだった。

「まずいな。盛田と及川、連れ戻してこい」

足立小隊長に命じられて、隆作は及川正志と共に、来た道を急いで戻った。二キロほど引き返して道の分岐点まで戻り、そこから細い脇道に入ってさらに一キロほど進むと、真っ暗な獣道で迷っている十二名の分隊を発見した。

彼らを引き連れて急いで足立小隊長の元に戻ると、分隊長以下十二名は土下座をして、一時間以上も無駄にしたことを詫びたが、小隊長はさして怒ることもなく、「注意しろ」と短く言っただけだった。その場で待機していた兵隊たちは仮眠ができて顔色が少し良くなっている。むしろ体力を回復させるための適度な休憩になった、と小隊長は判断したのかもしれない。

隆作と正志はたとえ五分でも休みたかったが、小隊はすぐに出発した。司令部の指令により、五月十四日の朝までに「長台関」という地に到着しなければならなかったからだ。地図で確認すると、連日七十キロを行軍する必要がある。

長台関は淮河を渡る地点にあった。黄河の流域を北支と呼ぶが、淮河は両者のちょうど中間地点を東西に流れる中国大陸第三の大河だった。その淮河を五月十四日中に渡り切らなければならない。

日が暮れてから夜が明けるまで、時速六キロの速度でほとんど休みなく歩き続け、五月十三日の夜明け前、胡家店に到着した。長台関まで三十キロの地点である。どうにか指令通りの日程で渡河できそうだった。足立小隊長も安堵の表情を浮かべていた。

やがて白々と夜が明けると、隆作の目の前に美しい田園風景が広がった。初夏の陽光が静かに降りそそぎ、大きな沼がきらきら光っている。田んぼには水牛の姿があり、ときおりボー、ボーと鳴き声が聞こえる。のどかな山村の風景そのものだった。

各自が馬の世話をし、食事の支度をしている間に、隆作は無線の送受信任務を続けた。そして食事を終えると、兵隊たちは木陰でしばらく仮眠した。その日は米空軍機の機影も一切見えなかったので久しぶりの休息を得て、部隊は午後五時に出発した。

見渡す限り水田が続く中を意気揚々と行軍し始めたが、一時間もしないうちに薄暮の空が突然真っ暗になり、雨が降り出した。最初は誰もが通り雨と思ったが、一向に止む気配はなく、激しくなるばかりだった。

加えて大部隊が通過したあとは、道路が泥田のようになり、軍靴の中にまで泥水が入ってくる。輜重車を引く軍馬の歩みも次第に遅くなり、何度も車輪が泥の穴に落ちて動かなくなるなど、夜が更けるにつれて行軍は難渋（なんじゅう）を極め、長台関までまだ二十キロもある地点で、夜が明け始めてしまった。

〈五月十四日ノ朝マデニ長台関ニ到着セヨ〉

司令部から受信した指令には到底間に合いそうもない。

「長台関への到達が遅れる見込みだが、本日中には必ず淮河を渡る」

小休憩を終えて出発の号令をかける前に、足立小隊長は力強くそう言った。

午前七時にはようやく雨が上がり、やがて強烈な日が差し始めた。気温はぐんぐん上昇し、午前十一時には三十度を軽く超えただろう。濡れた軍服も少しずつ乾いていったが、しばらくすると今度は泥が固くなり、くるぶしまで埋まった軍靴をズボッ、ズボッと音を立てて引き抜きながら歩かなければならない。隆作は何度も転倒しそうになった。車両は泥にはまって重くなり、馬も頭を大きく上下に振って、喘（あえ）ぎ喘ぎ進んでいく。

午後二時、長台関まで十キロの地点に迫ったとき、三十分の休憩となった。

体力の消耗が激しかったが、「休め！」の号令がかかっても、兵隊はすぐには休めない。馬の蹄鉄の弛（ゆる）みがないか、真っ先に点検しなければならないからだ。強行軍が続いた上にこの悪路で、蹄鉄が外れかけている馬が多い。蹄鉄を修理する蹄鉄工兵は小隊ごとに二名しか配置されていないので、あちこちから工兵を呼ぶ声がかかる。隊列は百メートルほどの長さがあるので、二人は修理道具を抱えて列の前後を走り回る。

「出発！」の号令がかかると、兵隊は背嚢を担ぎ、馬を引きながらふたたび歩き始めた。

他の部隊も同様に強行軍を続けていたので、本隊から落伍（らくご）した歩兵が四人から十人ほどの小集団を作って行軍している。歩兵部隊の本隊は落伍者など意に介さず、ぐんぐん進軍しているのだろう。遅れをとった彼らは疲弊（ひへい）しきった顔をしているが、力を振り絞って我先にと争うように一本の狭い道を進んでいく。

長台関まで三キロの地点に差しかかったときは、すでに日が暮れかかっていたが、隊列が渋滞し始めて、ほとんど進まなくなった。さらに日没と共に激しい雨が降り始めた。豪雨に加えて強風が吹きつけ、気温が急速に下がっていく。

隆作は取り急ぎ、師団司令部をはじめとして、砲兵連隊や捜索連隊、各小隊と無線で連絡を取り合って情報を集め、さらに第一大隊長からの電文を受信したところで、足立小隊長に報告した。

「淮河は豪雨で増水し、長台関の橋は半壊しているが、渡れる状態ではある。機動九（きゅう）〇（まる）式野砲については、砲と車輪を分解して搬送せよ。川幅は六十メートルほどである。行軍序列を維持しつつ、今夜中に渡河せよ。以上であります」

「分かった」と小隊長は短く答えた。

日が暮れると、あたりは完全な闇に包まれた。一メートル先も見えない闇の中を、車両部隊が通過することは困難だった。道路にはおびただしい数の各種車両が詰まってしまい、部隊は前進できずにいる。それにもかかわらず、後続部隊が割り込んできて、あちこちで押し合いへし合いの喧嘩腰の騒ぎが発生し始めた。今夜中に渡河せよ、との指令を死守するために、部隊間の統制が取れなくなりつつあったのだ。

豪雨は激しさを増し、軍服はびしょ濡れになり、ズボン下や褌の中まで冷たい水がしみ込んでいく。昼間は三十度以上の暑さだったが、すでに五度を下回っただろう。五月だというのに真冬のような寒さだった。

隊列は三十分につき十メートルほどは進んでいたが、やがてまったく動かなくなった。隆作は兵隊たちと声を合わせて、「進め一億火の玉だ」「空の神兵」「若鷲の歌」「同期の桜」など、一時間、二時間と軍歌を歌い続け、その場で足踏みをしながら、肌を刺す寒さや、寒さからくる睡魔と必死に闘った。暴風雨に目を開けていられず、うっかり目を閉じると、そのまま意識が遠ざかってしまいそうだった。だから懸命に目を見開いていた。

道路の両側は水田だった。午後十時を回ると、畦道もほとんど水没して、足元も見えなくなった。兵隊たちは歯の根が合わず、唇まで血の気を失っている。このまま行軍序列を維持するために路上にとどまっていては凍え死んでしまうだろう。隆作は意を決し、足立小隊長に進言しようとした。そのとき小隊長が大きな声を張り上げた。

「各自、適所に避難せよ。然る後、指示を待て！」

小隊長の言葉は六十名の兵隊に次々と伝えられていき、分隊や班ごとに近くの集落を探して避難を始めた。

「家屋の偵察に行く。無線機材を持って付いてきなさい」と足立小隊長が言った。

「かしこまりました」と隆作と正志は声を揃えた。

無線機材は輜重車に積載して軍馬で運んできたが、水没しかけた細い畦道を引いていくことは不可能だった。隆作は無線機材をシートで覆い、小型の手押し車に載せ換えると、正志と二人がかりで畦道を運び、足立小隊長のあとを追った。軍馬は輜重車につなげたまま、路上に残していくことになるが、それは致し方なかった。

不安定な手押しの一輪車を押しながら、真っ暗闇の畦道を右に左に進み、どこにあるのか分からない集落を探すのは困難を極めた。運よく民家にたどりついても、目の前に家があることさえ分からないほどの暗闇だったのだ。

何かにつまずき、隆作は転倒しそうになった。それは泥だらけの米俵のようなものだった。体勢を整えて前に進もうとすると、その米俵がふいに動いた。

えっ、と声を上げる寸前、泥だらけの兵隊が畦道にへたり込んでいることに気づいた。

隆作は兵隊の手首をつかんで引っ張り上げようとしたが、「背嚢が……」と兵隊は言って、それを拒んだ。兵隊は田んぼに背嚢を落としてしまい、それを捜しているのだった。

「先に行くぞ」と隆作は声をかけて、顔を上げた。だが、前方にいたはずの小隊長の姿がすでにない。

「右だ」と正志が言った。

暗闇で見えないが、小隊長は右の畦道に入っていったのだった。隆作と正志は小隊長を追った。こちらの畦道は少し幅が広く、手押し車が水田に落ちる心配はない。手押し車の速度を上げて、小隊長に追いついた。

しばらく進むと、畦道が行き止まりになった。右へ行くか左へ進むべきか分からない。

「偵察してまいります。ここでお待ちください」

隆作はそう言うと、見当をつけて畦道を左に進んだ。豪雨の叩きつける暗闇の中、水没した畦道を一人で腰を屈めて恐る恐る歩いていると、ここは地獄だと思った。だから田んぼの中に泥だらけの兵隊がうつ伏せになって倒れていても、まさに地獄だとしか思わなかった。自分もあきらめたら、死ぬのだと思った。身体が芯から冷えて、震えが止まらなくなり、頭がぼんやりしてきた。ときおり足がもつれてしゃがみ込みそうになる。しゃがんで少しだけ眠りたい。そんな誘惑を振り切って、隆作は前に進み続けた。

ふたたび行き止まりになり、今度は右に折れた。そちらの方が少しだけ地面が固いように思えたからだ。闇の中を手探りで進んでいくと、手が何かに触れた。それは大きな木の幹だった。その大木をぐるりと回ると、目の前に廃屋があった。崩れかけてはいるが、雨風はなんとか防げるにちがいない。そこにたどりつけたのは、ただの偶然だった。

隆作は来た道を戻った。ふたたび田んぼに兵隊が倒れているのが見えた。仰向けになったまま動かない。先ほどの兵隊とは違う。いや、これは幻だ。自分は幻覚を見ているのだ、と自分に言い聞かせながら、足立小隊長のもとに急いだ。

小隊長と正志のほかに、同じ小隊の六名がそこで隆作の帰りを待っていた。

「小隊長、小屋がありました！」と隆作は叫んだ。

「よし！」と小隊長は大きくうなずいた。

時間の感覚が失われていたので、ほんの十分ほどで戻ったように思っていたが、あとから正志に聞いた話では、隆作の帰りを三十分ほど待ち続けたという。

廃屋には囲炉裏があり、火を燃やして暖をとることができた。隆作は火に当たりながらも容易に震えが止まらなかったが、湯を沸かして飯盒の蓋に注いで飲むと、硬直した筋肉が少しずつ弛んでいくのが分かった。誰もが手足の指や耳たぶや鼻に凍傷を負っていたが、その夜、とにかく死なずにすんだのだった。

夜が明けて廃屋を出ると、道や田んぼに泥まみれの兵隊が何人も倒れていた。輜重車の下に退避しながらも、路面から三十センチほどの深さの水に没して凍死している兵隊や、馬の手綱を握ったまま、その馬の足元で息絶えている駇兵の姿もあった。いずれもすぐにはどこの部隊か分からない友軍だった。

「戦わずして死ぬとは、まさに犬死に」と正志が目を潤ませて言った。

足立小隊長は正志に咎めるような視線を投げたが、何も言わなかった。

雨は夜半からすでに霧のようなものに変わっていた。一キロほど先に鉄橋があり、その半壊の鉄橋をゆっくりと渡り続ける長い隊列が見える。

「各部隊と連絡を取れ」と足立小隊長が言った。

隆作はただちに廃屋に戻り、無線機に向かった。正志は発電機の準備をする。

師団司令部と連隊本部は〈スミヤカニ准河ヲ渡河セヨ〉と同じ指令を暗号電文でくりかえし送ってくる。第一、第二、第三中隊とは連絡が取れた。三中隊すべてに大きな被害は出ていないようだった。だが、第四中隊とはまったく交信できなかった。いくら打電しても応答がない。

〈コチラ第一大隊、第二中隊。第四中隊ハ応答セヨ、応答セヨ〉

隆作は懸命に電鍵のキーを叩いた。廃屋の中にトンツートンツーと通信音が響く。

傍らでは正志が発電機のハンドルを懸命に回し続けている。受信時は乾電池を使用するが、送信時には手回し式の発電機を使うのだった。

〈支駐歩三、第一大隊、第四中隊ハ応答セヨ、応答セヨ〉

〈第四中隊、高嶺秀雄ハ応答セヨ、応答セヨ〉

〈第二十七師団通信隊、高嶺秀雄ハ応答セヨ、応答セヨ〉

隆作は暗号電文ではなく、平文で送信した。秀雄、お願いだから受信してくれ、と念じながら、電鍵のキーを叩き続けた。無線機の電波出力の有効距離は八十キロなので、敵軍にも電文を拾われてしまう危険性がある。平文での送信は原則、禁止されている。それでも電文を打ち続ける誘惑に勝てなかった。

12

昭和二十年五月二十四日の空襲により、信濃町(しなのまち)の慶應(けいおう)病院は、看護婦寄宿舎を含む大学病院の約六割を焼失。広尾の日赤(にっせき)中央病院は、直接焼夷弾を受けた伝染病棟四棟と細菌研究室を焼失し、看護婦寄宿舎は地下室を残して全焼。

翌二十五日、夕食後の講話の時間に、境田寮長は都内近隣の病院の被災状況を簡潔に読み上げ、食堂に集まった生徒の顔を見渡した。

「日赤の寄宿舎は由緒ある旧黒田清輝邸ですが、木造家屋は焼夷弾攻撃にひとたまりもなかったといいます。看護婦と養成所の生徒はリュックサックを背負って、掛け布団や丹前を頭から被り、その上からさらに水を被って火の粉を避けながら、かねて指示のあった青山墓地に避難したと聞いています。昨夜の空襲で当院は幸いにして難を逃れましたが、今夜は分かりません。警戒警報が発令されたら、今までのように貴重品だけでなく、身の回りの荷物をすべて寄宿舎から運び出すことにします。荷物は必ず一つにまとめてください。警戒警報発令後、ただちに本館地下室の所定の場所に荷物を置き、五分以内に玄関前に集合とします」

稲村美代子は寮長の話を聞いて、ある程度の覚悟はできていたが、その夜の空襲は想像を絶するものだった。

警戒警報が発令されたのは、消灯一時間後の二十二時五分だった。美代子は布団から飛び起きると、編み上げ靴を履き、財布などの貴重品、着替え、教科書、文房具など一式を入れた袋を肩から提げ、相部屋の三人と共に部屋を飛び出した。本館の地下室に荷物を置き、玄関前に急ぐ。

玄関前のロビーに当直の医師と薬剤員、看護婦、事務職員、そして養成所の生徒が整列した。総勢で三百名ほどだった。五月に入って空襲が続き、入院患者も減っていたので、看護婦の三分の一は患者のベッドに寝泊まりして、交代で当直していたのだ。

二十二時二十分、「編隊は伊豆列島に沿って北進し、房総半島に接近しつつあり」と院内放送のラジオが伝え、まもなく関東地区に空襲警報が発令された。

防空指揮者の事務長が前に一歩出て、大きな声を張り上げた。

「皆さん、落ち着いて聞いてください。屋上の見張りより、当院の東方にて火災が二ヶ所発生し、敵機一機を撃墜したと報告がありました。ただ今より、入院患者全員の退避を開始します。退避場所として一階の薬局、外科、婦人科患者待合室の三ヶ所を指定します。歩行可能な患者は誘導し、歩行不可能な患者は担架で搬送してください。見習生徒はそれぞれの担当婦長の指示に従うように。それでは退避を開始してください」

生徒は婦長の指示の下、主に三階の北病室の患者を、看護婦は南病室の患者をそれぞれ退避させる。南病室には重症患者が多いからだ。いつものように美代子はミサと、昭子はムツと二人組になり、担架で患者を搬送した。院内のラジオ放送が敵機来襲の模様を刻々と報じ続ける中、「落ち着いて、冷静に」と美代子は自分に言い聞かせながら、三階の病室と一階を何度も往復し、患者を搬送し続けた。

患者の退避は二十三時三十五分に終わった。ロビーで一息ついていると、事務当直室内の火災報知器のベルが突然けたたましく鳴り始めた。

焼夷弾が寄宿舎を直撃したのだった。続いて東病棟と西病棟に着弾し、火の手が上がった。寄宿舎と木造の両病棟はみるみるうちに炎に包まれ、火の粉が強風にあおられて真っ赤な吹雪(ふぶき)のように飛び散り、守衛室から自動車運転士詰め所、ポンプ室まで焼き尽くした。

風はごうごうと音を立て、炎が建物から建物に移っていく。病院に隣接する区域に大きな屋敷が六軒建っていた。それらは東京帝国大学の教授たちが暮らす住宅で、うっそうと茂った樹木で覆われたその一角は博士屋敷と呼ばれていたが、焼夷弾の集中投下により、屋敷も次々と激しい勢いで燃え始め、本館はたちまち火の海に包まれた。

やがて病院内に煙が入ってきて、目を開けているのもつらくなった。看護婦と生徒たちは涙を流しながら、入院患者たちに「鉄筋だから燃えません。大丈夫です。安心してください」と声をかけ、マスクを配って回った。

入院患者は八十六名だった。明治神宮に避難する案もあったが、病院の周囲の火勢は強く、外に出られない。それでよく戸締まりをして、病院内に籠城(ろうじょう)することになった。

「皆さん、聞いてください」と事務長が言った。「強風で火の勢いが強くて、現在のところ消火は不可能です。しかし、本館だけはなんとしても守り抜く決意です。ガラス窓を完全に閉めれば、外から火は入ってきません。今一度、施錠(せじょう)を確認してください。強風のために開放しないように、戸締まりには特に注意してください。窓際の暗幕は、引火の危険性が高いので、すべて撤去してください」

生徒たちは婦長の指示に従って、廊下の窓、階段の踊り場の窓、病室の窓、事務室の窓など、すべてのガラス窓を点検して回った。少しでも鍵が弛んでいたら、しっかりと施錠する。窓のすぐ外に炎が迫ってきて、ガラスに指が触れると熱いほどだった。

美代子がミサと二人で、三階の病室の暗幕を取り外す作業をしているときだった。

「布団部屋だ！　布団部屋に火が入った！」と男性職員が声を張り上げた。

三階の南西側の布団部屋の窓が開いていたため、そこから火の粉が入って火災になったのだ。事務長の命令により、廊下に設置された防火扉を閉めることになった。万一、誰かがまだ中にいたらいけないと、看護婦たちは病室を走り回った。

ラジオも電話も故障し、電気時計も止まり、情報がまったく入らない。しかも病院内に灰色の煙が充満して、ほとんど目を開けていられなくなった。顔が火照(ほて)って喉が痛くなり、声を出すのもつらい。

たとえ火に焼かれなくても、このままでは窒息してしまうのではないか……。美代子は玄関前のロビーに戻ると、ぎゅっと目を閉じてマスクの上から手で押さえた。そのままどれぐらい時間がたっただろうか。

「さあ、みんな、中庭に出るのよ！」と柏木婦長が言った。

水道が止まり、防火用桶の水もすでに使い果たしていたが、火の勢いが少し衰えて外に出られるようになったので、今まで手をつけなかった中庭の貯水池の水を消火に使うことになったのだった。

玄関が開かれると、病院内に充満していた煙はたちまち薄れていく。看護婦と生徒は防空頭巾を被り、火の粉が飛び散る中庭に飛び出した。そして全員で一列になり、バケツリレーで本館の南側に水を運んだ。

「頑張れ」「もう少しだ」「ここを消せば病院は助かるぞ」

美代子もみんなと声を合わせて、バケツの水を送り続けた。

そのあいだに手押しポンプが本館南側に搬出された。本館から寄宿舎に通じる廊下がある。その屋根に二人の男性職員が上り、三階に向かって注水し始めた。火勢は徐々に衰えていき、ようやく鎮火したのは、白々と夜が明ける午前五時ごろだった。

結局、木造の建物は寄宿舎も含めて全焼した。本館三階の布団部屋と、六つの病室、滅菌消毒室、患者用品の物置が焼失し、救急車二台も黒焦げになった。しかし、誰一人、けが人も出なかったのだ。玄関ロビーに集まった医師や看護婦や生徒から大きな拍手が湧き起こった。

四階の講堂が臨時の寄宿舎と決まり、生徒はそこで寝起きすることになった。美代子は毛布一枚の上で鼾を立てて眠ったが、二時間足らずで起床するように命じられた。

朝七時ごろから、早くも二百名を超える罹災患者が病院に押し寄せ、入院の必要がある患者が次々と救急搬送されてきたからだ。生徒たちは手分けをして講堂と医局室に畳を敷く作業をした。そこを特別救護室として患者を収容し、手当てをすることになったのだ。看護婦は仮眠をとらず、診療看護に従事し続けている。

美代子はそんな先輩看護婦の補佐をしながら、自分も早く一人前になりたいと思ったが、その日の夕食の後、境田寮長からつらい話を聞くことになった。

誰一人、けが人も出なかった、と事務長も鎮火直後は判断したが、焼失した六つの病室のうちの一室から二人の遺体が発見されたのだった。

二十五歳の女性患者と、付き添っていた母親だった。看護婦は二人に至急の退避を呼びかけたが、女性患者が頑として拒否したという。患者の病状はすでに末期で、余命幾ばくもなかった。加えて空襲に際して病室から一階に担架で搬送されるたびに病状が悪化していた。もう死んでもいいからここにいたい、と患者は泣きながら訴え、母親は押し黙ったまま、そんな娘の手をじっと握っていた。看護婦はその母子の退避をいったん後回しにして、他の重病患者の搬送にかかった。

「二十四名に及ぶすべての重症患者の搬送を終えたとき、母子もすでに退避したものと誤認したため、このような悲しい結果になりました。しかし、あの混乱の中で一人の看護婦を責めるのはあまりにも酷です。今は衷心よりお二人のご冥福をお祈りいたします」

寮長は話し終えると、泣き腫らした目をしばたたいた。

美代子はその女性患者の包帯交換に立ち会ったことがあった。胸に巻いた包帯に看護婦が軽く手を触れただけで激痛が走るのだろう。梅子さんという名のその患者は顔を歪め、悲痛なうめき声を漏らした。そばで見ているだけでも、本当に気の毒な状態だった。

でも、それ以上に気の毒なのは、母子が退避したものと誤認した看護婦だった。自分を責めるな、きみは精一杯やった、と院長も事務長も看護婦を励ましたというが、彼女は母子の死を一生背負っていくことになるのだろう。そのことを思うと、美代子は胸が張り裂けそうだった。

五月二十五日のB29による空襲は、渋谷、新宿、四谷、赤坂、麻布、芝を中心として、都内全域を無差別に絨毯爆撃する大規模なものだった。新宿駅、渋谷駅、千駄ヶ谷駅、東京駅、汐留駅、神田駅が焼失し、山手線は全線不通になった。

美代子は新宿の街路に立ち、あまりにも遠くまで見渡せることにびっくりした。三越と伊勢丹の他にいくつかのビルが建っているだけで、あとは一面の焼け野原だった。

国会議事堂周辺や皇居も被災し、明治宮殿の大半が炎上した。歌舞伎座や新橋演舞場、毎日新聞社や読売新聞社、増上寺や東京中央市場なども大きな被害を受けた。でも、東京鉄道病院は無事でした、と美代子はハガキに書いた。寄宿舎が全焼したことはあえて書かなかった。

くやしいのは病院の庭の大きな椎の木が燃えてしまったことです。樹齢四百七十五年のこの椎の木は、東京鉄道病院歌「椎の木の歌」でも歌われています。作曲は山田耕筰先生、作詞は北原白秋先生で、「仰げよ、この老樹を、年ごとに若葉耀い、よみがえるその歓喜、東京鉄道病院」という歌詞が特に好きなので、その部分を歌うときは、くやしさとさみしさがこみ上げてきますが、毎日元気に勉強していますので、お父さん、お母さん、どうか安心してください、と美代子はハガキに書いて、茂木の実家に送った。

五月二十五日以降、警戒警報はたびたび発令されたが、敵機の来襲がしばらく途絶えたので、本格的な授業が再開された。講師の婦長は授業の遅れを取り戻すようにプリントを大量に作って配布し、生徒は予習復習に追われた。そして六月に入ってすぐに試験の日程が発表された。入学してから初めての学科試験だった。

試験日の六月十四日に向けて、美代子は寸暇を惜しんで勉強した。消灯が九時なので、それ以降は勉強をしたくてもできない。だから夜明けとともに起床して、この二ヶ月間の授業の復習をした。板書を整理したノートや、配布されたプリントをくりかえし読んで、ほとんど全部暗記した。

昼休みや夕食後の自由時間だけでなく、朝の掃除を終えてから朝食までのわずかな時間など、少しでも自由になる時間があれば、美代子は図書室に行って看護学や生理学の入門書を読んだ。洗濯した白衣に炭火アイロンを当てながら、試験に出そうな問題をミサと出し合って、正解の数を競う時間が何より楽しかった。

午前は座学で、午後は病棟実習だった。実習も最初のうちは病室の掃除や食事の配膳やベッドメイキングといったものだったが、検温、尿量測定、投薬、食事介助、排泄(はいせつ)介助など、新しく覚えることが毎日のように増えていった。

その病棟実習の一環で、美代子が初めて回診に立ち会ったときのことだった。

医師と看護婦が二人組になり、患者の状態を一人一人確認しながら病室を回っていく。医師が患者の傷の状態を診ている間に、処置に使う器具を医師が取りやすい方向に並べたり、てきぱきと消毒液やガーゼを準備したりする看護婦を見て、美代子はすっかり感心した。担当するすべての患者の病状を理解しておかないと、医師の動きを予測できず、器具やガーゼ類をスムーズに出すことができない。美代子は気づいたことを忘れないように、その場でメモを取った。

一人の患者にかける医師の診察時間は長くても十分ほどだった。「では、お大事に」と声をかけ、次の患者の診察に取りかかる。そんな回診中に困ったことが起きた。脳梗塞で入院した四十代の男性患者が失禁してしまったのだ。

「シーツ交換はしなくて大丈夫そうね。稲村さん、清拭だけお願いします」

看護婦はそう言い残して、医師と共に病室を出ていってしまった。

授業で配られたプリントには、全身清拭の方法として「耳の後ろ、臍部、陰部、足指の間など、皮膚の二面に接する部分は特に注意すること」と書いてあったが、「陰部については、患者に仰臥位を取らせ、小手拭いをしぼって渡し、なるべく患者自身に清拭させる」とも書いてあった。

美代子は患者の寝巻きをめくりあげ、濡れた褌をそっと外すと、小手拭いを手渡した。

「これで拭いてください」

患者は右半身が麻痺しているので、動く方の左手に握らせたのだが、手に力が入らないのか、すぐに小手拭いを落としてしまった。

「あ、ごめんなさい。それでは清拭させていただきます」

美代子は頭を下げ、陰部を拭い始めた。手袋をつけているとはいえ、男性の陰部に触れるのはもちろん初めてだった。プリントに書いてあったように「手早く、静かに、なめらかに平均した圧迫でしっかり拭う」ように心がけたが、急に手がぶるぶる震えだし、そのはずみで陰部を叩いてしまった。

「何してんだ。もっと丁寧にやれや！」と患者が怒鳴った。

「ごめんなさい」と美代子は詫びたが、極度の緊張から手の震えが止まらない。

そのとき病室のドアが開いて、一人の女性が入ってきた。

「私がやりますから」

女性は目じりを険（けわ）しく吊り上げてそう言うと、美代子の手から小手拭いを奪い取った。

「よろしくお願いします」と美代子は言い、逃げるように病室を出た。

夕食のとき、食堂でその話をすると、昭子は首をひねった。

「その人、奥さまでしょう？ 奥さまが付き添っているのに、美代ちゃんにやらせるなんて、少し変じゃないかしら」

「ううん」とミサは首を横に振った。「清拭は看護婦の仕事の一つだから、少しも変だとは思わないけど。でも、その患者、最低ね。看護婦なんて雑役婦(ざつえきふ)のましなもの、女中まがいの仕事だと思ってるのよ」

「私もね」とムツが口を開いた。「今日、外科の安西(あんざい)先生に一時間ずっと肩や腰や足を揉まされて……」

「一時間も」と昭子が呆れたように言った。

「うん、マッサージの練習と言われたけど、先生、当直明けで疲れてらっしゃって、ほとんど眠っていて、何も教えてくれなかった」

「医者から見れば看護婦なんて、自分の命令に従う下女ぐらいに思っているのよ」

ミサが吐き捨てるように言った。

そんなに怒らなくてもいいのに、と美代子は思った。医師は雲の上の人で、会話をすることさえ憚られる存在だった。

生徒には当直の仕事はなかったが、午後五時から午前一時までの「宵番(よいばん)」が病棟実習として順番に当てられた。入院患者は重症患者が多いので、熱い温湿布の取り換えが頻繁にある。湯たんぽを二個用意して患者のベッドに運んでいると、今度は別の患者が高熱を出し、「氷枕の準備をして」と看護婦に言われる。美代子はバケツを持って地下室へ向かい、大きな氷の塊を砕氷錐で割って氷枕に入れ、それを病室に運ぶ。

そんな仕事を午前一時まで続け、やっと解放される。八時間後の午前九時から授業があるので、眠らなければならないが、美代子は電灯のついた看護婦詰め所で一時間だけ試験勉強をしようと思った。とにかく自由に勉強ができることがうれしくて仕方なかったのだ。

13

その異変は、昭和二十年六月十四日に起きたのだった。

隆作は華南の集落定南の民家に宿営し、その日の朝七時から、支那駐屯歩兵第二連隊と交信を開始したが、ひっきりなしに稲妻が光り、雷鳴がとどろく悪天候だったため、空電雑音が頻繁に入り、ほとんど交信できる状態ではなかった。

大気中の雷放電による空電雑音は大陸特有のものであり、長波帯から短波帯の周波数領域で非常に強いため、同じ周波数帯の無線通信にとって大きな妨害要因になる。

バチバチと割れるような空電雑音が間断なく響き渡り、交信どころではなかったが、司令部暗号班より〈ゼヒ疎通サセヨ〉との命があり、隆作は陸軍三号甲無線機に向かって、すさまじいばかりのノイズと格闘し続けた。交代要員がいないので、昼食も芋をかじりながら、延々と一人で任務を続けるしかなかった。

それというのも、第二十七師団通信隊では二ヶ月ほど前からマラリア患者が大量に発生していたのだった。隆作が所属する第一分隊は十二名の編制だが、分隊長をはじめとして五名が罹患して後方の野戦病院に送られ、さらに三名が病院行きのトラックを待っている間に命を落としたため、通信兵は四名しかいない。しかも、無線機の操作と暗号電報の送受可能な正通信士は、今や隆作一名を残すのみとなった。

命を落とした三名には、及川正志も含まれる。正志は四十度近い高熱で倒れて、五日間臥せっていたが、トラックの到着する前夜に息を引き取った。天津の駐屯地で初年兵教育を受けて以来、正志は二年以上にわたって行軍を共にしてきた戦友だった。第二中隊の作戦に長らく帯同して通信の任務にあたり、大陸打通作戦の完遂に伴って、隆作と共に師団司令部付に抜擢されたばかりだった。

軍医によれば、マラリアの潜伏期は二週間から一ヶ月にも及ぶという。だから隆作のみならず誰もが、自分もすでに罹患しているのではないか、との疑念にとらわれていたが、正志は「寒気がする。手足の関節が痛い」と訴えはしたものの、静かに眠るように死んでいったので、マラリアで死ぬことはそれほど恐ろしくなかった。

いや、もちろんお国のために尽くして死にたい。蚊に刺されて死ぬなんて、あまりにも悲しい。でも、死と隣り合わせの日々が二年も三年も続けば、誰でも死に鈍感になるものだ。この戦争は一体いつになったら終わるのか。五千名の兵を統括する連隊長から最末端の二等兵に至るまで、そんなことは誰にも分からなかったし、故国に生きて帰りたいなどと、間違っても口に出してはならない。そんな軍隊生活において、死は空気や水のようにありふれたものだった。

そう、まさに空気や水のように、と隆作は胸の内でつぶやき、電鍵を叩き続けた。

一時間に十分ほど交信が可能になる時間帯もあったが、切れ切れの暗号電報での疎通は容易ではない。交信不能になるたびに、高嶺秀雄や及川正志との思い出をたぐり寄せ、懐かしさに思わず涙ぐんだり、悲しみと怒りに震えたりしながら、そうして十時間以上連続して任務を続けた。

午後六時をすぎて、いったん交信を中止するようにと命があり、隆作は左右双方の耳に装着した受話器を外した。そのとき異変が起きたのだった。

突然キーンという金属音が聞こえ、数秒後に消える。そんな耳鳴りなら何度も経験していたが、それは今までとは全然違うものだった。ブーンという重低音がどんどん大きくなり、それにゴォーと風を切るジェット音が重なり、さらには鼓膜がぶるぶると痙攣し始めたのだ。

　耳鳴りは数分で収まり、鼓膜の痙攣もじきに収まったが、ふと気づくと両耳ともまったく聞こえなくなっていた。

　傍らでは住吉一等兵が一仕事を終えて、手回し式発電機の片づけをしている。だが、物音ひとつ聞こえない。住吉はコードをくるくると巻き取る作業をしているが、サイレント映画のようにすべて無音なのだった。

「おい、どうした」と隆作は声に出して言ってみた。

　自分の声はかろうじて聞こえる。だが、それは自分の耳が聞き取っているのではなく、頭蓋骨の内側に言葉が直接響いているような感覚だった。

「住吉、大きな声で何か言ってみてくれ」と隆作は声をかけた。

　住吉は怪訝な顔をして、何か言葉を発した。だが、唇が動いただけだった。

「聞こえない。まったく聞こえないぞ！」

　自分の声が聞こえづらい分、つい大きな声で怒鳴ってしまったのだろう。住吉が驚いた顔をして、少し後ずさりをした。

「もっと耳元で」と隆作は続けた。「遠慮せずに大きな声で何か言ってくれ」

住吉は両手を口の前でメガホンのように丸め、まず右の耳元で大声を出した。

やはりまったく何も聞こえない。次に左の耳元で試してもらった。今度は電線が強風に鳴るような音が聞こえたが、言葉としてはまったく聞き取れない。

「だめだ。やっぱり何も聞こえない」

隆作は首を振り、目を閉じた。このまま耳が聞こえなくなってしまうのだろうか。不安でたまらなかったが、どうすることもできない。

師団通信隊本部と無線各分隊は、それぞれ別の地域に分散して宿営していた。特に隆作の所属する第一分隊は師団司令部付のため、衛生班などを有する通信隊本部とは遠距離にあり、軍医の診断を直接仰ぐことはできなかった。

〈昭和二十年六月十四日、両耳とも聞こえなくなる〉

その晩、隆作は軍隊手帳に一行だけ書き込むと、枕元に銃と帯剣(たいけん)を置き、中隊の衛生兵の指示で両耳を冷やしつつ、脚絆と支那靴をつけたまま土間に横になった。

夜が更けると、いつもけたたましい鼾があちこちから聞こえてくるのに、完全に無音の世界だった。自分の声が聞こえるのだから、鼓膜が破れたわけではないだろう。朝になれば、まるで何事もなかったように聞こえるようになっているかもしれない。だが、もし相変わらず聞こえないままだったら……。

焦燥感にかられるばかりでまんじりともしない。隆作は額の汗を手の甲で拭い、土間から起き上がると、窓辺（まどべ）の月明かりの中で、軍隊手帳の頁（ページ）をめくった。

〈昭和十八年一月十日、東部十六部隊に現役入隊〉

〈同年一月二十七日、下関港出帆〉

〈同年一月二十八日、釜山港上陸〉

〈同年一月三十一日、北支・天津着〉

初めの数行を目にしただけで胸が熱くなった。日付と地名だけの記録でも、当日のことが鮮明によみがえる。それらの日々を思い出しながら、隆作はゆっくりと頁をめくった。

〈同年七月二十日、中隊長による第二期検閲。一等兵に昇任〉

〈同年七月三十日、天津出発〉

〈同年七月三十一日、満州・錦県着。初年兵教育第三期開始〉

ここで「出戦務」の頁が足りなくなり、用紙を継ぎ足して書き続けている。

〈昭和十九年一月十八日、昭和十八年徴集兵入隊。高嶺秀雄と再会果たす〉

この一行が目に入った途端、隆作はあわてて手帳を閉じた。

五月十四日の深夜、長台関で一個中隊に相当する百六十六名もの凍死者を出した。あれからちょうど一年と一ヶ月経つのか……。窓から夜空の月を眺め、ふたたび手帳を開く。

〈昭和十九年三月二十四日夜九時、錦県駅出発〉

突然、出動命令が下り、部隊全員が完全武装をして、錦県駅から軍用列車に乗り込んだ。あの夜から、第二十七師団は大陸打通作戦に参加したのだった。

〈同年五月二十五日、洛陽占領〉

〈同年八月八日、衡陽陥落〉

〈昭和二十年一月二十六日、南部粤漢線打通〉

この一月二十六日は、隆作が三年兵となり、上等兵に昇任した日でもある。南部粤漢線を打通したことで、全鉄道路線を確保し、橋梁（きょうりょう）やトンネルも無傷で占領した。

さらに遂州（すいしゅう）などの米空軍飛行場群を占領爆破し、米軍機による空爆を一時的であれ封殺した。この大陸打通作戦の完遂により、朝鮮半島の釜山から泰緬（たいめん）鉄道を経てビルマのラングーンまで、鉄道で往復できることになり、目的は完全に達成されたのだった。

しかしながら、華北と華南を結ぶ京漢鉄道は、中国軍のゲリラを排除しつつ運行するには、あまりにも長大すぎる。日本本土と南方資源地帯を陸路で結ぶことには成功したが、結局、鉄道や自動車での物資輸送には活用されていない。

さらにいえば、この作戦は昭和十九年三月の同時期に開始されたインパール攻略に呼応したものだったが、ビルマまで陸路で結んだときには、すでに日本陸軍とインド国民軍が多大な損害を出して作戦が中止されていたため、なんら寄与するところもなかった。

そればかりか、大陸打通作戦の戦果として、遺棄死体四千名以上、捕虜一万名以上、と内地では華々しく報じているが、隆作が無線交信や海外のラジオ放送の傍受で知り得た限りでは、日本軍も同程度以上の戦死者を出しており、マラリアや栄養失調による戦病死者はさらに多いと思われる。

日本軍の食糧はとっくに底をつき、すべて現地調達でまかなっていた。だが、先行する部隊がほとんどすべての農家から食糧を徴発しつくしている。だからまだ荒らしていない集落を探して、たびたび経路を変えながら行軍する必要があった。全部持っていかないでくれ、と懇願する農民を振り切り、軍票と引き換えに米や高粱や野菜を徴発する。

でも、それでも食糧は足りないのだった。隆作も飢えをしのぐために、馬の食糧のくず大豆をたびたび食べた。軍馬は痩せ細って、あばら骨が浮き上がり、尻は牛のように尖っている。

とにかく兵隊は四六時中腹を空かせ、栄養失調で倒れる者が続出したが、それでも飯盒一杯の飯と軍靴のどちらかを選べと言われたら、軍靴を選ぶ者の方が多いにちがいない。

それというのも、行軍に次ぐ行軍で軍靴の消耗がひどく、下士官には予備品が支給されたが、兵隊はほぼ全員、農民から徴発した布製の支那靴を履いているからだ。破れた布を頻繁に補修しながら履いているが、靴底が薄くて足を痛める原因になった。

参加兵力約四十万人、作戦距離二千キロという、支那事変以来の大作戦は一体何だったのだろうか……。一切音の聞こえない世界にじっと身を浸していると、すべてに対して懐疑的な気分になっていく。でも、心臓から一定間隔で血が送り出される音が絶えず耳の中で潮騒のように鳴り響いている。それは自分が戦死せずに生き残っている証だった。玉砕した何万という日本兵の死を痛ましく思うのは、師団司令部付のため作戦の最前線に行くことのない者の傲慢でしかないだろう。

隆作は手帳に記した小さな文字を追いながら、下唇を嚙みしめた。

〈昭和二十年四月一日、沖縄本島に米軍上陸〉

この日を境に、戦局が大きく変化したのだった。続いて四月七日には〈戦艦大和、沈没〉の報が入った。沖縄に出撃したが、米軍の機動部隊により撃沈されたのだ。

参謀本部も混乱していたのだろう。連隊本部から送られてくる作戦電報の内容は二転三転し、下士官たちに動揺が広がった。隆作はそれらの暗号電報を解読しながら、戦争が泥沼にはまり込んだことを悟ったが、ある日、下士官たちが冷静さをすっかり失ってしまうような人事の発令があった。

一年間にわたって第二中隊を率いてきた中隊長に、突如、内地への転勤命令が下ったのだ。これを手帳に記すことは憚られたので正確な月日は覚えていないが、確か四月十五日前後だった。

内地大本営は一体何を考えているのか。中隊長は我々を見捨てるのか……。兵隊たちは事情がまったく分からず、釈然としなかったが、やがて下士官たちの会話がそれとなく漏れ伝わってきた。本土決戦に備えて、機動師団が新設される。中隊長は内地に戻り、その準備に当たるのではないかと。

本土決戦。隆作はそれをどう受け止めたらいいのか分からなかった。いつか自分も内地に帰り、本土に上陸してきた連合国軍と戦うのだろうか。サンフランシスコ放送が定時に流し続けている日本語放送によれば、三月から四月にかけて、B29が東京の各地を絨毯爆撃し、甚大な被害が出ているという。

中目黒の家は無事だろうか。町会の集会室は爆撃の目標にならないだろうか。父と母、弟と妹はみんな無事だろうか。そしてあの人は無事だろうか。隆作は目を閉じ、川島朝子の涼しげな笑みを思い浮かべた。

だが、第二十七師団に与えられた任務は本土防衛ではなく、広東省（カントン）に移駐し、連合国軍の中国南部上陸に備えることだった。香港・広東地区、揚子江下流、青島（チンタオ）などが上陸地点と予想され、対米戦態勢をつくることを主眼とする作戦だった。

その作戦のため、第二十七師団はひたすら南下を続け、五月十五日に恵州に到着したが、行軍の途中でドイツが連合国に降伏したことを知った。日本は一国でイギリス、アメリカ、オランダ、中華民国、オーストラリアなどの連合国と対峙することになったのだ。

もちろん誰も口には出さなかったが、それらの連合国軍が次々と日本本土に上陸して地上戦になるということは、日本はすでに制海権も制空権も完全に失っているということだ。一億総玉砕。想像するだけで恐ろしかった。

恵州は香港までわずか四十キロの地点だった。中国大陸の地図を見ると、初年兵教育を受けた錦県から恵州まで、直線距離で二千五百キロある。背嚢を担いで行軍した道のりを思うと気が遠くなるほどだった。

隆作は軍隊手帳を閉じると、窓辺から離れてふたたび土間に横になった。だが、実際、対米戦態勢をつくるため、恵州に駐屯したのはわずか一週間だった。その後、さらなる戦局の悪化により、中国南部での作戦は放棄され、恵州から反転北上し、ふたたび揚子江沿岸へ移動することになったのだ。そうして恵州を五月二十二日に出発し、昨日の六月十四日に定南にたどり着いたのだった。

翌十五日の朝七時、出発の号令がかかったとき、両耳ともまったく聞こえない状況は変わらなかった。隆作は濡れた手拭いを両耳に押し当て、行軍を続けるしかなかった。

耳が聞こえない通信兵はもはや存在価値がない。隆作は日本の行く末と自分の姿を重ね合わせて、絶望のふちに沈んだが、行軍を続けて三日後、竜南に到着したとき、わずかながら左耳が聞こえ始めた。一メートルほどの近距離での大声が分かるようになったのだ。それから少しずつ左耳のみ回復に向かった。

二週間後、七月に入る頃には左耳はほとんど回復したが、右耳は容易に回復せず、耳元の大声がようやく聞き取れる状態だった。モールス符号のブザー音のみ、受話器から不明瞭ながら傍受できる。だが、十分も続けると右耳の痛みが激しくなり、任務を続けることはできなかった。

14

六月十四日の試験の成績は、週が明けて月曜日の十八日に発表された。

「結果を発表する前に一言だけ」と柏木婦長は教壇から生徒の顔を眺めながら言った。

「寄宿舎が焼けて以降、皆さんには講堂で寝起きする日々にあって、満足に身体を休めることさえできない状態が続いていていること、大変心苦しく思っていますが、そんな中で懸命に勉学に励んでいる皆さんに、心から拍手を送りたいと思います。一人一人の答案を採点しながら、逆境を撥ね返すがごとく頑張っている皆さんの姿が目に浮かんで、大変勇気づけられました。どうもありがとう、と私からお礼を言いたい気持ちです」

いつも大変厳しい柏木婦長が涙を浮かべている。美代子はそんな婦長の姿に目を瞠った。

「さて、その中でも上位の三名はとりわけ優秀でした。今後の勉学の励みになるように、順位を発表します。一位は松原静子さん」

一斉に拍手が起き、「やっぱり松原さんね」「当然よね」といった声が教室のあちこちから聞こえてきた。

「二位は関根ミサさん。松原さんとは僅差でした」

「ミサさん！」と美代子が言って真っ先に手を叩き、その拍手が教室中に広がった。

「そして三位は」と婦長が言った。「本当によく頑張ったわね、稲村美代子さん」

一瞬、美代子は耳を疑ったが、婦長はまっすぐにこちらを見ている。

「わっ、すごい、すごい」とミサが歓声を上げ、真岡昭子も鈴木ムツも大きな拍手をしてくれた。美代子は思わず席から立ち上がり、「ありがとうございます」と頭を下げた。

五十名中の三位。美代子はとても晴れがましい気持ちだったが、教室の拍手は散発的で、「えっ、ほんとに？」「間違いじゃなくて？」と疑うようなささやき声が聞こえてきた。以降、十位まで名前が発表され、そのたびに拍手が起きたが、美代子の順位を疑う声は続き、教室はざわついていた。

「あとは順不同です」と婦長は言い、生徒全員に答案を返却した。

「柏木先生」と一人の生徒が手を上げた。「失礼を承知で言いますが、稲村さんの順位、どうにも納得いかないんですが」

その生徒は入学試験で二位の成績を収めた桜井久子だった。横浜の女学校を出たらしいが、美代子は今まで一度も会話を交わしたことがない。今回の試験で久子は六位だった。

「それは、どういうこと？」と婦長が言った。

「つまり」と桜井久子は言葉に詰まりながらも続けた。「カンニングしたんじゃないかと」

柏木婦長が顔色を変えた。

「何か証拠があるんですか。証拠もなしに、そのような発言をするのは問題ですよ」

「だって……ねえ？」と桜井久子は周囲の生徒に同意を求めた。

「そうよねえ」と生徒たちはうなずいている。

高等小学校しか出ていない十四歳の美代子が、女学校を卒業した自分たちより試験の成績で勝るはずがない、と彼女たちは思っている。美代子はそのことがはっきり分かった。

「桜井さん、あなた失礼よ」とミサが声を上げた。「稲村さんがどれだけ頑張って勉強しているのか、あなた知っているわけ？　毎日寝る間も惜しんで勉強しているから、たまには寝ないと倒れてしまうわよって、注意しているほどなのよ」

ミサの言葉で教室の雰囲気は少し変わった。ひどく感心するような視線が自分に注がれているのが美代子にも分かった。

「先生」と桜井久子がふたたび手を上げた。「今回の順位で席次が変わるんですか？　このたった一回の試験で」

柏木婦長に挑むような久子の激しい口調に、美代子は息を呑んだ。入学試験の成績順に席次が決められたので、彼女は二番目の席に座っている。六番目の席に移動することは、彼女にとって耐えがたいほど屈辱的なことなのだろう。

「いいえ、一年間、席次を変えるつもりはありません」と婦長が答えた。

「分かりました」と桜井久子は答え、落ち着いた口調で続けた。「もし可能なら、稲村さんの採点結果を詳しく教えていただけないでしょうか」

「いいでしょう。じつは稲村さん、本当は一位でもいいくらいなんです。とにかく稲村さんの答案は完璧でした。教科書や板書や配布したプリントの文章の一字一句をすべて間違いなく引用していて、それは見事なものでした」

柏木婦長はそこで言葉を切り、美代子に小さくうなずいてみせてから続けた。

「でもね、漢字の誤字が少々目についたので、その分を減点しました」

「そういうことなら、ますます怪しいんじゃないですか？」

教室の隅から声が上がった。桜井久子ではなく、別の生徒だった。

美代子はたまらずに椅子から腰を上げた。

「私、絶対にカンニングなんてしていません」

「先生」と松原静子が手を上げた。「稲村さんにかけられた疑いを晴らすための方法は一つしかないと思います」

「それは？」

婦長に訊かれ、「再試験をすることです」と松原静子は答えた。

柏木婦長は片眉をぴくりと上げ、しばらく考えてから口を開いた。

「分かりました。では、そうしましょう。稲村さん、誤解しないでね。今回の採点を取り消すわけではありません。むしろ今回、成績が振るわなかった皆さんに、挽回する機会を与えるために二度目の試験をすることにします。そうね、期日は一週間後の六月二十五日にしましょう。これでいいわね、皆さん」

美代子は悔しかったが、疑いを晴らすためには再試験で頑張るしかなかった。

返却された答案を見ると、確かに誤字が五つもあった。それだけではない。痙攣や褥瘡(そう)などの難しい漢字はカタカナで書いてしまった。美代子は午後の病棟実習で患者の検温をするために病室のベッドを回りながら、それらも全部きちんと漢字で書けるようにしようと心に誓った。

「先生も先生よね、再試験なんて」と食堂で夕食を摂りながらミサが言った。「私は稲村さんを信じていますって、そう言って話を終わらせると思っていたのに」

「ううん、いいの」と美代子は言った。「松原さんが言う通り、疑いを晴らすためには、それしかないんだから」

昭子は何も言わず、味噌汁をすすりながら、ため息ばかりついている。

「元気ないね」とミサが言って、昭子の顔を覗き込んだ。

「いくら勉強しても、なんか虚(むな)しくて」と昭子が目を伏せたまま答えた。

「どうしたっていうのよ」

「これからお国がどうなってしまうのか、不安で仕方なくて……。桜井さんもね、とってもかわいそうなの。このあいだの空襲でお母さんと弟さんが亡くなったと」

「そうだったのか……」とミサが嘆息した。「横浜の空襲、朝からB29が何百機も来襲して、市街地がほとんど焼けてしまったというけど、そんなご不幸があったなんて」

桜井久子は試験勉強どころではなかったにちがいない。美代子は心から久子に同情したが、試験で不正をしたと決めつけられたことはやはり悲しかった。

「本土決戦、ほんとにあるのかな」とムツが言った。

「あるだろうね、きっと」

ミサは素っ気なく言うと、食べ終えた食器を持って席を立った。ほかの三人もあわてて席を立ち、ミサに続いた。

先週の境田寮長の講話によれば、阿南（あなみ）陸相が「本土上陸作戦近し」と指摘し、鈴木首相がこれを受けて議会で「本土決戦、我に有利。断じて戦い抜け」と演説したという。

実際、かつての標語は「一億一心」や「一億総動員」だった。大御心（おおみこころ）を仰いで一億一心、真実の御奉公を期さねばならぬ。美代子は尋常小学校でそう教わった。近衛首相がラジオ放送で言った言葉だという。朝礼で何度も暗唱したが、六月に入ってから、ついに「一億特攻」の活字が新聞紙面に躍るようになった。

四階の講堂に戻る途中、通路の壁の前でミサがふと足を止めた。「陸軍少年兵募集」のポスターが貼ってある。募集しているのは少年飛行兵、少年戦車兵、少年通信兵で、十四歳以上なら応募できる。連日、猛訓練に励み、鍛えているという。

「美代ちゃん、男の子だったら少年飛行兵に応募するでしょ」

ミサにそう言われて、「なんで分かるんですか？」と美代子は答え、昭子とムツに笑われたが、美代子にとって特攻とは、看護婦になってお国のために尽くすことだった。

一週間後に行われた再試験の結果、美代子は前回と同じ三位だった。一位はやはり松原静子で、二位は桜井久子だった。ミサは四位になったが、まあ、そんなもんよ、と鼻で笑っただけだった。桜井久子は生徒全員の前で美代子に謝罪したが、生徒たちはカンニング騒動にはすでに関心がなく、それよりもムツが九位に入ったことに驚いていた。柏木婦長も言葉を尽くしてムツの頑張りを褒めたたえた。昭子は成績が思わしくなく、相変わらず元気がない。

じつは再試験が行われた六月二十五日、大本営は沖縄戦における日本軍の組織的作戦の終結を発表したのだった。美代子は翌週になって境田寮長の講話でそのことを知ったが、作戦の終結とはどういうことなのか、まったく分からなかった。

でも、それは境田寮長も同じだったのだろう。寮長は袴の帯の結び目に手を当てて首を少しひねり、「二十二日以降、情況詳らかならず、と新聞は報じています」と付け加えただけで、六月二十三日に公布された「義勇兵役法」についての説明に移った。

十五歳以上六十歳までの男子、十七歳以上四十歳までの女子に義勇兵役を課し、勅令によって義勇召集を行い、国民義勇戦闘隊に編入されることが定められたという。ミサのような女学校の卒業者は、召集されれば民兵として敵兵と戦うことになるのだった。

「何か質問はありますか？」と境田寮長は言ったが、生徒は静まり返ったままだった。

酔っぱらいで蛇取り名人の父も、背負い籠をかついで行商している母も、義勇兵役に服することになるのだろうか。竹槍の攻撃訓練に励む父の姿はとても想像できなかったし、母が召集されたら幼い弟や妹の面倒を誰が見るのか……。

美代子は話を聞いて不安になったが、でも本土決戦になったら、そんなことは言っていられない。幼い弟や妹を守るためにも戦わなければならないのだ。美代子は身が引き締まる思いだった。

七月から八月にかけて食糧不足はますます深刻になった。看護婦も生徒たちも南京豆や大豆の搾り滓を煎ったものや、米ぬかや野草を練り込んだ団子、病院の庭で栽培したサツマイモの蔓の煮付けなどを食べて飢えをしのいだ。

「看護婦さんは銀シャリ、食べられんのでしょう。申し訳ないですねえ」

病室のベッドに食事を運んでいくと、患者本人はもちろん、付き添いの家族にも感謝された。入院患者には白米の特別配給があったのだ。病院が大量に仕入れていたので、まだ不足する心配はなかった。

「いいえ、私は若いから大丈夫。たっぷり栄養つけて、早く元気になってくださいね」

美代子は顔見知りになった患者とそんな会話をしながら、看護婦という仕事にますます誇りを感じたものだ。

広島に新型爆弾が落とされた。被害は相当甚大らしい。内科病棟で尿量検査をしていた美代子の傍らで、二人の医師が青ざめた顔でそんな話をしていた。それがいつのことだったか、正確な日付は覚えていないが、はっきり覚えているのは、八月十五日の正午のことだ。

「重大な放送がありますので聞いてください」と院内放送があった。

美代子は内科外来の廊下で足を止め、背筋をピンと伸ばした起立の姿勢で、ラジオ放送を聴いた。天皇陛下の声を聞いたのは初めてだった。

内科の医師が放送を聞きながら、声を殺して泣いていた。美代子はまったく内容が分からなかったが、きっと重大なことが起きたのだろうと思った。

放送が終わると、医師が美代子の顔を見て静かに言った。

「負けました。日本は戦争に負けたんです」

美代子は泣くことはなかった。戦争に負けたということが信じられなかったのだ。負けることなどあり得ないと思っていた。いや、それ以前に、戦争は自分が生きている間はずっと続くものであり、いつか終わるものとは思っていなかった。どうして？　なぜ？　頭が真っ白になり、涙も出なかった。

○

玉音放送から十五日後、マッカーサー元帥が厚木飛行場に降り立った。

上着もつけずに、カーキ色の軍服の一番上のボタンを外し、黒いサングラスをかけて、コーンパイプを口にくわえたまま、飛行機のタラップをゆっくりと降りてくる。

ラジオから流れるニュースを聞いても、美代子はマッカーサー元帥の姿形を思い浮かべることができなかったが、境田寮長の講話で九月一日付の朝日新聞の記事を知って言葉を失った。

軍服姿の大男の写真とともに「仕事はてきぱきと」「趣味は映画と歴史本」「ゴルフが好き」とマッカーサー元帥の人となりが紹介されていたのだ。

さらに元帥の戦争前の暮らしぶりについて「マニラ湾を一望の中におさめるペントハウスにいたが、そこには数百冊の本が壁を埋めていた」「銀の食器、マホガニーのテーブル、部厚な絨毯とともに、彼の豪奢な生活を物語っている」などと詳しく伝えている。

なぜ？　どうして？　ついこのあいだまで〈撃て！　鬼畜米英〉と叫んでいたのに、まるで映画俳優の紹介記事みたいじゃない。なんでこんなおべっかを使うの？

美代子は理不尽な思いでいっぱいだったが、目の縁がカッと熱くなるようなそんな憤りは、たちまち不安な気持ちと入れ替わった。

「控えよ、婦女子の一人歩き。ふしだらな服装は慎もう」と境田寮長が新聞記事を読み上げたからだ。それは内務省警保局による〈進駐軍の心得〉の見出しだという。

「若い娘がスカートをはいて外を歩いていたら、巡査につかまって二時間余り叱られたという話も耳にしました。この中にそんな生徒はいないと信じていますが、特に休日の外出時は絶対に一人で出歩かないこと、危険な盛り場などに近づかないこと、肝に銘じていただきたいと思います」

固唾を呑んで聴き入っていた生徒たちのあいだに、さざ波のように騒めきが広がった。

「何か質問は？」と境田寮長が言ったが、誰一人として手をあげる者はいない。

占領軍がいよいよ日本に進駐してくる。患者の付き添い家族に見せてもらった『主婦の友』は〈米鬼を一匹も許すな！〉〈寝た間も忘るな米鬼必殺！〉〈ぶっつけろ一億の肉弾！〉と書き立てていたが、その米鬼が日本本土に、東京に、そして新宿にやってくるのだ。その事実を前にして、美代子は混乱のあまり、しばらく思考停止に陥ってしまった。

境田寮長の講話が終わり、いつもの四人で連れ立って四階の講堂に戻ると、美代子は一人で窓辺に寄り、暗くなった外を眺めた。

西側の窓からは空襲で焼けてしまった寄宿舎の跡地が見える。美代子も瓦礫の後片付けに一週間ほど汗を流した。いったん更地になったが、用務員と職員が鍬を振るって耕し、今はサツマイモやカボチャを育てている。

看護婦には臨時の寄宿舎として四階の病室が当てられたが、生徒たちは相変わらず講堂で雑魚寝の生活が続いていた。病院長はなるべく早期に新しい寄宿舎を建設すると言ったが、それよりもやはり芋や野菜の食糧増産を優先すべきと誰もが思っている。

美代子は窓辺から離れ、壁に掲示された注意事項に目をやった。

〈連合軍の進駐は一切我政府と折衝の結果、平和的になされるので、暴行、掠奪等万無きものと信ぜられますから、皆様は平常通り安心して生活して居て下さい〉

〈連合軍が進駐した後も従来通り警察、憲兵が治安の取締りに当って居りますから、決して心配する必要はありません〉

平常通り安心して生活して下さい。決して心配する必要はありません、と繰り返されると、かえって不安が募る。美代子は自分の場所に戻り、畳んでおいた布団を敷いた。

「ミサさん、大森の慰安所の話、知ってます?」

「うん、政府がずいぶんお金をかけて作ったみたいね」

「お給料は良いし、服も食事も宿舎も無料貸与ですって」

ミサと昭子が布団の上に正座して小声で話していた。

慰安所ってなんだろう。美代子は気になって二人の会話に耳をすませた。ムツもちょっと首をかしげて、黙って聞いている。

「まあ、そうなんだけどね」とミサがさらに小声になった。「このあいだ、事務員さんたちが話しているのを聞いて、ちょっとびっくりした。進駐軍にサービスする仕事だとは分かっていても、それがどういうことなのか、全然知らないで応募した人が多かったんですって。以前は官庁に勤めていたタイピストとか、軍人のお嬢さまとか、まだ復員してこない軍人の奥さんまで」

「ちょっと待って」と昭子が言った。「慰安所の仕事、私もよく分からないんだけど」

「ええっ」とミサは目を瞬(しばたた)いた。「まさか慰安って、歌でも歌えばいいと思ってる?」

「だって、こんなことが書いてあるから」

昭子は巾着袋から一枚のチラシを取り出し、ミサに差し出した。

ミサはそれを一瞥すると、黙って美代子に手渡した。

〈新日本女性に告ぐ！　戦後処理の国家的緊急施設の一端として、駐屯軍慰安の大事業に参加する新日本女性の率先協力を求む。女事務員募集。年齢十八歳以上二十五歳まで。宿舎、被服、食糧当方支給〉

美代子はチラシの文面を読むと、それをムツに回した。

「どうしたの、これ?」とミサが訊いた。

「患者さんの奥さまからもらったの。私はもう年齢の範囲外だからって」

「あのね」とミサが言った。「これはただの事務仕事ではないって、たいていの人は気づくと思うんだけど。占領軍専用の慰安所は、性の防波堤って言ってるのよ、お国は」

昭子の顔色が変わった。眉根を寄せ、膝頭を両手でぐっとつかんでいる。そんな昭子の変化を見て、美代子は性の防波堤の意味をやっと理解した。

「でも」と昭子は言った。「その奥さまの話では、銀座八丁目の角に〈新日本の建設に挺身する女事務員募集〉って大きな看板も出ていたと」

「銀座にそんな看板まで」とミサは言って嘆息した。「米兵から良家の子女を守るために作ったのに、応募してくる良家の子女が多いなんて……。まさか政府はそれを見越したうえで広告出したり、看板作ったりしてないでしょうね」

ミサは以前から何事にも批判精神が旺盛だったが、戦争が終わってからさらに堂々とお国の批判をするようになった。美代子はそんなミサにあこがれを抱く一方で、憲兵や巡査にこんな話を聞かれたら、いったいどうなるだろうと恐れも抱いた。

「ねえ、ミサさん」とムツが口を開いた。「アメリカ兵は人肉を食うって……」

うんうん、と美代子もうなずいた。物心ついたときから、そう教えられてきたのだ。

「ムッちゃん、いくらなんでもそれはない」

ミサは苦笑いをして、目の前を飛び回る蝿を手で払うような仕草をした。

「私だって占領軍は怖いよ、もちろん。だから境田寮長がおっしゃるように、自分の身は自分でしっかり守らなくちゃ。ね？　ムッちゃんも美代ちゃんも、昭子ちゃんも」

ムツは目に涙をためて、ミサをじっと見つめ、グスッと洟をすすった。

自分の身は自分でしっかり守る、と美代子は心の内で繰り返し、ふくらみ始めた胸元にそっと手を当てた。一ヶ月ほど前から胸にしこりができて少し痛みを覚えていたのだが、三日前に初潮を迎えたのだった。

脱脂綿をちり紙でくるんで使う方法をミサに教えてもらい、なんとかあわてずに処理できた。赤ちゃんを産める身体になったという実感はまったくない。でも、まだ初潮を迎えていなかったら、身を守るということの意味をこれほどひしひしと感じることはなかっただろう、と美代子は思った。

昭子は五月十日に十七歳に、美代子は七月七日に十五歳に、ミサは八月十五日に十八歳になった。誕生日が十二月のムツはまだ十四歳だったが、二年生には十九歳の人も二十歳の人もいる。占領軍がやってくることに誰もが怯えていたことは確かだった。

翌日の九月二日、新宿駅前に〈光は新宿より〉のスローガンを掲げて、関東尾津組新宿マーケットが開かれ、客が雪崩を打って詰めかけた。九月四日には米軍の進駐地区となっている神奈川県の各学校で女生徒の休校措置が取られ、九月八日には連合軍がついに東京に進駐した。九月十一日には東條英機元首相がピストル自殺を図るも死にきれず、九月十五日にはＧＨＱが日比谷の第一生命相互ビルに本部を構えた。

そうして九月十六日の日曜日、小さな事件が起きた。

○

日曜日は多くの生徒が外出するが、その日、美代子は病院の外に一歩も出ず、朝から洗濯や繕い物や、一週間分の授業の板書の清書に精を出した。占領軍が怖かったこともあるが、仕事が休みの日にはやりたいことが沢山あったのだ。

外出するには決まりがある。外出届に行先と目的を記入して境田寮長に申請し、許可を取ったうえ、門限の五時までに帰ってこなければならない。王子区出身のミサは〈母の家事を手伝うため〉と届け出をして、朝から出かけていった。昭子とムツは、そんなミサをうらやましそうに眺めていた。

昼食の後、美代子は菜園の水やりや草むしりを手伝い、それを終えると、洗濯物を取り込んで白衣にアイロンを当て、それから両親に宛てて手紙を書いた。

姉の貞子は中島飛行機の宇都宮製作所が閉鎖されて、しばらく実家に帰っていたが、小山の紡績工場に住み込みで雇ってもらえることになった、と母から手紙が届いたのは月曜日だった。その返事を書く時間がやっと取れたのだ。

小一時間かけて手紙を書き上げた頃、ミサが息を弾ませて帰ってきた。

「境田寮長ったら、正面玄関でずっと待ち構えているのよ。一分でも遅れたら大目玉食らうところだった。あら、昭子ちゃんとムッちゃんは？」

「お昼食べてから、どこかに出かけたみたいだけど」

美代子はそう言って壁の時計に目をやった。五時十分前を指している。

「でも、荷物も全部持って出かけたの？」

ミサが言う通り、いつのまにか二人の荷物は消えていた。洗面道具や着替えまで持って外出するだろうか。美代子はにわかに心配になったが、二人は五時になっても帰ってこない。いや、実際、五時をすぎると、講堂のあちこちで同じような声が上がり始めた。門限をすぎても帰ってこない生徒が他に何人もいたのだ。

まもなく境田寮長が講堂にやってきて、生徒の名前を一人ずつ呼んで確認した。点呼を終えると、寮長はしばらく天井を仰いで、それから口を開いた。

「こんなことは初めてです。二年生九名、一年生四名の計十三名が戻ってきていません。誰か思い当たる生徒はいませんか？」

二年生の一人がおずおずと手をあげ、境田寮長の前に歩み寄った。そして何か小声で話し始めた。寮長はたちまち憤然とした面持ちになり、「食事当番は夕食の準備に取りかかるように」と言い残して、講堂を出ていった。

美代子とミサは今週の食事当番だった。あわてて腰を上げ、炊事場に向かった。

「でも、どうしたんだろう、二人」と美代子はつぶやいた。

まさか占領軍に捕まってしまった？　そんな不安が胸をよぎったが、あまりにも恐ろしすぎて口には出せない。ミサも口をつぐんだままだった。

献立は昨晩と同じすいとんだった。大豆粉と高粱粉と糠を混ぜた粉を水で溶き、湯に落とし込んで団子のように固める。具はサツマイモの葉と蔓だった。サツマイモそのものは週に二度ほど麦飯といっしょに炊いて食べる。煮干で出汁を取り、最後に味噌で味付けをする。

六時になると、生徒たちが次々と食堂にやってきた。食事当番は全員にすいとんを配り終えた後、テーブルに着いて食事を摂る。

いる。美代子は患者に白米の食事を運ぶたびに思わず唾を飲み込んだものだが、それでも米穀通帳持参で入院した患者は白米を食べているし、足りない分は患者家族が補食して

炊事場に味噌と醬油が確保されているのは有難かった。銚子の海沿いの町で育ったムツは、醬油や塩が不足すると、芋や大根を海水で煮て食べたという。

炊事場の後片付けを終えて、美代子とミサが講堂に戻ると、そこには昭子とムツの姿があった。二人とも憔悴した顔でうなだれている。

「ねえ、どうしたのよ」とミサが声をかけたとき、境田寮長が講堂に入ってきた。

騒めいていた生徒たちが静まり返った。

「みなさん、十三名は無事に戻ってきました。すでに十分に反省しているので、罰則を科すことはしません。でも、大切なことなので、みなさんにも事情を説明します」

境田寮長は演壇に立ち、生徒たちの顔を眺めた。

「アメリカ兵が東京にあふれて、若い女性はさらわれてしまう。十三名はそんな噂を信じて、東京から離れようとしたようです。ある生徒の親戚の子どもが、先頃まで群馬の寺に集団疎開していた。その寺に逃げ込めば、身の安全を確保できるのではないかと話し合って。しかしながら、現在は軍隊輸送優先のため、一般市民の遠距離の移動は制限されており、上野駅までしか切符は買えなかったと……。上野駅の駅員から、そちらの生徒を保護

していると連絡を受けて、事務長とともに迎えに行ってきました」

境田寮長はそこで言葉を切り、少し間をおいて続けた。

「いいですか？　みなさん。警察の取り締まりも強化されて、治安は維持されています。だからどうぞ安心してください。根拠のない流言飛語に惑わされ、つまらぬ臆測で行動するのはとても愚かなことです。みなさんは東京鉄道病院の看護学生の誇りをもって、沈着冷静に毅然と行動してください」

境田寮長の言葉で不安が十分に解消されたわけではなかったが、それからちょうど一週間後の柏木婦長の授業で、生徒たちの進駐軍に対する見方が大きく変わった。

柏木婦長の話によれば、GHQは進駐と同時に人命尊重の立場から、公衆衛生や医療面に対して特に深い関心を示していたが、九月二十二日、日本政府に対して〈公衆衛生に関する覚書〉を発し、その中で担当官の陸軍大尉が、看護婦の資質の向上を図ることの重要性を強調しているという。

アメリカ兵は人肉を食う。美代子は婦長の授業に接して、それがいかにばかげた流言だったかを悟ったが、話の続きを聞いてさらに驚いた。

「日本政府に看護婦の資質の向上を訴えているのは、アメリカの大学で看護学を学んだグレース・オルトさんという女性で、GHQ公衆衛生福祉局の看護課長です。オルト大尉は陸軍看護婦として従軍した経験の持ち主ですが、日本の病院をいくつか視察して、看護婦がまるで医師の召使い(めしつか)のように働く様子を見て驚いたといいます。同じ看護の仕事でも、日本とアメリカは相当違うようですね。そんなオルトさんにいつか会って話を聞いてみたくなりました」

柏木婦長は話し終えて、静かに微笑(ほほえ)んだ。

そうか、アメリカでは女性も陸軍大尉になれるのか……。美代子は何よりもそのことに驚いたし、オルトさんがアメリカのナイチンゲールなら自分も会ってみたいと思った。

翌年の十月には、オルト看護課長の強い意向を受けて、医学書院が『看護学雑誌』を創刊し、二年生になった美代子は病院内の図書室でその雑誌を貪るように読むことになる。そして後年、七十一歳で亡くなるまで『看護学雑誌』を定期購読することになるのだが、あの敗戦の夏の日々にあって、美代子の記憶に深く刻まれたのは、初めてもらった手当でハイヒールを買った日のことだ。

九月二十五日、一年生に一律(いちりつ)五十円の看護補助手当が支給され、次の日曜日に仲良しの四人組で新宿東口の闇市に出かけたのだった。

「ノートも鉛筆も肌着もリンゴも売っているって。手に入らないものはないって」

ミサの言葉を聞いて、昭子もムツも美代子も露店を覗いてみたくなったが、境田寮長の許可が得られそうもない。そこでミサは一計を案じた。用務員が調理用具や清掃用具などを買いに行くと聞きつけて、その買い物を手伝うことにしたのだ。その旨を用務員から寮長に伝えてもらったので、四人は堂々と出かけることができた。

病院の正面玄関を出ると、両側に廃材で組み立てたバラックが建ち並ぶ通りを用務員とともに進んでいく。玉川上水にかかる葵橋を渡ると、まもなく甲州街道に突き当たる。右に折れて、新宿駅の南口前を通り過ぎると、人いきれと熱気でむせ返るような雑踏が延々と続いているのが見えた。

「うわっ、すごい」と美代子はハンカチで首筋の汗をぬぐいながら声を上げた。

東口から伊勢丹のあたりにかけて、ヨシズ張りの店が五十軒ほど出ている。路上に品物を直接並べたり、戸板の上に置いたりして販売している人たちも多い。

客のほとんどが国民服を着た男たちだったが、女性客も思っていたより多かった。階級章の取れた軍服姿の復員兵や、特攻隊のように飛行服に半長靴の男たちの姿も見える。店と客のあいだでは韓国語や中国語も盛んに飛び交っている。

四人は用務員の後について、露店を見てまわった。白米、味噌、醬油、塩、砂糖、カレー粉、菜種油などから、牛肉や鶏卵や生鯖まで売られていた。サツマイモ、大根、ごぼう、リンゴから、煎茶、握り飯、鉄道パン、水飴まで、お金を出せば、なんでも手に入るのだった。

「でも高いね、女学校に入った頃は一個十五銭ぐらいで買えたのに」

ミサがリンゴを指さして言った。百匁十三円と札に書いてある。

「ほんと、小振りなのに一個六円も」

美代子はため息をつきながら、海藻と野菜を練り込んだ鉄道パンの値段にも驚いた。父が土産代わりに列車の中で二十銭の鉄道パンを一つだけ買ってきて、弟と分け合って食べたのは去年のことだが、それが一個十円。五十倍の値段になっている。

用務員はそれぞれの店の商品と値段を丹念に見比べ、値段の交渉をしながら、事務長に依頼された品物を買っていった。鋳物鍋十八円、フライパン十二円、アルミの塵取り三円、素焼き七輪四円三十銭。

四人はノートと鉛筆をそれぞれ買うと決めていた。そして五十円の手当の中から十円だけ使って、あとは貯金しようと話し合っていた。でも、ノートが三円、鉛筆が二円もしたので、残りは五円しかない。昭子はずいぶん迷って肌着を、ムツは靴下を買った。

美代子も靴下の穴を繕いながら履いている。新しい靴下を買おうと思って商品を物色していると、「ねえ、美代ちゃん」とミサが声をかけてきた。

ミサは長身の背をこごめ、路上に並べられた婦人靴を見ている。

〈一足十五円から。お買い得品です〉

ボール紙にそう書いてあるが、靴には値札がついていない。

「靴を買うんですか？」と美代子は驚いて言った。

「素敵ね、どれも」とミサは夢見るように言った。

「買っていきな。お嬢ちゃん、負けとくから」

初老の男が手拍子（てびょうし）を打ちながら言った。

「これはいくらですか」

ミサがパンプスを指差すと、男は身を乗り出した。

「そいつは二百円だが、特別に百五十円に負けてやる」

「無理。そんなお金、あるわけない」

「それなら、これはどうだ」

男は手を伸ばしてパンプスを次々とつかみ、ミサの前に並べた。

「中古だが、新品同様だ。より取り見取りどれでも十五円」

「五円ならすぐ買うんだけどな」とミサはため息まじりに言って、一足のクリーム色のパンプスを手に取った。履き口がハート型にカットされていて、とても可愛らしい。

「馬鹿言ってんじゃないよ。ホンモノの革靴だよ」

「馬鹿と言われても、五円しか持ってないのよ」とミサは平然と言い返し、隅の方に置いてある赤いハイヒールを指差した。「それも十五円？」

「ああ、これはアメリカの子供用で小さくてね。もし履けたら十円でいいよ」

「美代ちゃんなら、履けるんじゃゃない？」

美代子はミサの顔を見つめ、思わず笑ってしまった。

「モンペなのに、ハイヒールですか？」

「十円なら安いよ。一応、履いてみたら？」

美代子の足は小さくて二十二センチしかない。自分がハイヒールを買うことなどまったく考えていなかったが、小さなリボンのついた赤いハイヒールはまるで宝石のように見えた。だからほんの好奇心から足を入れてみただけだった。

「わっ、ぴったりじゃない」とミサが声を上げた。「今はまだ履くのは無理だけど、大切に取っておけばいいんじゃない？　すごく似合うよ、美代ちゃん」

「でも、使えるのは五円だけだから」

美代子がハイヒールを返そうとすると、「分かったよ、五円でいい」と男が言った。

「じゃ、買います」と美代子は思わず言ってしまった。

「いいな、私もぴったりなんだけどな。あきらめるしかないか……」

揚子江河岸の町、九江に到着したのは九月五日だった。隆作は何隻もの日本軍の軍艦が沈没しているのを見て、これが敗戦なのだと痛感した。到着すると、中隊はすぐに兵站宿舎に入った。そこは巨大な補給基地で、前線から多数の部隊が集結し、広い構内は兵と軍馬と車両でごった返している。

その兵站宿舎に三日宿泊した。いったいなぜここに留まっているのか、隆作のみならず兵隊は誰もその意味が分からなかった。四日目の朝、中国軍にいきなり軍馬を接収された。だが、武装解除はされず、小銃を持たされたまま、煙草やキャラメルを支給されて、船舶部隊の貨物船に乗り込むよう命じられた。足も伸ばせないほど詰め込まれ、船は揚子江を下っていく。

兵隊は行先も知らされず、一様に不安な顔をしていたが、出港して数時間後、隊長による船内放送があり、船は南京に向かっていることが知らされた。

「我々は南京を経由して、無錫(むしゃく)の集中営に入る。そこで復員を待つことになる。終戦にはなったが、日本陸軍は健在であり、統帥権、命令権は存続している。無事復員の日まで軍規を守り、平静な精神をもって待機せよ」と隊長より指示があった。

船内にどよめきが起こった。本当に日本に帰れるんだ。今までは誰もが半信半疑だったが、故国に帰る望みが叶えられる。あちこちですすり泣く声が聞こえた。

集中営とは捕虜収容所のことだ。隆作には収容所での暮らしがどんなものか、まるで想像できなかったが、捕虜となっても日本陸軍の統帥権は存続するという。隊長のその言葉を信じるしかなかった。

九江を出航して六日後にやっと下船し、さらに南京駅から貨車に二日間揺られて、九月十七日に無錫に着いた。中隊が収容されたのは、かつて居留日本人の小学校として使われた建物だった。市内の中心部にあり、とても清潔で施設も整っている。隆作は内地の小学校に足を踏み入れたような懐かしさを覚えた。

数日後、兵器をすべて中国側に引き渡すことになり、銃に彫られた菊の紋章をヤスリで削り取る作業が始まった。そうして銃と帯剣を接収されて丸腰になると、にわかに心細くなったが、いっそ爽快でもあった。

武装解除の完了後、隆作はこの集中営で昭和二十一年三月まで、中国軍の管理下ではあるが、師団司令部に配属のまま、終戦処理や復員業務に関する諸連絡を無線通信によって続けることになる。それが通信兵に与えられた任務だった。

左耳はおおむね良好となり、支障はなくなった。右耳の痛みや耳鳴りも次第に少なくなっていったが、難聴の症状は一向に回復せず、大声の会話を一メートルほどの近距離でかろうじて聞き取れるほどの聴力しかなかった。

隆作は無線通信の任務の傍ら、国際放送の傍受を通じて日本の状況を断片的に知った。連合軍が九月八日に東京に進駐し、ＧＨＱが日比谷に本部を構えた。九月二十七日には天皇陛下が自ら赤坂の米国大使館にマッカーサー元帥を訪ねられた……。

情報を得るたびに、実家のことが心配になった。目黒の町にも占領軍の兵士があふれ、みんな不安な気持ちですごしているのではないか。万一、家が焼けてしまったとしても、どうか家族がみんな無事に生きているように、と隆作は祈るような気持ちで日々をすごした。

捕虜ではあったが、外出はできた。集中営の出入り口は裏門の一ヶ所だけで、そこにはいつも銃剣術用の木銃を持った衛兵が一名立っていたが、出入りは比較的自由だった。

街に出ると大通りには、蔣介石主席の名入りの横断幕が掲げられ、〈日本軍および民間人に対し、受けた暴力に報復してはならぬ。寛大に扱え〉という意味の中国語が大書されており、〈暴に報いるに、徳を以てせよ〉という日本軍捕虜の取り扱いに関する蔣介石主席の布告を説明する看板が、街角のあちこちに掲示されていた。

隆作は戦友とともに街路を歩いていて、「日本兵は死ね！」と何度か罵声を浴びたが、多くの中国人はきわめて平静で、日本兵を目にしても別段意に介さぬようだった。

無錫から列車に乗れば、五時間ほどで上海に着く。上海の港から復員船に乗って故国に帰る日が近いうちに来る。それを信じて兵隊たちは日々任務にあたったが、昭和二十年の大晦日を迎えても、復員の予定はまったく発表されず、焦りは募るばかりだった。

〈三月下旬に上海に集結し、三月中に出航復員〉と発表されたのは、昭和二十一年二月九日だった。兵隊たちは歓声を上げ、抱き合って涙を流した。

復員日程の発表と同時に、作戦による傷病に対する調査が開始された。隆作は右耳について症状を申告するとともに、軍医による診断を受けた。だが、この地において耳の治療、処置は困難であり、帰国後に改めて専門医の検査を受けるよう指示され、支那派遣軍第二十七師団通信隊長名による〈罹患証明書〉の交付を受けた。

三月に入ると、麻袋が支給され、他の布などを材料にして、背嚢造りを始めるなど、復員に向けた準備があわただしくなった。そうして半年間暮らした収容所を後にして、中隊が無錫駅に向けて出発したのは、三月二十三日の夕暮れだった。

貨車に揺られて上海に着くと、港の近くの兵站に入った。兵站の構内ではアメリカ兵のジープが我が物顔で走り回っていた。中国軍に背嚢の中身の検査を受けるために、兵站の蚕棚のような二段ベッドで四日間にわたって待機させられ、ようやく検査を終えると、翌日の夜にいよいよ乗船することになった。

復員船は米軍の巨大な貨物船だった。隆作は背嚢を担いでタラップを一歩一歩上っていき、甲板にたどり着くと、灯りが美しく瞬く上海の街を眺めた。高嶺秀雄の魂はまだこの大陸のどこかをさまよっているのではないだろうか。そう思った途端、夜景が滲んで見えなくなった。

船倉に降りて床にしゃがみ、人いきれに包まれて出航を待った。隣にしゃがんだ男が眉間にしわを寄せ、陸軍の帽子の徽章と、金筋一本の兵長の襟章を忌々しそうにむしり取った。それを見て隆作も上等兵の階級章を外した。

しばらくすると汽笛が鳴り、エンジンの大きな振動が船倉に伝わってきた。あちこちから散発的に拍手が起きたが、「黙禱！」と号令がかかり、たちまち静まり返った。

隆作は黙禱を捧げ、北支や中支や南支で命を落とした名も知らぬ戦友たちの冥福を祈りながら、二十歳で召集された日のことを思い出した。天津の駐屯地で及川正志と戦友になり、初年兵教育を受けながら二十一歳の誕生日を迎えた。満州錦県の駐屯地で高嶺秀雄と再会し、二十二歳の誕生日を迎えた。大陸打通作戦に参加し、衡陽、遂州を陥落してなお南下中に、江西省の崇義という美しい棚田が広がる農村で二十三歳の誕生日を迎え、そして無錫の収容所で二十四歳になった。

船倉にぎゅうぎゅう詰めにされて、足を伸ばして眠れない。隆作は背嚢を抱えて寝入った。船は東シナ海を順調に航行していったが、韓国の済州島沖で暴風雨に見舞われた。激しい揺れが続いて、多くの者が船酔いに苦しめられたが、五島列島が見えてくる頃には海も穏やかになり、そうして上海を出てから二日後、三月三十日の夕暮れに博多港に接岸した。

背嚢を担いでタラップを降りると、上陸桟橋には国防婦人会や愛国婦人会の婦人たちがたくさん集まって出迎えてくれた。

「兵隊さん、長い間、本当にご苦労さまでした」

婦人たちは一人一人に声をかけている。隆作は涙が頰を伝うにまかせた。

それから岸壁の広場に整列して、アメリカ兵による荷物検査を受けた。行李や背嚢を開けると、アメリカ兵は長い棒で荷物の中をつついて点検し、少しでも不審なものを見つけると、棒でかきだして蹴飛ばした。赤十字のマークのついた薬の袋を軍靴で踏みつけられて、抗議できずに歯を食いしばっている男もいた。

隆作は背嚢の一番下に、持ち込み許可となった白米を一升五合ほど詰め込んでいる。それを奪われやしないか、順番待ちの間に不安が募ったが、背嚢の中身を少しつつかれただけで検査は終わった。

でも、そんな乱暴な振る舞いにも増して、隆作が驚いたのは、アメリカ兵が点検作業を終えると、日本人の若い娘の腰に手をまわして意気揚々と引き上げていったことだ。

日本国中が焼け野原になり、空襲で何十万人も死んだ。女性はアメリカ兵に強姦されたり、アメリカ兵相手の売春婦になったりしている。食べる物がなく、毎日餓死者が大量に出ている。隆作は無錫の収容所でそんな悪い噂ばかり聞いていたので、噂の一端が事実であることを証明するような光景を目にして、絶望的な気分になった。

シラミ駆除のＤＤＴを頭から散布されると、復員省員から列車やバスなどに無料で乗れる引揚証明書を渡され、そこで解散となった。

隆作は東京出身の同年兵八名とともに博多駅前の闇市で食糧を買い、屋台のコップ酒でささやかに乾杯し、東京行きの復員列車に乗った。

木製の座席に腰を下ろし、背嚢を抱えてぐっすり眠り、朝日が昇る頃に目が覚めると、車窓から晴れ渡った瀬戸内海が見えた。のんびりした日本の農村風景に安堵したのも束の間、少し大きな町はどこも瓦礫の山で、駅前には粗末なバラックが並んでいる。

富士山が見えたときは歓声が上がったが、沼津、藤沢、横浜と進んでいくうちに空襲による被災がどんどんひどくなり、誰もが無言のまま、焼け跡を眺めるだけだった。

隆作は品川駅で降りると、山手線で渋谷駅へ行き、東横線に乗り換えた。

背嚢を担いでホームを歩いていると、「兵隊さん、ご苦労さまでした」と誰彼なく声をかけてくる。隆作はそのたびに深々と一礼したが、焼け野原になった渋谷の街を目の当たりにして、実家が焼けていたら一体どうしたらいいのかと途方に暮れた。

　だが、中目黒駅で降りて驚いた。一帯はほとんど被災していなかったのだ。隆作は背嚢を担ぎ、前屈みになって家路を急いだ。

　はたして町会集会所は無事だった。午後八時をまわり、玄関の鍵は閉まっている。

「ただいま」と隆作は大きな声で言った。

　階段を下りてくる音が聞こえ、まもなく玄関の扉が開いた。

「ただいま」と隆作はもう一度言った。

「隆ちゃん」と母は言ったきり、涙を流し続けるだけだった。

　上がり框に腰かけてゲートルを解き、兵隊靴を脱いでいると、階段を駆け下りてくる足音が聞こえ、弟の英介が顔を見せた。

「兄貴……、生きていたのか」

　ああ、と隆作はうなずき、背嚢を担いで二階へ上がった。

「ただいま帰りました」

　父は涙をぽろぽろと流し、無言でうなずくだけだった。

　町会集会所の二階の実家も両親も、出征前と何も変わっていなかった。ただ四歳だった育子が、明日から小学二年生に進級するという。

「大きくなったな」

隆作がそう言って、頭を撫でようとすると、育子は恥ずかしそうに身体をよじって母の後ろに隠れた。

○

翌日の四月一日、汗をびっしょりかいて目を覚ますと、すでに日がだいぶ傾いていた。昨夜は遅くまで父と酒を酌み交わしたが、それにしても十六時間も昏々と眠り続けたことになる。隆作は毛布を剝いで上半身を起こし、額の汗を手の甲で拭った。

柱時計は午後四時四十分を指している。嫌な夢を繰り返し見て一晩中うなされ続けたためだろう。背中がひどく凝っており、胸が強く締めつけられるような息苦しさがある。

夢といっても、遠くでかすかに聞こえる軍馬のいななきや、雷鳴がとどろき、稲光が走る夕刻、土砂降りの地面から漂ってくる死肉の腐臭や、プスップスッと銃弾が地面に刺さる音や、火薬が燃えるときの硫黄の臭いが断片的に続くだけで、ストーリーらしきものはない。粉醤油をかけた冷たい麦飯を行軍しながら黙々と咀嚼している感触が、まだ頬の内側に生々しく残っている。

隆作は階下の厠で用を足すと、水道の蛇口に口をつけて、水をたらふく飲んだ。

裏庭の物干しには国民服や帽子やゲートルや下着類が干してある。背嚢に詰めて持ち帰った大量の衣服を、母が早起きをして井戸端で洗ってくれたのだ。春の穏やかな陽射しを受けて、もうすっかり乾いていた。

隆作は洗濯物を取り込んで、国民服以外の服や下着をたたんで柳行李にしまうと、台所を覗いてみた。母が夕餉の支度にかかっていた。

「あれま、やっと起きたね。お腹減ったでしょう。何か腹に入れるかね、蒸かし芋が少しあるけど」

「いや、銭湯でちょっと汗を流してくる」

「そうだね、さっぱりしてくるといい。今夜は隆ちゃんが持ってきてくれた白米のおかげで、久しぶりの御馳走だよ」

母は笑みを浮かべ、鍋の中の大根と里芋を菜箸でつついたが、隆作が手にした国民服を見て顔をしかめた。

「そんな恰好で行くもんでないよ」

なぜ、と隆作が口を開く前に母は続けた。

「盗まれるからね」

ああ、内地も軍隊と同じことになっていたのか……。隆作は衣服や軍靴や食糧の盗難が横行した天津の駐屯地を思い出して嘆息し、着古した浴衣に着替えると、さらに母の助言にしたがって風呂敷を持って銭湯に出かけた。母も服を盗まれないように風呂敷を持参してきつく包むが、それでも盗まれることがあるという。

銭湯では町内の顔見知りから「無事に復員されたんだね。ご苦労さまでした」と次々に声をかけられて、隆作はそのたびに相手と言葉を交わしながら、ヘチマで身体の隅々までゴシゴシこすって大量の垢を落とし、頭皮を揉みながら泡立てた髪をさっぱりと洗い流し、そうして湯船に浸かって目を閉じると、喉の奥から野太い声が立て続けに漏れた。

ああ、生きて内地に帰ってきたのだ、と改めて思い、両手両足を遠慮なく広げて、湯気でくもった天井を見上げ、腹の底から何度も唸り声を上げた。

昨夜、父と英介から聞いた話では、五月二十四日の夜の空襲がもっとも激しかったという。

B29が梯団で侵入し、二時間にわたって波状絨毯爆撃を行った。焼夷弾投下によって広範囲に火災が発生し、さらに疾風が起こって大災害が生じた。この空襲で英介の母校の油面国民学校は全焼し、区役所の一部も焼失した。戦争終結までの目黒区における全焼家屋は二万戸以上に達したという。だが、町会の集会所は奇跡的に被災を免れたのだった。

「なあ、兄貴」と英介が言った。「防空壕で一夜明かして外に出たら、町内のこの一帯だけが焼け残っていたんだ。Ｂ29がアメリカンスクールへの爆撃を避けたからだろうって、当時はそんな噂も立った。そんなことあるかな」

十分にあり得るだろう、と隆作は思った。だが、米軍の戦闘能力を全面的に認めるのが悔しくて、「分からん」とだけ答えた。

風呂から上がると、はたして脱衣所では「また盗まれちまったよ！　裸で帰れっていうのかよ！」と五十がらみの男が番台の老女に向かって声を荒らげていた。

隆作はあわてて風呂敷を広げた。幸いにも浴衣や下着は無事だったが、一人の男の不審な動きが視界の隅に入った。濡れた身体をろくに拭いもせず、すばやく浴衣を着ると、出口に近いところにあった風呂敷包みをつかんで、大急ぎで銭湯を出ていったのだ。

番台に座った老女は、男のそんな行為に気づかなかったのか、面倒なので気づかないふりをしているのか、まったく表情を変えない。やれやれ、と隆作は肩を落とし、銭湯を出た。

家に戻り、二階の窓辺で涼んでいると、育子が『よみかた』の教科書を持ってきた。

今日、学校で配られたというが、教科書といっても表紙もないし、製本もされていない。教科書の内容が印刷された大きな一枚の新聞用紙を、児童が自分で切り分けて綴じなければならなかった。

「作って」と育子に頼まれて、隆作は新聞用紙にナイフを入れてA5判に切り揃え、それをていねいに折りたたんで冊子の体裁にした。

　きちんと製本できたか、それを確かめるために、冊子の紙をめくっていく。春、鯉のぼり、ささ舟、蛙、むしば、ねずみのちゑ、川、一寸ぼふし、つゆ、金魚……と続いており、ページの順に狂いはないようだった。

　育子といっしょに教科書を読んでいると、英介が仕事から帰ってきた。隆作は仮綴じした教科書を掲げてみせた。

「驚いたよ。ここまで物資が不足しているんだな」

「紙だけじゃない。何から何まですべて不足してるよ」

　英介はそう言って畳にバタンと倒れ込み、大の字に手足を広げて横になった。

「それにしても、今日は疲れた」

　英介は大崎の町工場で働いている。十四歳から四年間、旋盤工をしていた中目黒の軍需工場は閉鎖されたが、旋盤加工の技術が認められて、工場長に新しい職場を斡旋してもらえたのだという。敗戦後、町内会の役割が大きく変わり、父の収入はほとんど雀の涙となった。母も物資の不足で内職仕事を容易にもらえない。今では十八歳の英介が一家の生計を支えているのだった。

まもなく夕食の準備ができ、食卓に一家五人が集まった。

イワシの丸干し、大根と里芋の煮物、漬物と味噌汁、そして炊き立てのご飯。

母がきらきらと輝く白米を茶碗によそって手渡すと、「兄貴のおかげで久々の銀シャリだ」と英介は歓声を上げ、「白いご飯、きれい」と育子はうっとりしたように言った。

「それはそうと、物騒な世の中になったもんだな」

隆作が銭湯の話をすると、英介は大きく首を縦に振った。

「俺も何度も盗まれたよ。ボロを着ていっても盗まれる。盗まれたら別の人から盗むしかない。そのたびに、これは交換しただけなんだと、自分に言い聞かせる」

育子が箸を止めて、英介の顔を見た。

「兄ちゃん、盗んだの？」

「そんなこと、育子の前で言うもんじゃないよ」と母がたしなめた。

なるほど、と隆作は大根の煮物を頰張りながらうなずいた。

「湯船に浸かっている人たちが、みんなヘチマや石鹼を手拭いで包んで、頭に載せているのを見て、思わず笑いだしそうになったが、俺も同じ恰好で湯船に入るしかなかった。軍隊より内地のほうが世知辛いと思ったよ」

「そうそう石鹼」と母が話題を変えるように身を乗り出した。「お父さんが統制前に買い込んでおいた石鹼と足袋がとっても役に立ってね。農家に持っていくと、芋や野菜と喜んで交換してくれるんだよ。おかげでひもじい思いをしないですんでいる」

「米の配給、もう三週間も滞（とどこお）っているんだ」と英介が続けた。「石鹼と足袋がなかったら、高い金を出して闇米（やみごめ）や芋を買うしか手がない」

そうか、三週間も配給がないのか。隆作は改めて食糧事情を知って驚いた。

「白米、もっとたくさん持ち込めればよかったけどな。一升五合ぽっきりじゃ、せいぜい一週間分か」

「そんなもったいない」と英介が口を尖らせた。「麦や雑穀や芋を混ぜて、せめて一ヶ月は持たせないと。だから白いご飯は今夜だけ。だよね、おふくろ」

母は味噌汁の椀を手に、淋しそうにうなずく。

「でも、新円切替には参ったよ」と英介が続けた。「ラジオで発表されたのがちょうど兄貴の誕生日だったから、よく覚えているけど、一夜明けたら、町中がもう大騒ぎだった。とにかくお札を硬貨に両替したいし、使えるうちに旧円を使いたいしで、どこの露店も客でごった返していた」

昭和二十一年二月十六日、政府は戦後のインフレ対策として、新円切替を発表した。預金封鎖し、従来の旧円は強制的に銀行へ預金させる一方で、一世帯の月の引き出し額を五百円以内に制限した。ただし硬貨や小額紙幣は切替の対象外とされ、新円として扱われることになったのだと英介が言った。

隆作も無錫の捕虜収容所で、ある程度そのことは聞き及んでいたが、当時はまだ本当に自分が復員できるのか、それが不安で仕方なかった。内地に帰れると確信したのは、所持する旧円を復員省の担当官にすべて新円に交換してもらったときのことだ。

「いや、しかし」と隆作はため息まじりに言った。「こんなに物価が一気に高くなったら、何のために俸給を貯めておいたか分からないな」

隆作の軍隊の俸給は預金通帳に千二百円ほど残っている。だが、極度のインフレで貨幣価値が下がり、三年間軍務に服したにもかかわらず、その預金額は英介の給料の四ヶ月分ほどにしかならないのだった。

「隆作、中央電信局には……」

それまで黙っていた父がボソッと言った。だが、父は隆作の右側に座っているうえに、声がしゃがれていて、ほとんど聞き取れない。

「すみません。もう一度」と隆作は言い、左耳に手を当てて父の方を向いた。

「ああ、中央電信局には復員の報告をしに行かないとな」

父はもう一度言ったが、戦地から戻ったばかりの息子に、すぐに働けと言うのもためらわれるのか、遠慮しつつの言葉だった。

「分かりました。東京中電はGHQの管理下に置かれているということなので、復員兵を受け入れる態勢ができているのかどうか、確認するためにも早めに行くようにします」

隆作はそう答えたものの、右耳の難聴は間違いなく業務に支障をきたす。両親には心配をかけないように、少し聞こえにくいという話はしたが、症状の回復が見込めない状態で職場に復帰できるのか、それが不安だった。

その晩、家族が寝静まった後、隆作は川島朝子に宛(あ)てて手紙を書いた。書いては消し、書いては消しを繰り返し、二時間近くかけてやっと短い手紙を書き上げた。

《拝啓(はいけい)　春光うららかな季節を迎え、朝子さまにおかれましては、その後ご健勝のことと拝察いたします。

さて、私事ではございますが、昭和二十一年三月三十日の夕刻、リバティ船にて博多港に上陸、除隊致しました。無事に復員致しましたこと、取り急ぎお知らせします。

花冷えの季節、体調をくずされませんよう、くれぐれもご自愛ください。

敬具》

本当はもっと書きたいことがたくさんあった。だが、朝子が両親と暮らしている深川区には、昭和二十年三月十日の大空襲で爆撃初弾が投下され、区内は焦土と化したと聞いている。一家が無事かどうか分からない。

いや、一家が無事であったとしても、上野公園の不忍池のほとりを二人でそぞろ歩いたのは、昭和十七年の晩夏のことだ。あのとき二十二歳だった朝子は、今年もう二十六歳になる。朝子はすでに誰かに嫁いだかもしれない。もしそうであれば、余計なことを書いたら大変な迷惑がかかる。そう思うと、これ以上のことは一行も書けなかった。

○

四月八日、月曜日の朝八時、隆作は国民服のズボンにアイロンをかけて身なりを整え、磨き上げた革靴を履いて、かつての職場の中央電信局に向かった。前日には床屋でさっぱりと散髪もすませていた。電車賃を節約するため、最寄りの中目黒駅ではなく、三十分ほど歩いて恵比寿駅まで行く。

ホームでしばらく待っていると、山手線の電車が入ってきた。通勤時間帯のため乗客はすし詰め状態だったが、一等車を示す白い帯が車体の腹に引かれた先頭車両だけがひどく空いている。それは進駐軍の専用車両だった。アメリカ兵が煙草をくわえて悠然と座席に腰かけている。隆作はそんな光景に唖然としつつ、電車に乗り込んだ。

なんということか……。日本軍は中国大陸の大きな都市を次々と占領し、街路を我が物顔で歩き、農民から食糧を根こそぎ調達した。隆作は農民から恨めしそうな目で見られても、きちんと軍票で買い取っているのだからと思い、良心が痛むことはなかった。

だが、それは戦勝者の驕りだったのだ。一等車の座席でゆったりと足を組み、うまそうに煙草をくゆらせるアメリカ兵を見て、そのことをつくづく思い知った。

隆作はほとんど身動きできぬまま、割れたガラス窓から吹き込む砂ぼこりに耐えていたが、三十分ほどで東京駅に着くと、満員の客たちと共にホームに吐き出された。

空襲で被弾した駅舎は、復旧工事の真最中だった。二階建ての天井まで巨大な足場が組まれている。膨大な数の作業員が働いているが、完成まではまだ相当の年月を要するように見えた。

駅前には数台の人力車が客待ちをしていた。隆作はその脇を通りすぎ、神田方面へと歩いていく。人通りの多い街路には靴みがきの子どもや、裸足の浮浪児たちがたむろしている。路上でシケモクを吸っている子どもたちは中国大陸でもよく見かけたが、目の前にいるのは日本の子どもたちだった。米軍のジープが警笛を鳴らしながら、子どもたちのすぐそばを猛スピードで走り抜けていく。

まもなく中央電信局の懐かしいビルが見えてきた。空襲に備えて屋上と外壁をコンクリートで固めたため、日本のモダニズム建築の代表例と言われた洒落たビルは無骨な姿に変わり果てていたが、万全な補強工事が奏功したのだろう。五階建てのビルは焼けずに残っていた。

表門の前には、肩に小銃をかけた進駐軍の歩哨が立っていた。年の頃はまだ二十歳を少しすぎたばかりに見える。隆作は彼の前で足を止め、軽く一礼した。

「自分は四年前まで電信局の職員でありました。本日は復員した旨、報告に参りました」

歩哨は日本語をまったく理解できないのだろう。チュウインガムを嚙みながら、英語で何か言った。〝Ｓｈｏｗ ｍｅ……〟以外は聞き取れない。

戸惑っていると、職員が次々とやってきた。誰もが軍服や国民服、戦闘帽に軍靴という恰好だった。彼らは歩哨に職員証を提示して、足早にビルに入っていく。

隆作は一人の年配の職員に声をかけて事情を話した。その職員が身振り手振りで通訳してくれた。そのおかげで門をくぐることができたのだった。

職員に礼を言い、ビルに足を踏み入れた途端、息を呑んだ。壁が剥がれ落ち、通路もひび割れて、照明も薄暗い。四年間の戦争のあいだに建物の内部はすっかり荒れ果てていた。

通路では何人もの職員とすれ違った。隆作はかつての同僚や先輩と出くわすことを期待したが、見知らぬ男たちばかりだった。しかも部署の配置もずいぶん変わっていた。

受付配達課、内信課、外信課、監査課と進んでいった先に〈連合軍駐留官室〉と表示された部屋があった。米軍将校がここで通信の検閲を行っているのだった。

散々迷った末に、やっと探し当てた庶務課は三階のいちばん奥にあった。

「ご用件を伺います」と女性職員がカウンター越しに言った。

隆作は軍隊手帳の除隊証明を提示して、復職を望んでいる旨を手短に伝えた。

「えーと、盛田隆作さん、昭和十五年度の入局ですね」

女性職員は入局年度別の職員名簿を指でたどり、名前を確認してから顔を上げた。

「復員された皆さまに関しては、戦傷病等の問題がなければ、面接試験を受けていただいた上で、再雇用の手続きをさせていただいております」

「ああ、そうですか。よかった。ありがとうございます」

隆作は安堵の笑みを浮かべたが、女性職員はちょっと困った顔になった。

「ただしですね、盛田さん、再雇用の手続きは三月末でいったん締め切らせていただいたんです。秋にはまた採用を開始する予定ですので、それまでお待ちいただければ」

秋とは具体的に？　と隆作は訊こうとして虚しくなり、庶務課を後にした。

再雇用が九月だとすれば、それまでの五ヶ月間のつなぎの仕事を見つけなければならないが、一体どうしたらいいのか。出口に向かってぼんやり歩いていると、「おっ、盛田じゃないか」と背後から声をかけられた。

振り向くと、かつての同僚だった。佐野勝人という名前をかろうじて覚えている。飄々として捉えどころのない男だったが、顔見知りに会えて陰鬱な気持ちが少しだけ晴れた。

「復員したんだな。うん、よかった。またいっしょに働けるな」

佐野は握手を求めてきた。隆作はその手を握り、庶務課の対応について説明した。

「そうか。俺は二月に復員したから間に合ったが……」

佐野は手を握りしめたまま、慰めの言葉を探しているように見えたが、うん、と小さくうなずくと、「俺と組んで仕事しないか」と小声で言った。

「仕事？」

「ちょうど相棒を探していたところなんだ。悪い話じゃない。けっこうな稼ぎになる。でも、ここじゃ話しにくい」

隆作は手帳のページを一枚破り、電話番号を書いて差し出した。

「いつでもいいから、連絡してくれ」

「そうか。盛田の実家は町会の集会所だったな。近いうち連絡するよ」

佐野はニヤッと笑い、隆作の肩をポンと叩いて去っていった。

そういえば、佐野は徹夜勤務のあとに休憩室で、よく仲間を集めて花札を引いて小遣い稼ぎをしていたものだ。隆作は遠ざかっていく佐野の後ろ姿を見ながら、どんな仕事なのか分からないが、少し用心してかかる必要があると思った。

中央電信局を出て、東京駅に向かいかけたが、すぐに家に戻る気もしない。隆作は神田方向に踵を返し、線路沿いの露店を少し覗いてみることにした。

東京駅から神田駅南口までの高架橋は、明治時代に作られた煉瓦アーチ式で、線路下には飲み食いさせる店が延々と連なっているが、神田駅の北側に出てみると、ラジオの部品を扱う露店が所狭しと並んでいた。須田町のこの界隈には戦前から電気関係の問屋が集まっていたのだ。隆作は中古の無線機材を豊富に取り揃えている店の前で足を止め、店主に声をかけた。

「珍しいものがずいぶん沢山ありますね。しかもどれもきちんと整備されている。よくこれだけ集めましたね」

「そうさな」と額の禿げ上がった小太りの店主が言った。「千葉の旧軍施設から出た電気部品が流れてきてね」

「千葉というと、船橋(ふなばし)に海軍の無線電信所がありましたが」

「おお、そこだよ。まさにそこ。行田(ぎょうだ)無線の放出品だ。真珠湾攻撃部隊に〈ニイタカヤマノボレ一二〇八(ヒトフタマルハチ)〉の電文を送信したことで有名な、あの行田の無線塔」

「こんな手回し式の発電機まであるんですね」

隆作が思わずハンドルに軽く手をかけると、「あんた、通信隊？」と店主が訊いた。

「九四式三号甲無線機を使っておりました」

「師団通信隊用、有効距離八十キロの普及品だな」

「ええ、師団司令部および独立旅団司令部と所属部隊間の通信で使用しました」

「在庫はないが、近いうちに入荷するかもしれないぞ」

「なるほど。でも、もう使うあてもないので」

店主はチッと舌打ちをした。

「なんだよ、冷やかしかい」

隆作は首をすくめ、「失礼します」と頭を下げて店を去った。

神田駅の改札を通り、山手線に乗る。時刻は午前十時半すぎで、車内はもうさほど混んでいない。隆作は吊り革に手をかけ、目を閉じた。

川島朝子からまだ返事は来ない。一週間前に速達で出したのだが、電話もかかってこない。宛先不明で戻ってこないということは、無事に届いたのだろう。いや、それだけ郵便事情が悪くなっているのかもしれない。いっそ深川区の住所を訪ねてみようか。ふたたび東京駅に戻ってきたとき、ふとそんな考えが頭をよぎったが、結局、電車を降りることはなかった。自分にとっては忘れられない初恋の人だが、朝子は千人針を贈ったことさえ覚えていないかもしれない。

帰宅すると、玄関に見慣れない女性のパンプスが揃えてあった。

上がり框で軍靴を脱いでいると、母があわてた様子で階段を下りてきた。

「お客さんがお待ちだよ。品川さんという方」

隆作は一瞬首をひねったが、すぐに思い出した。品川ナツ江にちがいない。

「もう一時間もお待ちだよ。上は散らかってるから、下で待ってもらっている」

下と呼んでいるのは集会所のことだ。管理人が私用で使うことは禁じられているが、来客用の部屋がないので仕方なかった。

いや、そんなことより、高嶺秀雄の消息(しょうそく)を知りたくて、ナツ江はわざわざやってきたのだろう。いったいどう答えたらいいのか。隆作は困惑した。じつは秀雄の実家にも手紙を書こうとしたのだった。でも、息子の安否(あんぴ)を尋ねる手紙を受け取る親の気持ちを考えて、どうしても書けなかったのだ。だから戦死の公報が親元に届いたのかどうか、まだ確かめてはいなかった。

引き戸を開けると、十八畳の広さの集会所の隅に置かれた会議用の座卓の前で、一人の女性が所在なげに正座している。

「お待たせしました」と声をかけると、ナツ江が顔を上げた。

「あ、品川さん、品川ナツ江さん、お久しぶりです」

懐かしさのあまり、隆作は名前を連呼してしまった。

「大変ごぶさたしております。お会いしたのは昭和十七年の五月ですから、もう四年も前になりますね」

「はい、あの日は本当に楽しかった。今でもよく覚えております」

母が急須と湯飲みを持って入ってきた。そして二つの湯飲みに熱い茶を入れ、冷めてしまったナツ江の茶を下げると、「ごゆっくり」と言って、部屋から出ていった。

「ところで」と隆作は茶を一口飲んでから言った。「今日はどんなご用件で」

「はい」とナツ江は答え、背筋を伸ばした。「盛田さんからお手紙が届いたと、川島朝子さんのお母さまから連絡をいただきまして、朝子さんについてご報告に上がりました」

隆作は息を呑み、ナツ江の顔を見つめた。

「朝子さんは昭和十八年三月に召集されて、四月に満州、延吉の陸軍病院に看護婦として勤務しました」

「朝子さんが従軍看護婦に……」

「はい、盛田さんが出征されて二ヶ月後のことですから、満州に行けば隆作さんに会えるかもしれないと、朝子さんは笑顔で言っていました」

隆作は言葉を失い、ナツ江の話にただ聞き入った。

陸軍病院には、毎日トラックで沢山の負傷兵が運ばれてくる。瀕死の重傷を負った兵隊さんを夜の目も寝ずに看病して、快復したときは本当に嬉しいけれど、ふたたび前線へ送り出さなければならない。それがとってもつらい。毎日手術が行われて、毎日何人も亡くなり、毎日凍土を掘って埋葬する。内地の病院とあまりに環境が違うので、面食らうことばかりだが、でも、丘の上にある病院に戦火は届かないので、どうぞ安心してください。

両親に届いた一通目の手紙には、そのようなことが書かれていたという。

六月から八月にかけて、春と夏と秋の花がいっせいに咲き乱れます。今日はアヤメとキキョウを両手いっぱいに摘んで、兵隊さんの枕元に飾りました、と一枚の写真が添えられて二通目の手紙が届き、満州は冬が長くて零下三十度まで下がるので、徹夜の看護にペチカの当番が加わるととても大変です、と近況を伝える三通目の手紙が届いたが、四通目が届くことはなかった。

「寒さと食糧不足で体力を奪われた兵隊が、次々に発疹チフスに罹患していく中で、朝子さんも感染してしまったんです。朝子さんはブドウ糖を混ぜた栄養剤を自らに注射しながら、傷病兵の看護にあたるなど、最後まで生きる希望を持ち続けたと、ご両親に報告にいらした婦長さんがおっしゃっていたそうです」

ナツ江はそう言って巾着袋から一枚の写真を取り出し、座卓にそっと置いた。

「朝子さんのお母さまが二枚焼き増ししてくださいました。盛田さんもよろしければ受け取ってください」

隆作はその写真を手に取った。男のように髪を短くして制服を着た朝子が、陸軍病院の正門前に立ち、両手に花を抱えてまっすぐにこちらを見ている。

「亡くなられたのは」と隆作は写真から目を離さずに訊いた。

「昭和十九年三月二十四日とのことです」

「本当にその日だったんですね」

「はい、写真の裏に書き添えておきました」

ナツ江に言われて、写真を裏返すと、〈川島朝子、昭和十九年三月二十四日没、享年二十三〉と小さく万年筆で書いてある。

突然、出動命令が下ったのは、まさにその日の夜だった。部隊全員が完全武装をして錦県駅に向かい、軍用列車に乗り込んだ。鮮烈に覚えている。

なんという偶然だろう。隆作は鼻先につんと込み上げてくるものを堪えた。

「じつはその日、私は作戦に参加するため、初年兵教育を受けた満州の駐屯地を出発したんです。それから中国大陸を延々と何千キロも行軍することになりました。朝子さんの千人針のおかげで、こうして生きて内地に帰ることができたんです」

「私も一針縫わせていただきました。盛田さんのご出征の日が近づいても、なかなか千人分集まらなくて、両国国技館の前にいっしょに立って、女性客に一針ずつお願いしたんですよ。その日だけで百人分ほど集まりました」

その日、両国国技館の前で、朝子とナツ江がどんな話をしたのか。朝子はどんな気持ちで千人針を贈ってくれたのか。隆作はそれを知りたいと思ったが、今さら聞いても詮無い(せんな)ことだった。

「でも、一時期、お二人は同じ満州にいらしたんですね。盛田さんがお怪我でもなされば、陸軍病院で朝子さんと再会して、献身的な看護をしていただけたかもしれませんね」

ナツ江はそう言って、集会所の柱時計に目をやった。

「そろそろお暇(いとま)します。お昼の用意をしなければなりませんので」

「ご丁寧にお知らせくださり、ありがとうございました」

隆作は礼を言って、ナツ江を玄関まで見送った。高嶺秀雄とは、その満州の駐屯地で再会したんです、と言いたかったが、秀雄の消息について自分から話すのは憚られる。

「ナツ江さんも深川区でしたよね。この近辺は幸いにして空襲の被災を免れましたが」

「ええ、焼けた家もようやく建て直して、両親と兄夫婦が暮らしております」

ナツ江はパンプスを履くと、そう言ってにっこり笑った。

「ナツ江さんは？」と隆作は思わず訊いた。

「はい、私は二年前に嫁ぎまして、それを機に電信局も退職しました。荏原区ですからここから近いんですよ。では失礼します」

ナツ江は会釈をして去っていった。隆作はその軽やかな足取りを見て、秀雄の話を口にしなくてよかったと思った。

朝子と秀雄は亡くなり、ナツ江と自分は生き延びた。いったい何が運命を分けたのか。隆作は玄関先で立ち尽くし、しばらく考えてみたが、答えなどあるはずもない。

もしかしたらナツ江は、結婚した身でありながら秀雄の消息を気にかけている自分に戸惑って、秀雄のことを一言も口にしなかったのかもしれない。隆作はそう思ったが、戦争がすべての人間関係を奪ったのだから、人の気持ちを詮索（せんさく）することは控えなければならない、とすぐに思い直した。

二階の部屋に上がり、一冊のアルバムを取り出した。秀雄と二人で写った写真が一枚だけある。逓信講習所の卒業記念に写真館で撮ったものだ。二人とも詰め襟の学生服姿で緊張気味に写っている。隆作はその隣に制服姿の朝子の写真を貼った。そしてアルバムに両手を合わせ、二人の冥福を祈った。

中央電信局の秋の募集までのつなぎの仕事を探さなければならないが、いくら新聞の求人欄を見ても、通信士の募集はない。隆作は鬱々として日々をすごしたが、次の日曜日、佐野勝人から連絡が入り、夕暮れに有楽町で落ち合った。

有楽町にはＧＨＱの庁舎があり、周辺の焼け残ったビルには日本人立ち入り禁止のクラブやキャバレーが入っている。佐野はそんな界隈の闇酒を飲ませるガード下の飲み屋に隆作を案内した。

「担ぎ屋をやらないか」と佐野は小声で言った。国鉄職員の知り合いから、精勤乗車証を安値で買い取ったのだという。それは職員の帰省や旅行などの福利厚生を目的に発行されるもので、国鉄全線五日間有効の乗車証が二枚あった。

「つまり闇屋か」と隆作は言った。

「ああ、明け番の日に担ぎ屋をやってる国鉄職員は多いよ。まともに電車賃払ったら稼ぎなんて吹っ飛ぶからな」

「でも、食糧管理法違反だよな」

「まあ、運が悪けりゃ、列車の中で取り締まりに引っかかって没収されるが、警察だって没収した闇米を横流ししてるって話だぜ。そもそも闇米を買って食わなければ、飢え死にするようなご時世で、食管法違反もないだろ」

隆作はうなずき、一つだけ気になっていたことを訊いた。

「でも、なぜ俺に声をかけた」

「うん、そこだ」と佐野は少し前屈みになった。「軍資金が必要なんだ。米の仕入れ代五百円、半分ずつ負担しないか？　軍隊の俸給を貯めこんでいても、インフレで目減りする一方だ。うまく使った方がいい」

「なんだか俺の預金額まで知っているような口ぶりだな」

隆作は苦笑しながらも、佐野の誘いに乗ることにした。毎日、工場から疲れ果てて帰ってくる英介を目の当たりにして、家でぶらぶらしていることに耐えられなかったからだ。

さっそく翌週、佐野の非番の日に、空の背嚢を担いで仙台まで行き、農家から米を仕入れて、上野駅のガード下にある闇物資交換所に持ち込んだ。

一升五十円で仕入れた米を、百二十円で買い取ってくれる。闇米屋はそれをさらに二百円で売りさばくのだが、背嚢に米を五升ずつ詰めて運んだだけで七百円の儲けになった。そこから乗車証の費用など経費を引いて二人で山分けする。一往復するだけで三百円ほどの稼ぎになった。ちなみに佐野の月給は四百八十円だった。

それから上野と仙台を三往復して、さらに九百円ほど稼いだところで、隆作は担ぎ屋の仕事から足を洗うことにした。栃木の西那須野駅で多数の国鉄職員が食管法違反に問われる事件が起き、新聞がこれを大きく報じたことで、精勤乗車証を入手しづらくなったこともある。

だが、いちばんの理由は、中央気象台が通信士を募集していることを知ったからだった。採用されれば運輸省管轄の国家公務員になれる。あえて危険な担ぎ屋を続けるほど、隆作は無謀ではなかった。

中央気象台は皇居の濠端にあり、中央電信局より徒歩で数分の距離にある。採用試験は五月半ばの二日間にわたって、筆記試験と技能試験、さらに面接試験が行われ、隆作は無事に合格し、六月一日付で中央気象台電信課に奉職することになった。当時は通信士が払底していたため、技能試験の成績が最重視され、聴力検査などの厳格な身体検査が行われなかったことが幸いしたのだった。

隆作は胸を撫で下ろしたが、三交替制のハードな勤務を始めて三ヶ月も経つうちに、右耳の聴力が急速に失われていき、業務に支障をきたすようになった。

通信機器の騒音の中で作業をしていると、右側に位置する音響回線に喚呼されていることに気づかず、同僚から注意を受ける。そんなことが頻繁に起き、上司から耳鼻科を受診するよう勧められて、隆作は中央気象台職員の指定病院である東京鉄道病院の耳鼻科を受診した。それは昭和二十一年九月十三日のことだった。

16

昭和二十一年九月三十日付で、美代子は看護婦養成所を卒業することになった。養成期間が半年も短縮されたのは、看護婦不足に対処するための国の緊急施策の一環だった。

それというのも、敗戦後、劣悪な生活条件下におかれた人びとは栄養失調により各種疾病に罹患し、その数は増加の一途をたどるばかりだった。加えて続々と内地に帰還してくる引揚者、軍人、軍属には戦傷病者が少なくない。しかし、東京都内の病院の多くが空襲で被災して、ほとんど診療能力を失っていた。そのため東京鉄道病院には、早朝から患者の長蛇の列ができ、待合室は終日患者でごったがえした。

だが、卒業を半年繰り上げても、診療を求めて殺到する人びとに病院は十分に対応できない。それで苦肉の策として、九月一日付で早々と各科に配属されたのだった。

美代子とムツは同じ耳鼻咽喉科で、ミサは皮膚科だった。耳鼻咽喉科は患者数が突出して多く、朝から晩まで目の回るような忙しさだったし、皮膚科はヒゼンダニで受診する患者が多いため、看護婦は疥癬に感染しないように注意を払わなければならない。

それぞれが慣れない仕事に四苦八苦しながら最初の二週間がすぎて、外来が休診の九月十五日、日曜日の昼下がり、三人で揃って新橋の街に繰り出した。

お目当ては八月に開店したばかりの喫茶と甘味の店「アマンド」だった。ミサが皮膚科の先輩看護婦から聞いた話によれば、店名は甘人に由来しており、闇市から調達した薄力粉やバターや卵や牛乳を使った自家製のシュークリームが絶品だという。

三円四十銭の大瓶ビールと比べても、シュークリームとコーヒーのセット五円はとても高価だったが、それは自分たちへの贅沢なご褒美だった。

新橋駅を降りて、三百軒近い露店が連なる闇市「新生マーケット」を通りすぎたところにアマンドはあった。一階で従業員が洋菓子を作り、二階が喫茶室になっている。

美代子はそのシュークリームを一口食べて、思わず感嘆の声を上げた。

「うんまい！　なんか夢みたい」

「大げさねえ」とミサは苦笑したが、やはり一口食べただけで「なにこれ」とつぶやき、陶然（とうぜん）とした面持ちになった。

「ああ、おいしい」とムツもうっとりと目を閉じ、「昭子さん、あと半年辛抱（しんぼう）すればよかったのにね」とため息まじりに続けた。

「ほんとにね」と美代子も同意した。「見習当直もずいぶん頑張っていたのに」

昭子は二年生に進級せずに、藤沢市の実家に戻ったのだった。先日、見合いをして結婚することになった、と三人宛てに手紙が届いたばかりだった。

だが、辞めたのは昭子だけではない。この一年ほどの間に十二名の同級生が、厳しい授業や講堂での雑魚寝生活に音（ね）を上げて次々と去っていった。

「昭子の場合、辛抱が足りないというより、東京の水が合わなかったんじゃないかな」

ミサがコーヒーに砂糖を入れて、くるくるかき回しながらそう言った。

「東京の水、ですか？」と美代子は訊いた。

「美代ちゃんも私も、新宿や上野の露店を覗いて歩くのが好きじゃない。でも、昭子は怖がってばかりで、ほとんど近づかなかった」

ミサの説明にムツは少し口をとがらせた。

「そういうのを東京の水って言うんですか」

ミサはムツと美代子の顔を交互に見て、少し考えてから口を開いた。

「うーん、もうちょっと言うとね。メーデーの日、宮城前広場に五十万人の労働者が集まったというでしょう？　あの日、新宿駅前で信号待ちをしていたとき、トラックが赤い組合旗を立てて何台も何台も甲州街道を走っていくのを見て、ああ、私も参加したいな、と思ったの。自分も権利要求の大きな渦の中に入っていきたいと。そういう意味で、私には東京の水が合っていると思う。でも、昭子はそういう熱狂や興奮から遠く離れて、生まれ故郷で静かに暮らしたいと思ったんじゃないかな」

「じゃあ、私も合わないな、東京の水」とムツが即座に言った。「ネッカチーフかぶって、長いスカートにハイヒール、腕にはハンドバッグ。そんな恰好でガード下にたむろしてる人たちを見ると、本当に悲しくなる。この病院は好きだけど、看護婦の仕事は続けたいけど、でも、東京は好きじゃない」

「ムっちゃん、でも、生きていくための手段がそれしかない人を蔑むのはよくないと思うよ。自分だっていつそういう境遇に落ち込むか、分かりはしないんだから」

「ミサさん、私は蔑んでなんかいないよ。何もかも戦争のせいって思うけど、でも、あの人たちを見ると、見てはいけない母親の姿を見てしまったような気持ちになって……。昭子さんは辛抱が足りなかったみたいなこと、さっきは言ってしまったけど、でも、こんな世の中だからこそ、家族を作りたい、家族に守られたい気持ちはよく分かる。だから私も昭子さんのように、いつか田舎に帰ってお見合いしてお嫁さんになりたい」

最近、ムツは自分の意見をはっきりと言うようになったし、闇市で手に入れた口紅を薄く引いたりして、十五歳と思えないほど急に大人っぽくなった。美代子がそのことに感心していると、「美代ちゃんは？」とムツが訊いてきた。

「私は東京でずっと看護婦の仕事を続けたいな。もちろん弟や妹のために頑張って仕送りしなくちゃいけないけど、栃木ではこんなに自由に勉強できないし、できたらもっと看護の勉強を続けたいし。だから田舎に帰るなんて考えたこともないな」

「まあ、確かにね」とムツがコーヒーを一口飲んで言った。「銚子に帰ってお見合いするといっても、いくら旦那さんがやさしくても、網元じゃない漁師の家に嫁いだら苦労するだけだし、金曜日の患者さんみたいに垢ぬけた男の人、銚子にはまずいないからね」

「金曜日の？」と美代子は訊いた。

「だから、ほら、あの気象台の人」とムツが秘密めかした笑みを浮かべた。

「ああ、気象台の」

美代子が小さくうなずくと、ミサが興味津々の顔で訊いてきた。

「えっ、なによ、その人」

「おとといの金曜日にね」とムツがテーブル越しに身を乗り出した。「初診で来院された患者さん、俳優さんみたいだったの」

「俳優って、たとえば誰」

「上原謙かな」

「愛染かつらの？」

「それは知らないけど、俳優で名前を知ってるのは、上原謙と長谷川一夫ぐらいだし」

「なんだ、ムっちゃん、いい加減なんだから」

二人の会話を聞きながら、美代子は気象台に勤務しているという患者の顔を思い浮かべた。病院を受診する復員兵は日に焼けてがっしりとした身体つきの男たちが多かったが、背がすらっと高くて、指もほっそり長く、髪もきちんと整えられていた。

「美代ちゃんもそう思った？」とミサが訊いた。

「確かに色白でおしゃれな感じの人で、三年間も兵役についた人のようには見えなかったけど、戦地で耳を負傷して難聴の症状があって、検査に来られたの」

「被弾したの？」とミサに訊かれて、ううん、と美代子は首を横に振った。

「患者さんは通信兵でね。中国大陸を行軍しながら、来る日も来る日も無線機で交信しているうちに、ある日突然、両耳とも聞こえなくなったとおっしゃっていた。一週間ほどで片耳は回復したけど、もう片方は今でも聞こえづらいと」

「えっ、美代ちゃん」とムツが驚いた顔で言った。「いつのまにそんな話をしたの？」

「違うわよ。盛田さん、気象台でも通信の仕事をしていらっしゃるんだけど、戦地で難聴の症状が出てから現在までの経過を便箋に何枚も書いてきて、仕事に支障が出ないように少しでも聴力の回復を図りたいとおっしゃっているのに、先生は便箋にちらっとしか目を通さないから、とっても申し訳ない気がして……」

「へえー、名前もしっかり覚えてるのね」

ミサがコーヒーカップを口につけたまま、意味ありげに美代子の顔を見た。

「ミサさんまで、なんですか。お持ちになった軍医による罹患証明書、先生に頼まれて青焼きしたから、覚えてるだけですよ」

「そういえばあの人、美代ちゃんのこと、じっと見つめていたね」

ムツもミサを真似てコーヒーカップを手に、意味ありげに美代子の顔を見た。

「嘘よ、そんなの」と美代子は言った。

「でも、どこの病院でも、患者さんに見初められて結婚する看護婦は多いって聞くわよ」

ミサの言葉にムツが少し前屈みになった。

「そうなんですか？　田舎に帰るのはしばらくやめておこうかな」

「現金ねえ。外来より入院患者の方が可能性は高いって」

「お医者さまと看護婦は？」

「まあ、悲恋に終わるだろうね。大体において看護婦の社会的身分が低すぎる」

「ミサさんの話は、すぐそっちの方に行くからついていけない」

「そっちの方？」

「社会的身分とか、労働者階級とか」

ふたりの話に入っていけず、ぼんやりしていると、ミサが真顔で訊いてきた。

「もし結婚申し込まれたら？」

「やだ、まだ十六ですよ。ミサさんは結婚、考えてるんですか？」

美代子はそう言い返しながらも、くすぐったい気持ちになった。

「先月、十九歳の誕生日を迎えて、母親に言われたの。私はあなたの歳に結婚した。あなたもそろそろ料理や裁縫を習わないとねって。でもねえ、相手がいないんじゃ現実感ないし、それ以前に闇市で物資を買い揃えないと、料理も裁縫もできないけど、そんなお金はどこにもないし、やっと看護婦の仕事に就いたばかりだしね。三年ぐらい働いてから考えることになるのかな、結婚して相手の家に入るのは」

「結婚したら、看護婦辞めるんですか？」と美代子は少し驚いて訊いた。

「相手次第だよね」

「相手次第」と美代子は思わずくりかえした。

「なに?」とミサが首をかしげたので、美代子は考えていることを口にした。

「結婚して看護婦を辞めなければならないなら、私は結婚より看護婦を選ぶと思います」

「へえ、美代ちゃんって、徹底して職業婦人志向なんだ?」

ミサは感心したように目を瞬き、それからきっぱりと言った。

「私なんかより、もっとずっと東京の水が合うみたいね」

徹底して職業婦人志向、とミサに言われると、確かに私はそういう生き方を望んでいるのかもしれない、と美代子は自分の心の中の未知の世界を覗き見るような厳かな気持ちになったが、いずれにしても耳鼻咽喉科に配属されたばかりで、仕事以外のことはほとんど何も考えられず、「もし結婚申し込まれたら?」というミサの質問にはまったく現実感がなかった。

○

「突発性難聴ですね」と担当医は初診の際、盛田隆作に語りかけた。「鼓膜が炎症を起こして、軟骨に癒着した可能性が高い。しかしながら、症状が出てからすでに一年と三ヶ月が経過しています。回復は極めて困難だと思いますが、耳管通気によって鼓膜を元に戻す方法を一応試してみる価値はありますね」

回復は極めて困難、と冷酷に言い放つ医師に、美代子は目を瞠ったが、よろしくお願いします、と隆作は深々と頭を下げ、それ以来、定期的に通院して耳管通気による治療を受けることになった。

「鼻の中に窮屈な感じ、異物感があると思いますが、痛みはありませんから。管がスムーズに入っていくようにリラックスして、身体は動かさずに」

医師は隆作の鼻腔に少しずつ管を通していき、鼻から耳側に空気を送り込んだ。隆作はきつく目を閉じ、眉根を寄せ、うめき声を押し殺している。美代子は傍らで治療の補助をしながら、懸命に痛みに耐える隆作を見守った。

医師は治療を中断し、「そんなに痛いですか?」と声をかけた。

「はい」と隆作は吐息のような声で答えた。目にはうっすらと涙を浮かべている。

「あなたの場合、鼻腔が湾曲していて管の通りが悪い。耳管通気には不向きです。でも、効果がまったくないわけではありません。どうしましょう。やめますか? 続けますか?」

「続けてください」と隆作は目を閉じたまま小声で答えた。

医師は通気治療を続けた。隆作は顔を少し上向け、両膝の上に置いた握り拳を震わせながら痛みに耐え続ける。あまりにもつらそうで、美代子は顔をそむけたくなるほどだったが、五分ほどで治療を終えると、隆作を隣の検査室に案内した。

聴力検査は看護婦の仕事だった。美代子は先輩看護婦の補助をしながら、手帳にメモをとり、器具の種類や操作手順を必死に覚えた。検査は単に聞こえるか、聞こえないかだけではなく、音を伝えるどの部分に問題があるのか、原因を突き止める必要がある。検査によって使用する器具や装置も異なるので、機械の扱いに慣れるとともに、検査結果を正確に読み取れるようにならなければならない。美代子の緊張は片時も途切れることがなかった。

検査結果が出ると、看護婦は診察室の医師に声をかける。医師は次の患者の治療に当たっているが、その手を一旦休めて、検査室に顔を見せ、結果に目をやる。

「わずかではありますが、通気の効果が出ていますね。まあ、おつらいでしょうが、しばらく治療を続けましょう」

「先生、どうもありがとうございました」

隆作は一礼して、目頭(めがしら)を赤くしたまま検査室を出ていく。

「どうぞお大事になさってください」

美代子は隆作に声をかけると、待合室のドアを開け、次の患者の名前を呼ぶ。

診察室に入ってきたのは、母親に手を引かれた三歳ぐらいの男児だった。治療中に怖がって動くと、大変危険な事態を招くこともある。だから治療中の子どもをじっとさせることも、看護婦の重要な仕事だった。

美代子は母親の協力を得て、男児の頭が動かないようにしっかりと保定し続けた。泣き出す子どもがいれば、子どもが機嫌（きげん）を直すまで、あの手この手でなだめる。

「きみは子どもの扱いに慣れてるね」

「稲村さん、すごい。子どもがピタッと泣き止んだ。何か秘訣（ひけつ）でもあるの？」

「いつもぐずって大変なのに、お陰様で今日はおとなしくしていてくれて助かりました」

医師や看護婦に褒められ、子どもの親に礼を言われ、美代子は照れ臭い思いをしたが、

「私がまだ子どもだから、子どもと気が合うんじゃないですか」とそのたびに答えながら、赤ん坊の幸子をおぶって高等小学校の授業を受けた日々を懐かしく思い出した。

授業を終えて家に帰ると、弟の和幸に幸子の世話をまかせて夕飯の支度をしながら、父が裏山の蛇取りから、母が行商の仕事から、それぞれ帰ってくるのを待った。

あれからまだ二年も経っていないのに、こうして東京の大きな病院で働いていると、故郷ですごした子ども時代が、はるか昔の出来事のように思えてくる。まるで二年近く旅を

続けてきて、遠い土地へたどり着いたような気さえするのだった。もちろん故郷が恋しくなることはあるが、十六歳の美代子にとって東京の生活は、毎日が旅の途上のように新鮮な発見の連続だった。

耳鼻咽喉科の特徴は子どもの来院が多いことだが、難聴などで訪れる高齢の患者も同じように多いので、治療内容や補聴器の調整の仕方など、お年寄りにできるだけ分かりやすく説明することも看護婦の大切な仕事だった。

それに加えて、個人経営の耳鼻科医院と違って、東京鉄道病院では、口腔や咽喉にポリープや癌が見つかれば、手術が行われる。美代子はまだ腫瘍手術の介助には入れなかったが、入院患者の看護や、術後に通常の生活に戻るためのリハビリの手伝いをした。

そうして診療器具の準備、診察の介助から、注射、点滴、採血、吸入器など器具利用の指導や手助けまで、少しずつ慣れていき、盛田隆作が通院し始めて二ヶ月ほど経った頃には、先輩看護婦の指導なしに、美代子が聴力検査をするようになった。

「盛田さん、耳鳴りや眩暈は、どうですか?」

美代子は検査装置の電源を入れ、隆作に声をかけた。

「ええ、夜勤のときなど、明け方になると、耳鳴りがひどくて仕事になりません。非番の日や、今日のような公休日は、耳鳴りも眩暈もしないんですが……」

つらい治療を終えたばかりの隆作は、まだ少し潤んだままの目で美代子をじっと見つめて答える。

隆作は話す相手が誰であっても、正面から相手の目をきちんと見て話す人なのだろうとは思うものの、隆作に見つめられると、心臓がキュッとなってしまう。

「風邪を引いたときや、過重労働で体力的な疲れがあると発症しやすくなりますからね。なるべく無理はなさらないように」

美代子はそう言いながらも、隆作の視線から逃げるようにうつむいてしまった。

というのも、以前、待合室で順番を待つ隆作の姿をミサがわざわざ見に来て、「あれが噂の彼ね。美代ちゃんを口説くなんて朝飯前って顔をしている。東京の男には気をつけなさいよ」と耳元でささやいた。その言葉を急に思い出したからだった。

「稲村さん、ぼくもそうしたいんですが、無線機での交信業務はなにぶん相手がいるものなので、こちらが勝手に中断して休憩をとるわけにもいかないんです」

「でも、盛田さん、三十分に一度、三分でもいいので、耳を休ませてください。右耳をかばって左耳を酷使すると、耳鳴りの原因にもなりますから」

「分かりました。そうします」

隆作は美代子を見つめ、思いがけずあっさりと言った。

隆作は二十四歳だった。十六歳の美代子にとって、今までの人生の半分に当たる八年も年長の大人だったが、戦地の過酷な任務が原因で患った難聴をなんとか回復させたいと願い、担当医だけでなく看護婦になりたての自分にも頼ってくれる。そのことが美代子には嬉しかったし、身の引き締まる思いだった。

一方、東京鉄道病院の再建は着々と進み、第二外科の新設や隔離病棟の増築に続いて、昭和二十二年二月五日には、待望の看護婦寄宿舎「若竹寮」が完成した。

空襲で寮が全焼して以来、美代子たちは一年九ヶ月にわたって、臨時の寄宿舎となった講堂や病室の空きベッドで寝泊まりしてきたが、ようやく真新しい木の匂いのする二階建ての寄宿舎に入居できることになったのだ。

美代子はその新しい寮の一室で、毎晩遅くまで試験勉強に励んだ。それは日本産婆看護婦産婆部の入学試験で、合格すれば授業料が免除される。

「私は皮膚科の仕事を覚えるだけで精一杯。産婦人科への配属を希望しているの?」

ミサに訊かれたが、そうではなかった。美代子はただもっと看護の勉強をしたいだけだった。養成所の同級生のうち十二名が試験に挑戦し、美代子を含む八名が合格した。

〈お母さん、四月から産婆の学校に通うことになりました。授業料は病院が出してくれます。自分は本当に恵まれているなと思います。それに四月からお給料が少し上がります。

その分だけ仕送りも増やせると思います。楽しみにしていてくださいね〉

　美代子がそんな手紙を書いた三月半ばのある日のことだった。隆作の通気治療はすでに半年にわたっていたが、その日、治療を終えた後、担当医が言った。

「初診のときに比べれば、聴力は格段に回復しました。ですが、この一、二ヶ月の検査結果を見ると、横ばい状態です。残念ながら、これ以上の回復は望めません。本日で一旦、治療は終了としましょう」

「ありがとうございます。おかげさまで業務に支障が出ることも少なくなりました」

　隆作はそう言って椅子から腰を上げた。

「では、お大事に」と担当医が言い、診察室に戻っていく。

　静まり返った検査室で、美代子は隆作と二人だけになった。

「お世話になりました、稲村さん。下の名前をお伺いしてよろしいでしょうか」

　隆作に突然訊かれ、美代子は唾を飲み込んでから口を開いた。

「美代子です。稲村美代子と申します」

「ああ、美代子さんとおっしゃるんですね。美代子さんのおかげで、つらい治療を続けることができました。管が入っていくときの痛みには、最後まで慣れることはできませんでしたが、あなたがいつもすぐそばで一緒に痛みに耐えてくれていたから、なんとか我慢できたんです。本当にありがとう」

隆作がそう言って手を差し出した。美代子もあわてて手を差し出した。

「これからもお仕事頑張ってください」

熱を帯びたような大きな手でそっと握りしめられた。美代子はそれだけで束の間ぼんやりしてしまったが、隆作は手を離し、目礼すると、すぐに検査室を出ていった。

耳鼻咽喉科の場合、患者と顔見知りになって気軽に言葉を交わすようになっても、三週間から一ヶ月ほどで顔を見なくなる。中耳炎や鼻炎がそれぐらいの期間で完治するからだが、美代子が配属されて以来、一番長く通院した患者が隆作だった。

その意味でも、隆作がもう来院しないことに、美代子はやはり一抹のさみしさを感じたし、ミサやムツにあれこれと囃し立てられているうちに、隆作の柔らかな物腰や包容力に次第に惹かれていったのも事実だったが、四月一日付で日本産婆看護婦産婆部に入学して以降、あわただしい日々の中で、隆作を思い出すことはほとんどなくなった。

産婆部は夜間の学校で、養成期間は一年間だった。八時から五時まで病院に勤務し、六時から八時半まで神宮前の産婆学校に通う。

それが毎日続くうちに、少しずつ欠席者が増えていったが、美代子は無遅刻無欠席を続けた。美代子の若さと頑張りもさることながら、残業時間が比較的少なく、急患もめったにない耳鼻咽喉科の配属だったことが幸いしたのだった。内科や外科に勤務する看護婦は、産婆学校への通学に関して職場では配慮されていたが、それでも急患が入ったときなど、学校を休んで処置室の応援に入らざるを得なかった。

隆作がふたたび耳鼻咽喉科を受診したのは、昭和二十三年の二月のことだった。待合室で隆作の姿を一目見ただけで、美代子は心臓の鼓動の高鳴りを覚え、そんな自分にひどく驚いたものだった。

右耳の難聴が悪化し、仕事に支障をきたすようになったのだと隆作は医師に訴えた。幸運なことに、この一年で難聴治療は着実に進歩していた。医師は耳管通気の治療ではなく、ステロイドの点滴療法を試みた。これが奏功してわずか四回の治療で、業務に支障が出ない程度まで聴力が回復したのだった。

その最後の治療を終えた後、美代子は勇気を出して隆作に声をかけた。

「今度の日曜日、寮でひな祭りがあるんです。もしよければ、いらっしゃいませんか」

「ひな祭りですか」

隆作が怪訝な顔をしたので、「はい、もしよろしければ……」と美代子は消え入るような声でくりかえした。

あのとき、なぜあんなに積極的に誘ったの？　とずいぶん後になって隆作に訊かれたが、美代子は自分でもその理由がよく分からなかった。ただこれでもう二度と会えなくなると思うと急にさみしくなったのは事実だった。

当時、看護婦はすべて全寮制で、寮外からの病院通勤は認められていなかった。寮には百九十名の看護婦が寝起きしている。この女性の園にこの日だけは男性を招待して楽しいひとときをすごす。去年、新しい寮が完成してから始まった年中行事だった。

白酒を飲み、菓子を食べ、カルタ取りなどをして楽しんだ後、あちこちで会話が弾んだが、隆作はおしゃべりに加わらず、ただ静かに聞いているだけだった。あまり楽しそうには見えなかったので、無理に誘って申し訳なかったな、と美代子は思ったが、二時間ほどのひな祭りがお開きになったとき、「ああ、楽しかった」と隆作が言ったので、美代子は胸を撫で下ろすとともに、感情を外に出すのが苦手な人なのだなと思った。

それから三週間後、昭和二十三年三月末日付で、美代子は日本産婆看護婦産婆部を卒業する。四月新年度より、法的な名称が「助産婦」に改称されたので、美代子は産婆学校の最後の卒業生となった。

その卒業を待っていたように、四月に入ってすぐに隆作が寮に電話をかけてきた。電話は寮長に取り次いでもらうので、美代子は身の縮む思いだった。

「よかったら映画を観ませんか」と隆作はなんの前置きもなしに言った。

「はい」と美代子は答えたが、映画館に着ていく服がない。せっかくの誘いにモンペ姿で行くのは抵抗があった。だから「一ヶ月ほど待ってください」と美代子は言った。

「そうですか、分かりました」と隆作は理由も訊かずに承知した。

その一ヶ月の間に、美代子は闇市をいくつもめぐって生成りの布を買い、婦人服の作り方を型紙付きで掲載している婦人雑誌を貸本屋で借りてきて、境田寮長にたびたび裁縫の仕方を教わりながら、なんとかワンピースを作り上げた。

五月二日の日曜日、そのワンピースを着て、大切にしまっておいた赤いハイヒールを初めて履いて、隆作と映画を観た日のことを、美代子は生涯忘れなかった。新宿駅で待ち合わせて有楽町に行き、黒澤明監督の『酔いどれ天使』を観たのだった。

それは闇市を支配する若いやくざの三船敏郎と、貧乏な中年医者の志村喬の魂がぶつかりあう物語で、美代子は結核に侵されたやくざを必死に治療する飲んだくれの医師の姿に感激して何度も涙ぐんだが、ふと隆作を見ると、なぜか親指と人差し指の二本の指を唇に当てている。

ああ、そうか、白いスーツを着こなして気障に煙草を吸っている三船敏郎の真似をしているのか、と気づいたとき、美代子はクスクス笑ってしまった。

映画を観た後は、ミルクホールに入って牛乳とパンを食べた。映画代もミルクホール代もすべて隆作が払ってくれた。美代子はすっかり恐縮してしまったが、隆作は当然だという顔をしている。十七歳の美代子にとって、二十六歳の隆作は頼もしくて眩しかったが、同時に少し怖いような気もした。

「映画、また観ようね」と隆作は言ったが、それからしばらく映画はお預けだった。

二週間後に新宿駅で待ち合わせたとき、「ねえ、美代ちゃん、手を出して」と隆作は言うと、ポケットからキャラメル一箱を取り出し、美代子の手のひらの上に置いた。

「ごめんね、今日はこれだけ。給料、ほとんど家に入れてるから、金がないんだ」

美代子は隆作に誘われるままに山手線の車両に乗り込んだ。そして二人で並んで腰かけてキャラメルを食べた。隆作の右耳に配慮して、美代子は左側に座った。

隆作は夜勤明けなので、三時間しか仮眠をとっていないという。内回り電車で品川駅を過ぎた頃には、早くもうつらうつらし始めた。

えっ、寝ちゃうんだ？　美代子は愕然としたが、何もすることがなく、手持ち無沙汰だったので、隆作の規則的な寝息に誘われて、同じようにうつらうつらし始めた。

それからどれぐらい時間が経っただろう。ふと気づくと、隆作が美代子の手を握っていた。美代子は隆作の肩にそっともたれ、そのまま眠り続けた。

〈しんじゅくー、しんじゅくー〉

車掌の声で目を覚ますと、車窓の外はすでに日が暮れかかっていた。二人はあわてて電車から降りた。ホームの時計を見ると、三時間以上眠っていたことになる。眠ったまま、山手線を三周してしまったのだ。

急がないと、寮の夕食の時間に間に合わない。隆作は寮まで送っていくと言ったが、みんなに見られると恥ずかしいので、と美代子は断わった。隆作は残念そうな顔をしていたが、別れ際に一枚の紙を差し出し、「後で読んでください」と言った。

美代子は新宿駅の改札を抜け、寮に向かう途中、折りたたまれた便箋を広げてみた。

〈美代子さんはお月さまのようです。いいえ、けっして顔が丸いからではありません。心がやさしいからです。次の給料が入ったら、また映画を観に行きましょう〉

これだけだった。八歳上でも案外子どもっぽいな。美代子はクスッと笑った。

隆作がひどく思いつめた顔をして、栃木の実家まで駆けつけて来て、結婚を前提とした交際を申し込むのは、この二年後のことだが、二人で初めて映画を観た日とともに、キャラメルを食べながら山手線をぐるぐる回った日のことも、美代子は生涯忘れることがなかった。

17

二〇〇二年一月二十五日。

母の告別式の参列者は、予想をはるかに超えて二千人以上に達した。

受付の〈医療・介護関係〉の表示の前にできた長蛇の列を見たとき、川越市近郊の看護師や介護士のほとんどの方が駆けつけて下さったのではないか、と思ったほどだった。

母は半年前まで訪問看護ステーションで精力的に働いていたし、若い看護師を対象にした講演活動も旺盛に行っていた。加えて入院したことも、ごく限られた人にしか知らせていなかったからだろう。満面に笑みをたたえる母の遺影を見て、会葬者は口を揃えた。

「亡くなったなんて信じられない。ついこの間までお元気だったのに」

それはぼくも同じだった。葬儀社との打ち合わせや、僧侶への戒名(かいみょう)の依頼、膨大な数の関係者への連絡や、医師会会長への弔辞(ちょうじ)の依頼に始まって、会葬返礼品の選定と発注数の連絡、供花(きょうか)の配列や弔電(ちょうでん)の拝読順の決定、精進落としの参加人数の確認など、細々(こまごま)とした作業に忙殺(ぼうさつ)されて、母の死を悲しむ時間など一分たりとも持てなかったのだ。

その一方で、母の臨終(りんじゅう)から葬儀までの約四十時間にわたって、七十九歳の父は居間のソファに座って、スイッチの切れたテレビ画面を呆然と見ているだけだったし、統合失調症を患った妹は二階の自室に閉じこもったまま、結局、通夜にも告別式にも出なかった。

「昭和二十年四月一日、母は十四歳にして、栃木県茂木町から単身上京し、東京鉄道病院の看護婦養成所に入りました。東京大空襲から、わずか三週間後のことです」

ぼくは喪主の父に代わって、出棺時の挨拶をした。父はぼくの隣で顔をくしゃくしゃにして、むせび泣いていた。

「焦土と化した東京の街路に立って、十四歳の母が何を思ったのか。それを想像すると胸がしめつけられますが、貧しさのために進学が叶わなかった母は、頼る者のいない東京で生きていくことの不安におののきながらも、看護の道を選んだことに強い自負を抱いていたにちがいありません。というのも、それ以来、母は半世紀にわたって看護師として働き続け、その仕事に生涯を捧げたからです」

やがて斎場のあちこちから、人びとのすすり泣きが聞こえてきた。だが、会葬者はぼくの挨拶の言葉に反応したのではなく、まるで断水した水道の蛇口から空気が漏れるように嗚咽する父の姿を見て、もらい泣きしたのだろうと思う。

母の死後、父は生きる意欲をすっかり失って、二年後には認知症の症状を呈し始め、妹は被害妄想や幻聴が激しくなり、精神科病院での入院加療が必要になった。

私が死んだらおまえが全部背負っていくことになる——。

母が遺した言葉そのままに、それから約十年にわたって、ぼくは父と妹の世話に明け暮れたが、妹は入院して二年後、統合失調症に加えてパーキンソン病にも罹患していると診断された。祖母、母、娘の三代にわたって同じ難病に見舞われたのだ。まだ初期なので母のように手足の震えはないが、たびたび足がすくんで動けなくなる。

「どうして私ばかりこんなことに」と妹に訴えられても、返す言葉が見つからない。

妹が入退院を繰り返し、父の認知症が重くなるにつれて、ぼく自身もうつ病を患ってしまい、小説の執筆を断念せざるを得ない状況にしばらく追い詰められもしたが、父が九十一歳で老衰死を迎えた途端、それらの焦燥と諦念と葛藤に満ちた歳月は、たちまち懐かしい思い出に変わってしまった。

それは本当に不思議なことだ。十年にわたる嵐のような喜怒哀楽の日々が、今では父と母とぼくと妹の四人家族の〈心の故郷〉のようにさえ思えるのだから。

二〇一三年三月二十二日。

父の葬儀は近親者だけでひっそりと営んだ。妹は父の死に目に会えなかったので、せめて焼香だけはさせたい。ぼくは車を飛ばして実家に向かい、妹の喪服と靴を抱えて精神科病院に行き、妹が喪服に着替えている間に、ナースステーションで半日の外出許可を取り、車椅子に乗せて斎場に連れていった。

読経と焼香を終え、棺の中の父と最後の別れをすると、葬儀社のバスに乗って、郊外の火葬場へ向かう。そこは十一年前に母を荼毘に付した火葬場だった。妹がささいなことで激昂したり、取り乱したりはしないか。それがいちばん気がかりだったが、幸いにして不穏状態に陥ることはなかった。会葬者が終始悲痛な面持ちだった母の葬儀のときと違って、父が大往生を遂げたからだろう、バスの中でも気心の知れた親族の思い出話に花が咲いた。

火葬、骨上げが終わり、骨壺を抱いて斎場へ戻ると、繰り上げ初七日の法要をすませ、精進落としの膳となる。父方の親戚、母方の親戚、妻の親族に交じって、高嶺秀雄さんも席に着いた。

「ささやかではございますが、席をご用意いたしました。父の思い出などをお聞かせいただきながら、ごゆっくりとお召し上がりいただきたいと存じます」

ぼくは簡単に挨拶をすると、妻と共に親戚の一人一人に酒を注いで回った。

「本日はありがとうございました」と高嶺さんにビールを差しだすと、高嶺さんはコップを手に取り、潤んだ目でぼくを見て、「長いことお疲れさま」とだけ言った。

高嶺さんは父の戦友で、川越市内に住んでいる。父が気象庁を定年退職して以降、二人で趣味の川釣りをよく楽しんでいたし、年に一度の戦友会の温泉旅行の際には、高嶺さんの長男が最寄り駅まで車でいっしょに送り迎えしてくれた。出不精で人付き合いの悪い父にとっては、唯一の友だちといってよかった。父と同じ九十一歳だが、まだ矍鑠としている。

「あのとき会っておいて、本当によかった。きみのおかげだ。感謝するよ」

高嶺さんはビールを一口飲んで、はっきりとした口調でそう言った。

「いや、こちらこそ」とぼくは言った。「父も心から嬉しそうでしたから」

それは父が亡くなる一ヶ月ほど前のことだ。ぼくは父が入所している介護施設に高嶺さんを車でお連れした。父は晩年、腸閉塞を患って嚥下障害を起こし、水を飲み込むこともできなくなった。ぼくは迷った末に胃瘻をつくることに同意した。点滴だけでは二週間も持たないだろう、と医師に宣告されたからだ。

一日に三度、胃に栄養剤を注ぎ入れ、同じ回数だけ尿と便を排出しておむつを交換する。そんな日々が続くうちに、父は声をかけてもほとんど反応せず、やがて関節が固まってしまい、ただ虚ろな目で天井を見ているだけの状態になった。

そのようにただ生き長らえているだけの状態では、人間の尊厳などあろうはずもない。こうした延命措置はやはり父を苦しめるだけなのだ、とぼくは心から悔やんだが、高嶺さんに手を握られると、父はうっすらと目を開け、かすかに握り返したのだ。

「介護士さんも驚いてましたね。誰が声をかけてもほとんど反応しない状態でしたから」

うんうん、と高嶺さんはうなずき、「戦友会では盛田さんの音頭で歌ったからな」と言った。

あの日、高嶺さんが父の手を握りしめて、「北支の天地京津の、山河に刻む四十年……」と第二十七師団の部隊歌を歌うと、父は目尻に笑みさえ浮かべたのだった。

高嶺さんは戦後の物資不足の時代に、川越の寺の境内に立った露店で、軍隊毛布や編み上げ靴、古着や古道具をさばいて一儲けしたという。その金で商店街に店舗を借り、洋品店を開いたのだった。昔、父からそんな話を聞いたことがある。ぼくが小学生の頃、高嶺さんの店は洋品店ではなく、背広屋と呼ばれていたが、長男に代替わりしてからジーンズショップになった。

それにしても、父と高嶺さんのつきあいは長い。ぼくは昭和二十九年の暮れに、中目黒町内会の集会所の二階で生まれたが、その二年後に父は川越市内に借地権付きの小さな家を買って、中目黒から転居した。その家は高嶺さんに紹介された物件だったのだ。

テーブルのあちこちで父の思い出話が弾む中、高嶺さんが一人でぽつねんとしているので、ぼくは遅ればせながら親戚に紹介した。

「こちらは高嶺秀雄さんです。ご存じの方もいらっしゃいますが、改めて紹介させていただきます。戦前は、芝浜松町郵便局、丸の内の東京中央電信局と父と同じ職場の同僚として仲良くさせていただき、出征後は父と同じ部隊の通信兵として、中国大陸を何千キロも行軍したと伺っています。高嶺さん、父の思い出を少しばかり語っていただけますか」

「ああ、盛田さんとは、十五の歳に入学した逓信講習所以来だからな。七十五年の付き合いになる。いろいろあって、何を話していいか分からんが……」

高嶺さんは両膝に手を置いたまま、しばらく考えていたが、やがて口を開いた。

「さっき骨上げしながら、あの日のことを急に思い出した。盛田さんは昭和二十一年の三月に復員したが、私は四ヶ月ほど遅れて七月にやっと内地の土を踏んだ。さっそく中目黒のお宅を訪ねたんだが、そのときの盛田さんの顔、ふっと思い出したんだ、遺骨を箸でつまんだとき。私の顔を見て盛田さん、本当に腰を抜かした。玄関にバタンと尻もちをついて、おまえ幽霊（ゆうれい）じゃないのか、って震えながら言った」

「そうそう、あのときは私も本当に腰を抜かしましたよ」

父の弟の英介がそう言って、テーブルの向こうで苦笑いした。

「ああ、そうだね、あなたもびっくりしていたね」と高嶺さんが笑う。

「高嶺さんが突然お見えになったのは、きっと日曜日だったんでしょうね。工場が休みだったから私は家にいた。おまえは覚えてる？」

「今計算してみたら、私はそのとき小学二年」と父の妹の育子が言った。「だからその日のことは覚えてないけど、あとになって隆作兄から散々聞かされました」

「無理もないんですよ。私の両親だって、息子はとっくに戦死したと諦めていたから」

高嶺さんと叔父と叔母の会話にまったくついていけない。

「それはどういうことですか？」とぼくは思わず訊いた。

「第二十七師団通信隊は、師団司令部の直属だった」と高嶺さんは続けた。「一号作戦への参加に当たって、盛田さんは第二中隊、私は第四中隊の歩兵隊に帯同することになった。それ以降、お互いの消息は分からずじまいだったんだよ。昭和十九年、五月十四日の深夜、長台関で一個中隊に相当する百六十六名もの凍死者が出た。長台関の悲劇と呼ばれて、今でも語り継がれている。盛田さんは奇跡的に生き延びたが、高嶺はあの無謀な強行軍の犠牲になったにちがいないと、みんなそう思っていたわけだ」

親戚の人びとは高嶺さんの話にじっと耳を傾けていた。七十年前のことを驚くほど覚えているのは、父と同じだった。

「父は奇跡的に生き延びた……」とぼくは繰り返した。

「そうだ。一個中隊は二百人だからな。その話、聞いたことはないのか」

「父は戦争中のこと、ほとんど何も話さなかったので……。高嶺さんも、奇跡的に生き延びたうちの一人だったんですね」

いや、と高嶺さんは表情を変えずに首を振った。

「そんな大げさな話じゃない。長台関にたどり着く手前で、栄養失調で倒れてしまって、野戦病院に運ばれたんだ。それで命拾いしたというわけさ。体重なんて三十八キロしかなかった。揚子江を汽船で下ったり、貨物列車で運ばれたりしながら、九江や南京や上海の陸軍病院を転々として……、玉音放送を聞いたのは、錦州省の興城陸軍病院だった」

「病院で快復を待っていたので、復員が遅れたとおっしゃってましたね」と英介が言った。

「あのときはそう言ったが……」

高嶺さんはビールを一口飲み、口髭に着いた泡を指の甲で拭ってから続けた。

「ある日、陸軍病院に中国人の医者がやってきた。私たちは一列に並ばされた。医者は背中に聴診器を一回当てただけで、全員異常なしと言った。それで本渓湖という炭鉱に送られたんだよ」

「炭鉱！」と妹が突然言った。

親戚の人びとの視線がいっせいに妹に向けられたが、妹は涼しげな顔でサザエのつぼ焼きを箸でつついていた。妹はときおり特定の言葉に反応する。たとえば「から」という言葉に敏感に反応した時期があった。「だからね」とぼくが言っただけで、「私はカラじゃない！」と叫ぶ。おそらく「から」がカラッポに変換されてしまうのだろう。妹が文字通りの炭鉱に反応したのか、別の意味に変換されたのか分からない。

「そう、とても大きな炭鉱だ」と高嶺さんは続けた。「宿舎に着くと、それまで着ていた病衣から中国服に着替えさせられた。ライトのついた保護帽子をかぶって、電池箱を腰にくくりつけて、トロッコに乗って三百メートルほど降りると、真っ暗な坑道が続いている。そこで昼夜交代制で一日も休まず、石炭を掘らされたんだ。中国人の監督に中国語で怒鳴られて、ピッケルで叩かれながら、来る日も来る日も、一年近くずっと……。まあ、戦前は日本人の監督が中国人をピッケルで叩いて働かせたって話だから、因果応報だな」

「存じ上げませんでした。そんなことが……」と英介が遠慮がちに言った。

「ああ、そうだ。思い出した。気象台の通信士の採用試験、五月にあったんだ。だから私もあと二ヶ月早く復員していれば、盛田さんといっしょに試験を受けて、また気象台で同僚になっていたかもしれない。人生が終わりに近づくと、ああ、あのときとあのときが、私の分かれ道だったんだと、はっきり分かる。まあ、そういうもんだ。人生は何度でもやり直しがきくなんて言う人がいるが、そうかな？　違う道を選んでも、結局、また同じ道に戻ってくる。そういうもんさ」

高嶺さんの声はどんどん小さくなり、やがて独り言と区別がつかなくなった。

テーブルは静まり返り、人びとは黙々と天ぷらを食べ、鮨をつまんでいたが、やがてあちこちでふたたび会話が始まった。

「高嶺さん」とぼくは気になって訊いた。「炭鉱労働からどのように解放されたんですか」

「中国共産党軍が侵攻してきて、国府軍と戦争を始めた。国府軍はたちまち退散していったよ。そうして本渓湖一帯を中国共産党軍が占拠したから、我々は炭鉱から出ることができた」

「なるほど、そういう経緯があったんですか」とぼくは言ったものの、昭和二十一年の中国共産党軍と国府軍の戦いについてほとんど何も知らない。そんな自分に恥じ入る気持ちになった。

高嶺さんは茶碗蒸しをスプーンですくって一口食べてから続けた。

「それで自由行動になったわけだが、食べていくには、何か仕事をしなければならないだろう。町に出て在留邦人に話を聞いて仕事を探したよ。私は豆腐を仕入れて売り歩くことにした」

「高嶺さん」とぼくは言った。「少し落ち着いたら、お宅にお伺いしますので、戦争中の話を詳しく聞かせていただけませんか」

「ああ、それはいいが、急にどうして」

高嶺さんは話を遮られて不満げな顔になった。

「父の人生をぼくはなんにも知らない。死なれてみて、改めて気づいて愕然としているんです。戦争中のことは特にまったく知らない。少しでも知りたいんです」

「まあそれなら、いつでも来なさい」と高嶺さんは答えた。

戦中戦後を舞台に若き日の父と母の出会いを小説に書いてみたい。ぼくのその思いは、このときに芽生え始めたのだろう。今になってそう思うが、実際、小説を書き始めるためには、この葬儀の日から三年余りの歳月が必要だった。

ぼくは席から腰を上げて妻の親族のテーブルに行き、一人一人にビールを注いだ。

「それにしても上品できれいなお顔でしたね」と妻の母がコップに手を添えて言った。

「ええ、本当に」と妻の姉が言った。「最近のエンゼルメイクは、男性でも顔のまわりにレースのカバーを付けるのね」

「でも、とってもダンディな方だったから、レースは少し照れ臭かったかもしれないね」

妻の兄がそう言って、ビールをぐいと飲み干した。

「ですね」とぼくはうなずき、義兄のコップにビールを注いだ。「介護施設でもダンディなおじいさんと呼ばれて、親父もまんざらではなさそうでしたよ。誕生日のお祝いには盛田さんといっしょに写真を撮りたいと、おばあさんたちに次々にせがまれたりして」

隅のテーブルには父の遺影と骨壺と白木の仮位牌が置かれ、その前に陰膳が供えてある。

「おい、幸せな人生じゃないか」と英介がコップを掲げて、遺影に声をかけた。「兄貴は若い頃からとにかくモテたからね」

「そうそう」と母の弟の武夫が身を乗り出した。「美代ちゃんが東京から銀流し連れてきたって、近所中でもう大騒ぎになってね」

「銀流し……。女たらしという意味ですか」

苦笑いしながら訊くと、「まあ今なら、都会のイケメンぐらいの感じかな」と武夫は言う。

「武夫さん、それは父が結婚する前、栃木の家に挨拶に行ったときの話ですか」

「ううん、隆ちゃん、それがね」と母の妹の幸子がクスクス笑いながら言った。「挨拶なんてものではなくて。隆作さんたら、ある日突然血相変えて、うちに来たのよ。稲村美代子さんのお宅はここでしょうかって。誠ちゃんが生まれた年だからよく覚えてる。昭和二十四年の秋」

「そうなんだ？　俺の生まれた年に」と母の一番下の弟の誠三が言った。

「そうよ、あなたのときは難産で大変だったのよ」と幸子が言った。「お母さん、もう四十すぎてたから。出産後、髪はごっそり抜けるし、ひどい腰痛で寝たきりになって。それで姉さんが鉄道病院を一ヶ月ぐらいだったかな、休職して実家に戻ってきたの。隆作さんについては、私はまだ六つだったから、俳優さんみたいだな、と思ったぐらいで、あまりよく覚えてないけど」

「昭和二十四年というと、父が二十七で、母は十九ですね」とぼくは言った。

「うん、私は十三だった」と母の弟の和幸が続けた。「だから幸子より覚えているけど、隆作さん、私と武夫と幸子を釣りに連れていってくれたんだ、近くの那珂川に」

「それは、なんとなく覚えてるな」と武夫が言った。「でも、血相変えてうちにやってきたのに、なぜのんびり釣りに？」

「ああ、それはね」と和幸が言った。「父さんが酒を飲んでわめき散らすばかりで、隆作さんとはまったく口もきかなかったからだよ。とにかく東京からいきなり銀流しが来たからね。怒ったというより、どうしていいか分からなかったんだろう。でも、私は十三歳ながら思ったよ。あんな酔っぱらいの父親相手に、三泊もしていった隆作さんは大物だなと」

「あの、すみません」とぼくは叔父と叔母の会話に割って入った。「父はなぜ血相変えて、いきなり茂木の家を訪ねたんでしょう。結婚の許可を得に行ったわけではないんですか？　両親は鉄道病院の耳鼻科で、患者と看護婦として知り合ったと、それだけは聞いてるんですが」

「隆ちゃん、それはね」と幸子が笑みを浮かべて言った。「今から考えると、隆作さん、自分が知らないうちに美代子姉さんが病院を辞めてしまったと思って、びっくりして茂木まで来たんじゃないかと思うの。一ヶ月だけ休職したとは知らずにね。だからプロポーズをしに来たというより、このままでは二度と会えなくなると思って駆けつけてきた」

「こんな話、大っぴらにされて、兄貴も今頃照れてるだろうね」と英介が言って腕組みをした。「兄貴にはそういう無鉄砲というか、後先考えずに突っ走る傾向があるから。非番と公休を組み合わせたにしても、三泊したなら気象台も一日か二日欠勤したんだろうし」

無鉄砲で後先考えずに突っ走る。ぼくは狐につままれた気持ちになった。頑固で短気で亭主関白で、家事など一切しない。書道と釣りのほかに趣味と言えるようなものは何もなく、定年退職後はほとんど家に引きこもっていた。そんな父からはとても想像できない。

両親が結婚したのは昭和二十六年の三月だから、それから一年半後のことになるのか……。鮨をつまみながらぼんやりしていると、古い記憶がふと蘇った。それは小学三年生の頃のことだ。ぼくは父の古いアルバムの中の一枚の写真を指差して「お母さん、きれいだね」と言った。母は表情を変えず、「お母さんじゃありません」と言ったのだ。

その記憶は何年経ってもくすぶり続け、大学に入学した年だったと思うが、ぼくは父に内緒でその古いアルバムをそっと開いて、制服姿の看護婦の写真をもう一度確認してみた。写真の裏には〈川島朝子、昭和十九年三月二十四日没、享年二十三〉と万年筆で記されていた。確かに逆算してみれば、母はそのときまだ十三歳だったが、写真の女性はどことなく母に似ていた。

川島朝子さんのことはご存じですか、とぼくは叔父の英介に訊いてみたかった。だが、こんな席では憚られる。ためらっているうちに、テーブルの向こうから幸子が声をかけてきた。

「それにしてもね、隆ちゃん。姉さんが生まれたばかりの隆ちゃんを茂木に連れてきたときのこと、私は五年生だったけど、よく覚えてるよ。みんなが集まってホーッと感心して眺めていた。だってあの頃の田舎の赤ん坊はみんな着物だったのに、レースがついた手作りのベビー服を着せているし、隆ちゃんがちょっとぐずったら、教室の机に寝かせてオムツをてきぱき替えるし」

「えっ、教室に?」とぼくは言った。「どうして学校に連れていったんだろう」

「姉さんがいちばん好きな先生だったの、そのときの私の担任の先生が。だから報告しにいったんじゃないかな、赤ちゃんが生まれましたって。美代ちゃんたら東京に行ってすごくハイカラになったって、先生も本当に感心していた……。そうそう、私の小学校の入学式用の服も、手作りしてチッキで送ってくれたのよ。美代子姉さん、洋裁教室に通ったのかと思ったら、婦人雑誌の型紙を参考にして作ったと、ずっと後になってから聞いた。誠ちゃんの入学式用の服も、作って送ってくれたでしょ」

「ああ、そうだったな」と誠三が日本酒を手酌で飲みながら言った。「チェックの上着とチェックの半ズボン。そんな服着てる子どもは茂木にはいなかったから、上級生からいじめられて」

「嘘おっしゃい。あんた、相手を殴って泣かせて、親が怒鳴り込んできたじゃない」

幸子はそう言って懐かしそうに目を細めた。パーキンソン病で入院した母を、幸子は毎週二度も三度も見舞って元気づけてくれた。兄妹の中でも母とはいちばん仲が良かった。母が危篤状態に陥ったときも、ちょうど見舞いに来ており、「隆ちゃん、すぐ来て!」と携帯電話に連絡をくれたのだった。

精進落としの膳もデザートが出され、お開きの時間が近づいた頃、葬儀社の担当者が近づいてきて一礼し、大きな茶封筒を差し出した。

「すみません、遅くなりまして。二十枚で間に合いますね」

「ありがとうございます」と礼を言って封筒を開けると、般若心経のコピーが入っている。

葬儀場の入り口に、ぼくは父が写経した般若心経の半紙を額に入れて飾った。みんながそれをひどく感心して眺めていたので、急遽コピーしてもらったのだ。

「皆さんにぜひ一枚ずつお持ち帰りいただきたいと思います」

ぼくはそう言って、Ｂ４判のコピーを配った。

「おっ、隆作さんの直筆だね。本当に惚れ惚れするほど達筆だ」と武夫が言った。

「はい、和室の隅に父の書道コーナーがあります。半紙の束があったので、なにげなく開いて驚きました。すべて般若心経の写経だったんです。ざっと数えたところ三百枚ほどありました」

「三百枚も」と幸子が言った。

「はい、半紙の左下隅に鉛筆で小さく日付が書いてありますね。いちばん古いものは平成八年でしたが、半紙をめくりながら日付を追っていくと、平成十三年に入った途端、急に枚数が増えて、その一年間だけで二百四十枚ほど書いていました。みなさんにお配りしたコピーには、平成十四年一月十五日と書いてあります。父が最後に写経した般若心経です」

「一週間前だ……」と幸子がすぐに言った。

「はい、母が亡くなる一週間前の日付です」

「隆作さん、姉さんの快復を祈って写経していたんだね」と武夫が言った。

「父が写経をしていたことさえ知らなかったので、とても驚きました」

ぼくはそう言って一礼し、椅子に腰を下ろした。

母が亡くなってしばらく経って実家を訪ねたとき、庭先に天然石の硯が捨てられているのを見て、言葉を失ったことがある。母の死後、父は筆を持つことさえなくなったが、それにしても、なぜ大切にしていた硯を捨てたのか。そのときのぼくには見当もつかなかったが、般若心経の最後の日付を見て、父の絶望の深さを思い知ったのだった。

精進落としの膳を終えると、会葬の礼を言い、親戚の人びとを見送った。ぼくは妹を車に乗せて病院に送り届けなければならない。妻は葬儀社の車に乗せてもらい、遺骨と遺影と白木の仮位牌を抱えて一足先に自宅に帰ることになった。

「お父さん、外信課から国際通信課に異動したでしょ」

妹が助手席で唐突に言った。だいたい妹の話はいつも唐突だし、前後の脈絡がない。

「ああ、そうだったね」とぼくはハンドルを握り、前方を見たまま答えた。

「外信課みたいにモールス交信の作業がないし、テレタイプっていうの？　キーパンチの受信テープの編集作業とかがメインだから、国際通信課は耳が聞こえにくくても仕事ができるって」

「えっ、なぜ」とぼくは驚いて言った。「なぜそんなに詳しいんだ？」

「だって、隆ちゃん、大学入って家を出ちゃったでしょ。私も家を出たかったのに、隆ちゃんのせいで、家を出られなかった」

「おまえがそうして家の抑圧を受けてきた話は何度も聞いたよ。でも、それと国際通信課に異動した話はどこでつながるんだ？」

「だから私はずっと家にいたから、隆ちゃんより詳しいのよ」

それは妹の勘違いだった。父が国際通信課に異動したのは、ぼくが小学五年生のときだった。

なぜはっきりと覚えているのかといえば、社会科の授業で父親の仕事の内容を調べることになり、父に連れられて職場見学に行ったからだ。国際通信課の仕事は、天気予報をするために外国の気象庁と通信をして、外国の天気を調べることです。インドはお祈りの時間のとき、声をかけても返事が来ないそうです。そんな作文を書いたことを覚えている。

「でもさ」とぼくは言った。「さっき言ったキーパンチの受信テープって、子どもの頃、駄菓子屋で一巻き五円ぐらいで売ってたじゃない。小さな穴がたくさん開いた使用済みの紙テープ。それでスパイごっことかやった。その紙テープ、父さんが役所から持って帰ってきたから、近所の友だちに羨ましがられたの覚えてるだろう？　小学校のときの話だよ」

「だったら、隆ちゃんは知ってる？」と妹は挑戦的に言った。「国際通信課も、キーパンチ音とか通信機器のモーター音がものすごいうるさくて、お父さん、右耳ばかりじゃなくて、左耳も耳鳴りがして、両耳が聞こえなくなったらどうしようって、もう大騒ぎだったのよ。そんなことも知らなかったでしょ、隆ちゃんは家を出ちゃったから」

おそらく妹の言っていることは正しいのだろうと思った。妹の中では十年ぐらいの時間が前後しても、なんでもないのだ。いずれにしても妹の記憶力に舌を巻いた。

「確かに知らなかった」とぼくは正直に言った。「左耳もそんなにひどい状態だったとはかわいそうに紀子には、おまえの父親の病気が遺伝してしまったんだ。父はそんな残酷なことを言って母を苦しめた。ぼくはそんな父を容易に許せなかったが、母の遺影に向かって、「淋しいよお、なんで死んじまったんだよお」と涙ながらに語りかける父の姿を見ているうちに、かつての憎しみの感情は消え失せ、憐れみのようなものさえ感じたし、その一方で、父の冷たい言葉に「死にたい」と漏らした母も、私がいないとこの人は何もできないからと、パーキンソン病が進行しても甲斐甲斐しく父の世話をした。そのことが母の生きる力につながっていたのだろう、と今になってつくづく思う。

「それにしても」とぼくは話題を変えた。「父さんと母さん、近所では評判のおしどり夫婦だなんて言われていたけど、よーく喧嘩していたよね、ほんとに」

「お母さんは、上の看護学校に進みたかったから、本当は結婚したくなかったんだって」

「そんなこと、いつ紀子に言ったの？」

「あとはね、大竹医院でパート始めたでしょ。私が小学二年のとき。お父さんたら源泉徴収票に、妻は無職って書いたの。私はパートでも看護婦としてちゃんと働いているのになんで無職なんて書くのよ。もう離婚する！　とか、お母さん大声で泣きわめいてた」

年末調整の用紙に扶養家族の欄があるので、妹はそのことを言っているのだろう。本当にそんなことがあったのかどうか怪しいが、母の姿は十分に想像できる。ぼくはそう思い、妹がぼくと違って、父のことや母のことばかり気にかけて、子どもの頃から生きてきたのだと改めて気づいた。

妹が入院している精神科病院が見えてきたとき、ぼくは幼なじみの言葉をふと思い出した。

「盛田と妹さん、とても仲が良いし、よく似ているなと思っていたよ」

「よく似ている？」

「二人揃って作文コンクールで入賞したりして、目立っていたじゃない。でも、きっと妹さんがマイナス札ばかり集めて、その分、盛田はプラス札を集めて小説家になった」

幼なじみと久しぶりに酒を飲む機会があり、妹が背負った難病のことを思い切って打ち明けたのだった。そのときぼくは何と答えたのだったか……。それを思い出そうとしていると、妹が突然、ハンドルを握るぼくの腕をつかんだ。

危ないじゃないか。思わず声を上げそうになったとき、妹がぽつりと言った。

「隆ちゃん、迷惑かけるね」

「大丈夫。迷惑なんて思ってないから」とぼくは言った。

「やだなあ、隆ちゃんが先に死んだら、私、天涯孤独（てんがいこどく）になっちゃうよ」

ハンドルを切り、病院の駐車場に車を入れ、夜間の呼び出しベルを鳴らした。

「エレベーターの前でお待ちください」と看護師の声が応答する。

車椅子をエレベーターの前につけて待っていると、看護師がじきにやってきた。

「隆ちゃん、今日はありがとね」

妹は無理やり笑顔を作り、手を振った。

「疲れただろうから、今夜は早くお休み」

「四人家族が、三人家族になって、二人になっちゃったね」

「うん、もういいから、今夜はお休み。次は四十九日の法要と納骨だから」

「わっ、忙しいね。それまで少しでも歩けるように、歩く訓練しておくから」

「ああ、無理はしないように。では、よろしくお願いします」

ぼくは看護師に頭を下げると、車に戻りかけて、ふと駐車場の隅の花壇に目をやった。夕陽に照らされて、青い花が咲き乱れている。あまりに美しいので近づいていき、腰を下ろした。

〈アネモネ　キンポウゲ科〉とプレートが立っている。

そうか、これがアネモネか。それぞれの茎の先端にケシによく似た五センチほどの花が一つずつ咲いている。しばらく見とれていると、シジミチョウがひらひら飛んできて、革靴のつま先にとまった。羽根の表はオレンジ色に黒い斑点があり、羽根の裏は灰色のベニシジミだった。

「おい、花はあっちだ」

ささやき声で言うと、シジミチョウは一旦離れたが、すぐに舞い戻ってきた。つま先を少し動かすだけで、さっと離れるが、いつのまにかまた舞い戻ってきてしまう。それを何度も繰り返した。

「喪服姿の男に寄ってくるなんて、どうかしてるよ、おまえ」

そう言って腰を上げると、シジミチョウはあわてて飛び去った。

車に戻り、キーを回してエンジンをかける。バックしながら大きく切り返し、駐車場を出るとき、シジミチョウが三匹、戯れるようにひらひらと花壇の上を飛んでいるのが見えた。

父さん、ずいぶん早く母さんに会えたじゃないか。でも、もう一匹は誰だい、とぼくは胸の内でつぶやき、そんな台詞に照れた。それにしても葬儀の日は何を見ても何かを思い出す。

信号待ちのときには、夕暮れの空を眺めただけで、懐かしい光景が脳裏をよぎった。冬の朝、母が七輪の炭を熾し、洗面器で湯を沸かしている。父が髭を剃るための準備だ。ぼくは布団にくるまって、洗面器から湯気が立つ瞬間を今か今かと心待ちにしている。

映画なら十秒ほどのシーンだが、母が亡くなってから十一年、その光景を折に触れて思い出している。都市ガスが普及した時期を調べ、そのときのぼくは三歳だと見当をつけたが、それが幼年期のいちばん古い記憶だった。中目黒の町会の集会室の二階から、川越の小さな平屋に越した直後だったのだろう。木綿の着物に白い割烹着をつけた母は二十七歳で、オールバックの髪をポマードで固めた父は三十五歳だった。

東京と違って、川越の暮らしは不便だったが、母は舅や姑に干渉されない新婚生活に心を弾ませていたのではないかと思う。毎朝、母はバス停まで父を見送ったが、父の腕に手をからませる母を見て、近所の子どもたちが盛んに囃し立てたことも覚えている。

日没まではまだ間があったが、国道に出ると、ぼくはライトをつけて、スピードを上げた。車を運転しなければならないため、親戚にビールを注ぎながら、ウーロン茶ばかり飲んでいた。早く家に帰って、強い酒を呷りたい気分だった。

参考文献

『軍隊体験録　第二十七師団通信隊中国各地転戦・強行軍一万キロ』井上實（私家版）
『中国戦線従軍記』藤原彰（大月書店）

本書は平成二十九年十月、小社から四六判で刊行された作品に、著者が加筆・訂正したものです。この作品はフィクションであり、登場する人物および団体は実在するものと関係ありません。

解説――死者となった両親と新たな関係を結び直す

翻訳家　池田香代子

自分の両親はどんなふうに親元を巣立ち、出会ったのだろう。誰しもの頭を一度はかすめる素朴な問いだ。けれど、実際に答えを求めて動く人は稀だろう。親という近すぎる肉親とは、葛藤や軋轢もある。生活に忙しく、こと改まって昔の話を聞き出すこともなかったりする。とくに親たちが惹かれ合い、結ばれるに至った顚末は、そう気軽に聞けることではない。目の前の親たちは、幾星霜を経るうちに、そうしたことに触れられるのは苦痛かもしれない関係に立ち至っていることもままあるからだ。

盛田隆二は、親が戦争を体験した最後の世代だろう。戦争体験者の次の世代といえば、一九四七年から一九四九年に生まれたいわゆる団塊の世代が我が物顔でのさばっているが、盛田隆二は一九五四年生まれだ。小学校に入学したとき、団塊の最後尾が六年生だった。大学に入学したときは、政治の季節はとっくに過ぎていた。この一九五四年という生まれ年は、もしかしたら本作品に微妙な影を落としているかもしれない。

作中の盛田自身とおぼしい「ぼく」は、一九九六年に七十一歳の母美代子を、二〇一三年に九十一歳の父隆作を見送った。とくに、認知症を発病した父の、十年にわたる介護と看取りは壮絶だった。この経験は盛田の文学的なテーマに昇華したと言ってよく、本作品にも触れられているが、なかでも記録文学『父よ、ロング・グッドバイ　男の介護日誌』（二〇一六年刊）に詳しい。

本作は、両親の歴史をその若き日まで遡り、想像の指先でなぞることで、死者たちとの縁を確かめようとする。「ぼく」は、親の死に立ち会うたびに、故人について、とくに、戦争末期から敗戦直後にわたるその青春について何も知らないことに愕然とする。「ぼく」の親たちは、戦争体験を積極的には語らなかった。精進落としの席で披露される親類縁者や戦友の思い出話から、不意に赤の他人が立ち現れる。最期の日々に交わしたさりげない言葉が思い起こされ、自分はそこに込められた思いを十全に理解し、受け止めてはいなかったという事実に直面する。これでは、親たちを記憶にとどめることすらできないではないか。親たちは、未知の人であるままに逝ってしまったのだから。知らない人を記憶することはできない。それは、「ぼく」には受け入れ難かった。

「たとえ死んでも、その人のことを覚えている人がいる限り、死者は記憶の中で生き続ける。（中略）ぼくにとっては小説を書くことが、父と母がたどった人生を記憶に刻み付けるための唯一の方法なのかもしれないと思えてきた。」

とはいえ記録も乏しく、証言してくれる親族もすでに少ない。けれど、「ぼく」は小説家だ。調査力と想像力がある。ここから「ぼく」の、両親の青春を再構築するという文学の冒険が始まる。

本作品は十七の節に分かれ、第一節と最後の第十七節は現在を描いて物語全体の枠をなし、第二節から第十六節は父隆作と母美代子の過去をほぼ交互にたどっていく。ちなみに、枠をなす現在の時間は西暦で、枠内の過去の時間は大正何年、昭和何年と年号で表示される。西暦で今を生きる「ぼく」は、年号で過去を生きた親たちにみずからの暦観を押しつけなかった。そんなことをしたら、いっぺんに彼らの生が嘘臭くなることを知っていた。

映画の編集技法に、パラレル編集というのがある。時空を異にする複数の出来事を交互に繋ぎあわせる、一種のモンタージュ技法だ。本作の場合、この枠内の、父母の過去を交互に語る部分がパラレル編集に通じるのだが、もちろんこうした技法は文学の分野にも古くから存在する。けれど、あえて映画用語を用いるのは、本作が優れて映像的だからだ。情景が絵となってあざやかに浮かび上がるのだ。

しかし、本作品はやはり文学的な達成だろう。隆作と美代子、あざなえる二つの青春と戦争の物語は、時間の長さがあまりにも違う。美代子の戦争は、昭和二十年四月に十四歳で東京新宿の看護婦養成所に入学してから敗戦までの五カ月足らず、隆作の戦争は昭和十七年に二十歳で召集されてから復員までの三年数カ月と、時間の長さにおよそ八倍の開きがある。しかも、本格的な叙述は二人がそれぞれ親元を離れて寄宿学校に入るところから始まるので、美代子より八歳年上の隆作の歴史は、十五歳で東京広尾の逓信講習所に入学するところから始まるためにさらに五年が加わって、美代子の歴史の二十倍にもなる。これほど長さの異なる二つのストーリーを交互に語って自然な流れとなすには、やはり文字表現に優位性があることを、盛田の力技は証明してみせた。もちろん、これを破綻なく映像化する名手がいたら、ぜひ見てみたいものだが。

「ぼく」の両親には共通点が多い。まず、隆作は千葉、美代子は栃木と、東京近傍の出身であることだ。さらには、戦中に上京して学業を修めたこと、それは専門教育だったこと（隆作は通信、美代子は看護）、官費による養成学校で全寮制だったことだ。社会全体が貧しかった戦前は、家がよほど豊かでなければ、勉強して人生を切り開こうとする若者に、こうした選択肢は一条の希望の光だった。そして、両親ともとにかく勉強がしたかった。

空襲が度重なる東京で、看護学生美代子の日常は緊迫したものだった。座学も実習もそこそこに、押し寄せる空襲の負傷者の看護にあたる。隆作は郵便局に四年勤めたのち、通信兵として中国大陸に渡った。そして大陸打通作戦に参加し、おびただしい死を目の当たりにする。

大陸打通作戦。一九四四年に実施されたこの作戦により、五十万の兵士が中国大陸を北から南へ縦断した。移動距離二四〇〇キロ。参謀本部の机上では、もっともらしい軍事目的があげつらわれたのだろうが、現実には多大の犠牲を出し、行く先々で村を荒廃させ、戦略的にはまったく無意味だった。渡河(とか)に手間取り、冷雨に打たれて一六六人が凍死するという、痛ましくも愚劣な事件も起きた。この長台関(ちょうだいかん)の悲劇を、隆作はかろうじて生き延びた。

隆作が二十代前半に、美代子が十代半ばに経験したそれぞれの戦争が語られるうちに、二人の時間のずれがじりじりと縮まる。東京空襲の報が中国大陸の隆作に届くが、その業火(ごうか)のもとでは未来の伴侶(はんりょ)が見習い看護婦として奔走(ほんそう)していた。二本の糸が初めてかすかに触れ合った瞬間だ。中国大陸と東京、空間を隔てて隆作の時間が美代子のそれに追いつくのは、昭和二十年六月十四日、すでに小説は三分の二を経過している。

そこから、この二本の流れはそれぞれの敗戦へとなだれ込む。そのとき二人を襲った感覚が、安堵(あんど)とも虚脱ともつかないものだったことにしたのは、若くすこやかな感性を前面に押し出すためか。二人が、若くして皇国イデオロギーに染められたがゆえの衝撃や懊悩(おうのう)

とは無縁としたのは、イデオロギーよりも個人の生の息吹を優先する、盛田の世代的な感性かもしれない。

そして戦後、偶然の出会いから、隆作当人にしてみれば必死の、周囲から見ればいささか滑稽な経緯があって、敗戦後六年目に二人は結婚する。この恋愛が美代子の視点から甘やかに語られていることは、注目に値する。気象庁に勤める八歳年上の隆作が、美代子の目にいかに颯爽と映ったか、頼れる存在と映ったか、「ぼく」は坦々と、しかし心を込めて描写する。

人が最も輝くのは、恋愛中の相手から見たときにほかならない。だから、若き隆作は終始美代子の視点から語られなければならなかった。隆作の、生涯で最も輝いた姿をとどめる必要が、「ぼく」にはあったのだ。

なぜなら「ぼく」は、隆作の老残の姿を、自身の憤りや悲しみを隠さず、赤裸々に描いてきたからだ。本作でも、乗車券すら買えない隆作の生活無能者ぶりを、苛立たしげに書いている。妹の精神疾患を母方の遺伝のせいにする隆作を、二度までも「許せない」と言っている。それは許せない。おそらく、未来永劫、許せない。

しかし、許せないことは許せないままに、「ぼく」は隆作という人間をそっくり受け止めた。それは、自身も鬱に追い込まれるほどに過酷だった十年に及ぶ介護の日々と、資料を渉猟(しょうりょう)し想像力を駆使して戦場の隆作を再現するという、作家の矜持(きょうじ)を賭けた試みの果てに、ようやく到達しえた境地だったろう。だから、この作品の終盤近く、隆作が美代子の目にどれほど魅力的だったかを描いて、ぶざまな晩年の隆作の姿とバランスをとることは、父と和解した息子の愛情表明なのだ。「ぼく」は、死者となった父隆作と関係を結び直した。

　死者となった母美代子とも、「ぼく」は新しい関係を結んだ。しかし父の場合とは異なり、生涯看護師として社会に多大な貢献をし、わがままな伴侶に思いやりを尽くした母、そして子どもたちにも愛情深かった母とは、和解は無用だった。ずっと愛情と信頼と尊敬の念で結ばれていたからだ。「ぼく」は、母のひたむきな人生のディテイルを、知ろうとしなかったといううっすらとした申し訳なさを込めて文章の標本箱にきれいに並べ、その真ん中に赤いハイヒールを置いた。母が初めての給金で新宿の露天商から買った靴、本来なら「ぼく」のデビュー作、『ストリート・チルドレン』に登場すべきだった靴だ。なのにあろうことか、「ぼく」はこの新宿が主役であるような作品を書くにあたって、母を取材しなかった。母が新宿で敗戦を迎えたことぐらいは認識していたろうに、わがことにかまけるあまりいつしか母を意識の外に締め出していた。それを責めもせず、このデビュー作がいちばん好きだと言っていた母への愛と悔恨(かいこん)を込めて、「ぼく」は『『リンゴの唄』を口ずさみながら、赤いハイヒールを履いて新宿の街を闊歩する母」を、本作品の中にたしかに豊かにあらしめた。

一〇〇字書評

切り取り線

購買動機（新聞、雑誌名を記入するか、あるいは○をつけてください）

□（　　　　　　　　　　　　　　）の広告を見て
□（　　　　　　　　　　　　　　）の書評を見て
□ 知人のすすめで　　　　　□ タイトルに惹かれて
□ カバーが良かったから　　□ 内容が面白そうだから
□ 好きな作家だから　　　　□ 好きな分野の本だから

・最近、最も感銘を受けた作品名をお書き下さい

・あなたのお好きな作家名をお書き下さい

・その他、ご要望がありましたらお書き下さい

住所	〒				
氏名		職業		年齢	
Eメール	※携帯には配信できません		新刊情報等のメール配信を 希望する・しない		

この本の感想を、編集部までお寄せいただけたらありがたく存じます。今後の企画の参考にさせていただきます。Eメールでも結構です。

いただいた「一〇〇字書評」は、新聞・雑誌等に紹介させていただくことがあります。その場合はお礼として特製図書カードを差し上げます。

前ページの原稿用紙に書評をお書きの上、切り取り、左記までお送り下さい。宛先の住所は不要です。

なお、ご記入いただいたお名前、ご住所等は、書評紹介の事前了解、謝礼のお届けのためだけに利用し、そのほかの目的のために利用することはありません。

〒一〇一-八七〇一
祥伝社文庫編集長　坂口芳和
電話　〇三（三二六五）二〇八〇

祥伝社ホームページの「ブックレビュー」からも、書き込めます。
www.shodensha.co.jp/bookreview/

祥伝社文庫

焼け跡のハイヒール

令和 2 年 7 月 20 日　初版第 1 刷発行

著　者　盛田隆二
発行者　辻　浩明
発行所　祥伝社
東京都千代田区神田神保町 3-3
〒101-8701
電話　03（3265）2081（販売部）
電話　03（3265）2080（編集部）
電話　03（3265）3622（業務部）
www.shodensha.co.jp/

印刷所　堀内印刷
製本所　ナショナル製本
カバーフォーマットデザイン　芥 陽子

Printed in Japan ©2020, Ryuji Morita　ISBN978-4-396-34647-8 C0193